古代边塞诗词三百首

中华好诗词主题阅读

许菊芳 编著

中国国际广播出版社

序　言

作为中国诗歌史上的一个重要流派，边塞诗词有着夺目的光辉。边塞诗词中那金戈铁马的豪壮、视死如归的精神、干预政治的勇气、关注民生的情怀，不仅焕发出耀眼的思想光华，而且激励着一代又一代壮怀激烈的华夏子孙勇赴国难，克敌制胜，挽救民族于危亡之际，安抚百姓于动荡之中，振兴文化于颓靡之时，其源远流长，影响深远。

如同所有文化现象的产生都有其生长的时空环境一样，边塞诗词也有其赖以产生、发展的历史土壤与文化环境。边塞诗词的产生，是与华夏五千年中华民族的发展和家国观念的形成密不可分的。社会历史的发展，无不是在一次一次的分裂与融合、战争与征伐中进行的。因此，边塞诗词总是与战争和防守有着必然的联系。同时，边塞诗词的产生，还与战争中一种特殊的战争形式——要塞战有着更为直接的联系，而要塞一般都处于一国之边塞，因此，边塞诗词又有明显的地域特色。

中国悠久的历史决定了边塞诗词的源远流长。从源头上来说，边塞诗词最早可追溯到先秦征戍诗，《诗经》中的《东山》、《采薇》、《无衣》等征戍诗堪称边塞题材的开源之作。边塞诗的最终形成则在秦、汉大一统的中央集权制建立之后。秦、汉至隋代，是中原王朝边患最为严重的时期，秦、汉、魏、晋在长城内外与匈奴、鲜卑、羯、氐、羌等游牧民

族进行了长期的战争，因此也成为边塞诗的成长与发展阶段。在此期间，曹操、曹植、王粲、陈琳、鲍照、吴均、萧纲、王褒、庾信等都有优秀的边塞诗篇存留下来。发展到唐代，边塞诗进入一个全面繁荣的鼎盛期，唐代诗人在大量的出塞经历中，书写了许多杰出的边塞诗篇，其中王维、高适、岑参、李白、杜甫、李益、卢纶等诗人的边塞诗创作，构成了中国边塞诗最壮丽的景观。宋代以后，边塞题材的描写一部分由诗转入词中，这不仅扩大了词体的写作内容，而且增加了词体的豪迈气概，促进了词体诗化的进程。而在宋诗中，关于边塞题材的描写也体现出典型的时代特色，宋代文人的忧国情怀、享乐意识、先进的民族观念等新内容开始融入到边塞诗当中，宋代的边塞诗由此也呈现出更鲜明的理性意识和客观精神。宋代以后，边塞诗词的传统依然绵延不绝，其中清代的边塞诗词不仅数量众多，而且优秀篇章层出不穷，其中纳兰性德的边塞词是清代边塞题材作品的典范，纳兰氏将乡情、闺思、个体情怀融入到边塞题材中，虽然较充满豪情壮志的盛唐边塞诗而言，未免消极悲观，但却形成了其自成一体的感伤幽怨风格，成为了边塞题材诗词的一大景观。

　　由于边塞生活是丰富多彩的，也是悲喜交加的，因此边塞诗词所表现的内容和抒发的情感也是丰富多样的。从边塞诗词所表现的内容来看，有抒发渴望建功立业、报效祖国的豪情壮志；有状写戍边将士的乡愁、家中思妇的别离之情；有表现塞外戍边生活的孤寂单调、连年征战的残酷艰辛；有宣泄对开边黩武的不满、对将军贪功启衅的怨情；有惊叹描摹边地绝域的奇异风光和民风民俗。由于每个朝代的不同时期或盛或衰，而每个诗人前往边塞的原因不同、目的不同，边塞诗词所抒发的感情也千差万别：其中既有爱国情怀的雄壮豪迈，离别相思的悲凉沧桑，也有边塞苦寒的无奈哭诉，去国离乡的壮怀激烈和闺中思妇的哀愁缠绵，还有异域风光的瑰丽惊奇与保家卫国的豪情壮志，当然也免不了对不义乃至无休止战争的真实揭露。总之，边塞诗词的书写内容是立体多维度的，情感内涵的表现也是异常丰富的，这一点只有靠读者走进边塞诗词的作品内部，才能够真切的感知和体会。

　　边塞诗词是中国诗歌史上一支豪迈激昂的乐曲，它们的创作丰富了中国古典诗词的表现视域。边塞诗词的创作多是在边塞生活体验的基础上产生的，所描写的地域是环境恶劣的边塞要地，其特点是或大雪纷飞、飞沙走石，或荒凉僻远、人烟稀少，或生灵涂炭、尸骨犹存，相对于和平安宁、安居乐业的日常生活而言，这样的环境本身便具有奇异性、艰苦性与独特性。因此边塞诗词是地域文学的独特一支，其常见的风、雪、沙、石等自然意象以及刀箭、刁斗、戍角、铁蹄等军事意象是诗词中别具一格的。同时，边塞的生活或是无限期的戍守，或是艰苦的行军作战，或是孤寂的巡边等，这样的生活无疑充满艰辛与挑战。因此，边塞生活的题材进入诗词中，无论其抒发的情感是高昂还是悲壮，甚或感伤与控诉，其根本上都带有着悲剧美学的意味。此外，由于边塞与国家的独立、民族的尊严、百姓的生活有着密不可分的联系，于是边塞诗词的创作，难免会抒发更多关于爱国的情怀、忧民的心胸、个人的理想与抱负等情感，因此，边塞诗词的创作常常也呈现出崇高的爱国主义思想，表现出理想主义的光芒。这些普泛化的、人类共通的情感抒发因此具有了更为深远的历史文化意义。

　　本书的编选，以《诗经》中的征戍诗为起点，延续到清代乃至晚清的边塞诗词。选录的过程中，本着兼顾题材内容的丰富性和风格的新颖性以及不同时代、不同诗人作品兼收并蓄的原则，对于自《诗经》以来历朝历代重要的边塞诗人、经典的边塞诗作作了重点选录，其中尤其突出选录了唐代的边塞诗词，作品达一百六十余首，占全书二分之一的比例。在唐代的边塞诗人中，又重点选录了王维、李白、杜甫、高适、岑参、李益、卢纶等人的经典诗作。在选录的作品中，兼顾诗词作品，但又以诗歌为主，词作为辅。入选的作品既有大家之作，也有无名氏乃至民间的创作，目的是尽量丰富地展现边塞诗词的不同风貌。在编写体例上本书采用以作者时代先后为序，诗词间杂的形式，目的在于方便读者了解同一时代环境下诗人创作风格的差异。但是，由于时间和学力的限

制，虽穷心竭力，但挂一漏万之处在所难免，不当之处，敬请方家正之。编写的过程中，诸多优秀的边塞诗词选本及研究著作使我受益良多，在此深表感谢！

许菊芳

2013 年 11 月 28 日

目　录

目 录

目 录

目 录

目 录

目 录

目 录

目 录

目录

目 录

目 录

目 录

无　衣

《诗经·秦风》

岂曰无衣？与子同袍①。王于兴师，修我戈矛②。与子同仇！
岂曰无衣？与子同泽③。王于兴师，修我矛戟④。与子偕作！
岂曰无衣？与子同裳⑤。王于兴师，修我甲兵⑥。与子偕行！

【题解】

　　这是《诗经·国风》中征戍诗的代表作。诗作借与战友同心协力、同仇敌忾决心的抒发，表达了下层民众慷慨从军、积极参战、保卫国家的豪情壮志。同时，这种重气概、轻生死的精神对于形成中华民族几千年来卫国保家、团结御侮的光荣传统意义重大。此诗采用重章叠韵的结构形式，一唱三叹，不仅增加了诗歌的韵味，而且代表了《诗经》篇章结构的主要艺术特点。

【注释】

　　① 同袍：表示友爱互助之意。袍，有夹层且内塞棉絮的长衣。
　　② 戈矛：二者均是古代的长柄武器。
　　③ 泽：贴身的内衣，《郑笺》："褖衣，近污垢。"
　　④ 戟：古代的长柄武器。
　　⑤ 裳：下身穿的衣服。《毛传》："上曰衣，下曰裳。"
　　⑥ 甲兵：铠甲、武器。

东　山

《诗经·豳风》

　　我徂东山①，慆慆不归②。我来自东，零雨其濛。我东曰归，我心西悲。制彼裳衣，勿士行枚③。蜎蜎者蠋④，烝在桑野⑤。敦彼独宿⑥，亦在车下。

　　我徂东山，慆慆不归。我来自东，零雨其濛。果臝之实⑦，亦施于宇⑧。伊威在室⑨，蟏蛸在户⑩。町畽鹿场⑪，熠燿宵行⑫。不可畏也，伊可怀也！

　　我徂东山，慆慆不归。我来自东，零雨其濛。鹳鸣于垤⑬，妇叹于室。洒扫穹窒⑭，我征聿至⑮。有敦瓜苦⑯，烝在栗薪⑰。自我不见，于今三年！

　　我徂东山，慆慆不归。我来自东，零雨其濛。仓庚于飞，熠燿其羽。之子于归，皇驳其马⑱。亲结其缡⑲，九十其仪⑳。其新孔嘉，其旧如之何？

【题 解】

　　这是《诗经·国风·豳风》中的代表作，此诗是一位解甲归田的士兵在归家途中所写。诗作通过描写士兵归家途中的所见所感，抒发了其渴望早日归家的急切心情以及对于家园荒芜、家人怨思等的忧愁幽思。此诗语挚情浓，想象丰富，描写真实细腻，同时每章篇首的叠咏将诗中所有片断的追忆和想象串联起来，使之成为浑融完美的艺术整体，真实再现了出征战士"近乡情更怯，不敢问来人"的复杂心情。

【注 释】

　　①徂（cú）：往，去。东山：在今山东境内，它是诗中兵士远征的

地方。

② 慆慆（tāo）：长久。

③ 士：通"事"。行枚：行军时衔在口中以保证不出声的竹棍。

④ 蜎蜎（yuān）：幼虫蜷曲的样子。蠋（zhú）：一种野蚕。

⑤ 烝：长久。

⑥ 敦（duì）：团状。

⑦ 果臝（luǒ）：葫芦科植物，一名栝楼。臝，裸的异体字。

⑧ 施（yì）：蔓延。

⑨ 伊威：一种小虫，俗称土虱。

⑩ 蠨蛸（xiāo shāo）：一种蜘蛛。

⑪ 町畽（tǐng tuǎn）：兽迹。

⑫ 熠耀：光明的样子。宵行：磷火。

⑬ 垤（dié）：小土丘。

⑭ 穹窒：清除脏物。

⑮ 聿：语气助词，有将要的意思。

⑯ 瓜苦：犹言瓜瓠，瓠瓜，一种葫芦。古俗在婚礼上剖瓠瓜成两张瓢，夫妇各执一瓢盛酒漱口。

⑰ 栗薪：犹言蓼薪，束薪。

⑱ 皇驳：马毛淡黄的叫皇，淡红的叫驳。

⑲ 亲：此指女方的母亲。结缡：将佩巾结在带子上，古代婚仪。

⑳ 九十：言其多。

采　薇

《诗经·小雅》

采薇采薇①，薇亦作止②。曰归曰归，岁亦莫止③。靡室靡家④，
猃狁之故⑤。不遑启居⑥，猃狁之故。

采薇采薇，薇亦柔止[7]。曰归曰归，心亦忧止。忧心烈烈，载饥载渴[8]。我戍未定，靡使归聘[9]。

采薇采薇，薇亦刚止[10]。曰归曰归，岁亦阳止[11]。王事靡盬[12]，不遑启处。忧心孔疚，我行不来。

彼尔维何，维常之华[13]。彼路斯何[14]，君子之车。戎车既驾，四牡业业[15]。岂敢定居，一月三捷。

驾彼四牡，四牡骙骙[16]。君子所依，小人所腓[17]。四牡翼翼，象弭鱼服[18]。岂不日戒，猃狁孔棘[19]。

昔我往矣，杨柳依依。今我来思[20]，雨雪霏霏。行道迟迟，载渴载饥。我心伤悲，莫知我哀。

【题 解】

这首诗是《诗经·小雅》中边塞征战题材的代表作。诗作于从征士卒久戍得归之时，通过对艰辛征战生活的回忆和激烈战斗场面的描写，抒发了士卒对战争的厌恶以及对故乡的缠绵思念之情。此诗以豌豆苗的生长历程来暗示时间的推移，比兴生动形象，同时诗作采用回环复沓的句式，倒叙追忆的手法，增添了诗作的丰富内涵。同时尾章的抒情"以乐景写哀，以哀景写乐"，是诗歌情景交融的典范。

【注 释】

①薇：野豌豆苗，可食。

②作：生，指初生。止，语末助词。

③莫：即今"暮"字。

④靡室靡家：无有家室生活。意指男旷女怨。

⑤猃狁（xiǎn yǔn）：我国古代北方的一个民族。秦汉以后称匈奴。

⑥不遑：不暇。启居：启，跪、危坐。居，安坐、安居。古人席地而坐，故有危坐、安坐的分别。无论危坐和安坐都是两膝着席，危坐时腰

部伸直，臀部同足离开；安坐时则将臀部贴在足跟上。

⑦ 柔：柔嫩。"柔"比"作"更进一步生长。

⑧ 载饥载渴：则饥则渴；即又饥又渴。

⑨ 聘：问，谓问候。

⑩ 刚：坚硬。

⑪ 阳：十月为阳。今犹言"十月小阳春"。

⑫ 盬（gǔ）：王引之释为无止息。

⑬ 常：通"棠"，即棠棣，植物名。

⑭ 路：假作"辂"，大车。斯何：犹言维何。

⑮ 牡：雄马。业业：壮大的样子。

⑯ 骙（kuí）：雄强，威武。

⑰ 腓（féi）：庇，掩护。

⑱ 翼翼：安闲的样子。谓马训练有素。弭（mǐ）：弓的一种，其两端
　　饰以骨角。象弭：以象牙装饰弓端的弭。鱼服：鱼皮制的箭袋。

⑲ 孔棘，很紧急。

⑳ 思：语末助词。

国　殇

楚·屈原

操吴戈兮被犀甲①，车错毂兮短兵接②。
旌蔽日兮敌若云③，矢交坠兮士争先④。
凌余阵兮躐余行⑤，左骖殪兮右刃伤⑥。
霾两轮兮絷四马⑦，援玉枹兮击鸣鼓⑧。
天时坠兮威灵怒⑨，严杀尽兮弃原野。
出不入兮往不反⑩，平原忽兮路超远⑪。
带长剑兮挟秦弓⑫，首身离兮心不惩。

诚既勇兮又以武，终刚强兮不可凌。
身既死兮神以灵，子魂魄兮为鬼雄！

【题解】

这首诗是屈原《九歌》中一首追悼为国牺牲的将士而作的挽歌。此诗是为楚怀王十七年（前312），秦大败楚军于丹阳、蓝田一役而写。全诗生动地描绘了一次战役的经过：将士们身披犀甲，手持吴戈，与敌人展开了短兵相接的战斗。由于敌众我寡，我军伤亡惨重，但壮士们依然誓死战斗。通过这样壮阔的战争场面描写，诗人高度赞扬了英雄们意志刚强、武力强大，身虽死而志不可夺的英勇气概，盛赞他们是鬼中豪杰！此诗描写战斗的场面悲惨壮烈，生动形象，不愧为一首惊风雨、泣鬼神的悲壮挽歌。

【注释】

① 吴戈：战国吴地所制的戈。操：拿着。被：通"披"。犀甲：犀牛皮制作的铠甲。

② 毂（gǔ）：车的轮轴。错毂：指两国双方激烈交战，兵士来往交错。毂是车轮中心插轴的地方。短兵：指刀剑一类的短兵器。

③ 旌：用羽毛装饰的旗子。

④ 此句意谓双方激战，流箭交错，纷纷坠落，战士却奋勇争先杀敌。矢：箭。

⑤ 凌：侵犯。躐（liè）：践踏。行（háng）：行列。

⑥ 左骖（cān）：古代战车用四匹马拉，中间的两匹马叫"服"，左右两边的叫"骖"。殪（yì）：倒地而死。右：指右骖。

⑦ 此句意谓把战车的两轮埋在土中，马头上的缰绳也不解开，要同敌人血战到底。霾（mái）：通"埋"。絷（zhí）：绊住。

⑧ 此句意谓主帅鸣击战鼓以振作士气。援：拿着。枹（fú）：用玉装

饰的鼓槌。

⑨ 天时：天意。坠：通"怼"（duì），恨。威灵怒：神明震怒。

⑩ 此句意谓战士抱着义无反顾的必死决心。

⑪ 忽：指原野宽广无际。超：通"迢"。

⑫ 挟：携，拿。秦弓：战国秦地所造的弓（因射程较远而著名）。

【名句】

身既死兮神以灵，子魂魄兮为鬼雄！

战城南

汉乐府民歌

战城南，死郭北①，野死不葬乌可食。为我谓乌："且为客豪②，野死谅不葬，腐肉安能去子逃？"

水深激激，蒲苇冥冥③。枭骑战斗死，驽马徘徊鸣④。

梁筑室，何以南，何以北⑤，禾黍不获君何食⑥？愿为忠臣安可得？思子良臣⑦，良臣诚可思：朝行出攻，暮不夜归。

【题解】

此诗是汉乐府"铙歌十八曲"中的第六曲。诗作通过模拟死尸与乌鸦的对话，将大战后血流成河、尸横遍野的凄惨场面生动形象地再现了出来。同时，无情地揭露了造成士卒"野死不葬乌可食"的深层社会原因，即统治者的刻薄寡恩、官府的冷酷无情。诗作情真语质，强烈的愤慨之情遍布字里行间，充分体现出乐府民歌的风格特点。

【注释】

① 郭：外城。

② 客：指战死者，死者多为外乡人，故称之为"客"。豪：通"号"，号哭。

③ 激激：清澈的样子。冥冥：深暗的样子。

④ 枭骑：勇健的骑兵战士。枭通"骁"。驽马：劣马，此诗中指疲惫的马。

⑤ "梁筑室"三句：在桥梁上修了房子，堵塞了南北交通，表示社会秩序的混乱。梁，桥梁。

⑥ "禾黍"句：国内壮丁均战死荒野，无人耕种收获，君主何从得食？

⑦ 良臣：忠心为国的战士。

十五从军征

汉乐府民歌

十五从军征，八十始得归。

道逢乡里人，家中有阿谁？

遥望是君家，松柏冢累累①。

兔从狗窦入②，雉从梁上飞③。

中庭生旅谷④，井上生旅葵。

舂谷持作饭⑤，采葵持作羹。

羹饭一时熟，不知贻阿谁⑥。

出门东向望，泪落沾我衣。

【题解】

此诗是汉乐府民歌中表现征人苦难一生的代表作。诗作通过描写一位老兵历经六十多年的军旅生涯，在其年老体弱最终返回故里之时，看到的却是家园的残败与荒芜。诗作由此强烈地控诉了长期的战乱和不合理的兵役制度给广大民众带来的深重灾难。此诗语言质朴无华，以白描的手法、层层递进的描述，将人物沉痛的感情表现得酣畅淋漓，读之令人惊心动魄。

【注释】

① 冢（zhǒng）：坟墓。累累：与"垒垒"通，形容丘坟一个连一个的样子。
② 狗窦（dòu）：给狗出入的墙洞，窦，洞穴。
③ 雉（zhì）：野鸡。
④ 中庭：屋前的院子。旅：旅生，植物未经播种而野生。旅谷：野生的谷子。
⑤ 舂：把东西放在石臼或乳钵里捣掉谷子的皮壳或捣碎。
⑥ 贻（yí）：送，赠送。

【名句】

十五从军征，八十始得归。
道逢乡里人，家中有阿谁？

苦寒行

东汉·曹操

北上太行山①，艰哉何巍巍！

羊肠坂诘屈②，车轮为之摧。

树木何萧瑟！北风声正悲。

熊罴对我蹲，虎豹夹路啼。

溪谷少人民③，雪落何霏霏！

延颈长叹息④，远行多所怀。

我心何怫郁⑤？思欲一东归⑥。

水深桥梁绝，中路正徘徊。

迷惑失故路，薄暮无宿栖。

行行日已远，人马同时饥。

担囊行取薪，斧冰持作糜⑦。

悲彼《东山》诗⑧，悠悠使我哀。

【题 解】

　　这首乐府诗是曹操在建安十一年（206）征高干时所作。高干是袁绍之甥，降曹后又反，当时屯兵在壶关口。曹操从邺城（今河北省临漳县西）出兵，取道河内，北度太行山，其时在正月。诗作通过对委曲如肠的坂道、风雪交加的征途、食宿无依的困境之描述，将军旅生活的艰辛展露出来，由此进一步透露出诗人厌战思乡的情绪。此诗情感真挚，语言质朴，格调古直悲凉，回荡着一股沉郁之气。

【注 释】

　　① 太行山：指河内的太行山，在河南省沁阳县北，是太行山的支脉。

　　② 羊肠坂：指从沁阳经天井关到晋城的道路。诘屈：纡曲。

　　③ 溪：山里的水沟。山居的人都聚在溪谷近旁，既然"溪谷少人民"，
　　　　山里别处更不用说了。

　　④ 延颈：伸长脖子，表示怀望。

⑤ 怫郁：心不安。

⑥ 思欲一东归：怀念故乡谯县（今安徽省亳县）。

⑦ 斧冰：凿冰。糜：稀粥。

⑧《东山》：《诗经·豳风》篇名。《东山》写远征军人还乡，旧说
　是周公所作。这里提到《东山》诗，一则用来比照当前行役苦况，
　二则以周公自喻。

却东西门行

东汉·曹操

鸿雁出塞北，乃在无人乡。
举翅万余里，行止自成行。
冬节食南稻，春日复北翔。
田中有转蓬①，随风远飘扬。
长与故根绝，万岁不相当②。
奈何此征夫，安得驱四方！
戎马不解鞍，铠甲不离旁。
冉冉老将至，何时返故乡？
神龙藏深泉③，猛兽步高冈④。
狐死归首丘⑤，故乡安可忘！

【题解】

　　这首诗是曹操边塞诗的代表作。诗作借"鸿雁"起兴，烘托出人不
如雁的悲凉气息；又以蓬草随风漂泊、归无定所的形象作比，引出征夫
的悲惨命运：征战四方，戎马倥偬，老之将至，不见归期。此后，诗人

又借神龙、猛兽、狐狸对故乡至死不渝的爱恋作比，抒发了征夫强烈的思乡之情。此诗在结构上大开大合，多用对比，层层铺垫，从而加强了诗歌浓重的悲凉气息。

【注 释】

① 转蓬：飞蓬，菊科植物，古诗中常以飞蓬比喻征夫游子背井离乡的漂泊生活。
② 不相当：不相逢，指飞蓬与本根而言。
③ 深泉：应作"深渊"，唐人抄写古书时常把"渊"字改为"泉"，以避唐高祖李渊之讳。
④ 猛兽：应作"猛虎"，唐人为李渊之父李虎避讳，常把"虎"字改写作"猛兽"。
⑤ "狐死"句：屈原《哀郢》中有"鸟飞反故乡兮，狐死必首丘"。首丘，头向着自己的窟穴。狐死首丘是古来的一种说法，用以比喻人不该忘记故乡。

【名 句】

神龙藏深泉，猛兽步高冈。
狐死归首丘，故乡安可忘！

白马篇

三国魏·曹植

白马饰金羁①，连翩西北驰②。

借问谁家子，幽并游侠儿③。

少小去乡邑，扬声沙漠垂④。

宿昔秉良弓，楛矢何参差⑤。

控弦破左的，右发摧月支⑥。

仰手接飞猱，俯身散马蹄⑦。

狡捷过猴猿，勇剽若豹螭⑧。

边城多警急，虏骑数迁移⑨。

羽檄从北来，厉马登高堤⑩。

长驱蹈匈奴⑪，左顾凌鲜卑⑫。

弃身锋刃端，性命安可怀⑬？

父母且不顾，何言子与妻！

名编壮士籍，不得中顾私。

捐躯赴国难，视死忽如归！

【题解】

这首诗是曹植边塞诗的代表作。诗作通过对青年爱国英雄奔赴战场、奋勇杀敌的形象刻画，展现了英雄捐躯为国、视死如归的崇高精神境界，抒发了作者的报国之志。此诗以曲折动人的情节，塑造了一个性格鲜明、生动感人的青年爱国英雄形象。这样的英雄形象，既是诗人的自我写照，又凝聚和闪耀着时代的光辉，洋溢着浓郁的青春气息，因此此诗堪称曹植前期诗歌的经典之作。

【注释】

① 羁：马络头。

② 连翩：接连不断，这里形容轻捷迅急的样子。魏初西北方为匈奴、鲜卑等少数民族居住区，驰向西北即驰向边疆战场。

③ 幽并：幽州和并州，是古燕赵之地，多慷慨悲歌、重情重义的侠
义之士。游侠儿：重义轻生的青年男子。

④ 扬：传扬。垂：边疆。"少小"二句：青壮年时期即离开家乡，为
保卫国家而扬名于边疆。

⑤ 宿昔：向来，长久。二句意谓平日手执精良硬弓，袋中利箭参差不齐。

⑥ 控：引，拉开。左的：左方的射击目标。月支：与"马蹄"都是射贴
（箭靶）的名称。

⑦ 接：迎接飞驰而来的东西。猱（náo）：猿类，善攀援，上下如飞。

⑧ 剽：行动轻捷。螭（chī）：传说中的猛兽，如龙而黄。

⑨ 虏：胡虏，古时对北方少数民族的蔑称。数：屡次。

⑩ 羽檄：檄是军事方面用于征召的文书，插上羽毛表示军情紧急，所
以叫羽檄。厉马：奋马，策马。

⑪ 蹈：奔赴。

⑫ 凌：压倒，压服，以武临之。

⑬ 怀：顾惜。

【名句】

仰手接飞猱，俯身散马蹄。
捐躯赴国难，视死忽如归！

泰山梁甫行

三国魏·曹植

八方各异气①，千里殊风雨②。
剧哉边海民③，寄身于草墅。
妻子象禽兽，行止依林阻④。

柴门何萧条，狐兔翔我宇。

【题解】

  这首诗是曹植后期诗歌的代表作。诗人在曹丕篡汉后，在自身生存的艰难不幸中，逐渐体会到下层人民的痛苦。这首诗借用白描的手法，描绘了边海农村残破荒凉的景象，表现了对下层人民的深切同情。此诗语言质朴自然，结构简洁流畅，具有较强的写实性，代表了曹植后期诗歌的风格特点。

【注 释】

  ① 八方：东、南、西、北为四方。东南、东北、西南、西北为四隅，
   合称八方。异气：气候差异很大。
  ② 殊风雨：指气候特殊。
  ③ 剧：艰难。
  ④ 林阻：山林险阻之地。

七哀诗 三首选一

三国魏·王粲

其 三

边城使心悲，昔吾亲更之。
冰雪截肌肤，风飘无止期。
百里不见人，草木谁当迟？

登城望亭燧^①，翻翻飞戍旗。

行者不顾返，出门与家辞。

子弟多俘虏，哭泣无已时。

天下尽乐土^②，何为久留兹？

蓼虫不知辛^③，去来勿与谘^④。

【题 解】

这首诗是"建安七子"之一的王粲所作。王粲对于汉末动乱的社会现实深有体会，这首诗用白描的手法描绘了边地荒寒的景象以及百姓深受战乱之苦，劝诫人们离开边地，去追求生活的乐土。此诗语言质朴，情感浓厚，体现出建安文学"志深而笔长，梗概而多气"的特点。

【注 释】

① 亭：亭障，边塞上用以瞭望和防守敌人的岗楼。燧：敌人侵犯时用柴或狼粪于亭上燃烧报警，白天烧烟叫做燧，夜晚举火叫做烽。

② 乐土：安乐太平的地方。《诗经·魏风·硕鼠》："逝将去汝，适彼乐土。"

③ 蓼（liǎo）虫：生长在水蓼上的一种昆虫。水蓼是一种味苦的植物。蓼虫因为长期习惯于水蓼的苦味而不知什么是苦，诗人以此比喻边地人民对悲惨生活已经习惯麻木了。

④ 去来：离开。来，语气助词。谘：同"咨"，商量，询问。

从军行 五首选一

三国魏·王粲

其　一

从军有苦乐，但问所从谁。
所从神且武，焉得久劳师？
相公征关右①，赫怒震天威。
一举灭獯虏②，再举服羌夷③。
西收边地贼，忽若俯拾遗。
陈赏越丘山，酒肉逾川坻④。
军中多饫饶⑤，人马皆溢肥。
徒行兼乘还⑥，空出有余资。
拓地三千里，往返速若飞。
歌舞入邺城，所愿获无违。
昼日处大朝，日暮薄言归。
外参时明政，内不废家私。
禽兽惮为牺⑦，良苗实已挥。
窃慕负鼎翁⑧，愿厉朽钝姿。
不能效沮溺⑨，相随把锄犁。
熟览夫子诗，信知所言非。

【题 解】

　　这首诗是王粲宣扬边塞征战之乐的赞歌。诗作于建安二十年王粲随曹操西征张鲁（东汉末年割据汉中一带的军阀）期间，诗中极力颂扬了曹操的英明神武，抒发了自己乐观豪迈的进取之情。全诗语言明快，感情豪壮，极尽铺张扬厉、比喻夸张之能事，与以上渲染边塞苦寒之作迥然有别。

【注 释】

① 相公：指曹操，时任汉丞相，故称。关右：函谷关以西。

② 獯（xūn）房：对猃狁的蔑称。

③ 羌夷：对羌族的蔑称。

④ 坻（dǐ）：水中小洲或高地。

⑤ 饫（yù）饶：饱足。

⑥ 兼乘：两匹战马。此句谓出征时徒步，凯旋时骑两匹马。

⑦ 牺：牺牲，古时祭祀用的猪、牛等牲畜。惮为牺：此谓禽兽不敢横
行以害农事。

⑧ 负鼎翁：指殷相伊尹。他始为家奴，因善鼎炊烹饪受商汤赏识，官
至宰相。

⑨ 沮溺：指长沮和桀溺，二人为春秋时隐士，曾并耕以自食。

饮马长城窟行

三国魏·陈琳

饮马长城窟①，水寒伤马骨。

往谓长城吏，慎莫稽留太原卒②！

官作自有程③，举筑谐汝声④！

男儿宁当格斗死，何能怫郁筑长城⑤。

长城何连连⑥，连连三千里。

边城多健少，内舍多寡妇。

作书与内舍，便嫁莫留住。

善待新姑嫜，时时念我故夫子！

报书往边地，君今出语一何鄙⑦？

身在祸难中，何为稽留他家子⑧？

生男慎莫举，生女哺用脯。

君独不见长城下，死人骸骨相撑拄。

结发行事君，慊慊心意关^⑨。

明知边地苦，贱妾何能久自全？

【题 解】

　　这首诗是陈琳痛斥边塞徭役之苦的代表作。诗作用乐府旧题，以秦代统治者驱使百姓修筑长城的史实为背景，通过筑城役卒夫妻对话，揭露了无休止的徭役给人民带来的深重灾难。诗中用书信往返的对话形式，揭示了男女主人公的内心世界和他们彼此间的深深牵挂，赞美了筑城役卒夫妻生死不渝的高尚情操。此诗语言简洁生动，真挚感人，是控诉边塞繁重徭役题材的佳作。

【注 释】

　　① 长城窟：长城附近的泉眼。郦道元《水经注》说："余至长城，其下有泉窟，可饮马。"

　　② 慎莫：恳请语气，千万不要。稽留：滞留，指延长服役期限。太原：秦郡名，约在今山西省中部地区。

　　③ 官作：官府工程。程：期限。

　　④ 筑：夯杵等筑土工具。谐汝声：要使你们的声音协调。

　　⑤ 佛（fèi）郁：烦闷。

　　⑥ 连连：形容长而连绵不断的样子。

　　⑦ 鄙：粗野，浅薄。

　　⑧ 他家子：犹言别人家女子。

　　⑨ 慊慊（qiàn）：怨恨的样子，这里指两地思念。

从军行

三国魏·左延年

苦哉边地人，一岁三从军。
三子到敦煌，二子诣陇西^①。
五子远斗去，五妇皆怀身^②。

【题 解】

　　这首诗是曹魏诗人左延年表现边民苦难生活的代表作。诗作概括性地描绘了边塞地区连年征战和繁重的徭役给边民带来的灾难与痛苦。此诗语言简洁凝练，白描中蕴含着深沉的悲天悯人情怀，不愧为魏晋时期文人五言诗的典型之作。

【注 释】

　　①陇西：地区名，指甘肃陇山以西之地。故甘肃亦称陇西。
　　②怀身：怀孕在身。

从军行

西晋·陆机

苦哉远征人，飘飘穷四遐^①。
南陟五岭巅^②，北戍长城阿。
深谷邈无底，崇山郁嵯峨。

奋臂攀乔木，振迹涉流沙^③。

隆暑固已惨，凉风严且苛。

夏条焦鲜藻^④，寒冰结冲波。

胡马如云屯^⑤，越旗亦星罗。

飞锋无绝影^⑥，鸣镝自相和。

朝食不免胄，夕息常负戈。

苦哉远征人，抚心悲如何。

【题 解】

这首诗是西晋诗人陆机表现从军艰辛主题的代表作。诗作通过对征途的艰难险阻、气候的严寒酷暑、战争的残酷无情等边塞苦状的描写，突出了"远征人"的悲惨命运。此诗采用全景式的白描手法，充分渲染了边塞军旅生活的悲凉气息。句式上除首尾二句为散句外，全用对偶句式，对后世五言诗的格律化有重要影响。

【注 释】

① 飘飘：形容行止无定。四遐：指四方极远之处。

② 五岭：位于江西、湖南、广东、广西等省边境处，是长江与珠江流域的分水岭。至于具体的五岭，有两种说法，一指大庾岭、越城岭、骑田岭、萌渚岭、都庞岭；一指大庾、始安、临贺、桂阳、揭阳。此泛指南部边境的山峰。

③ 振迹：举步。流沙：沙漠。

④ 夏条：夏天树木茂盛的枝条。藻：光彩。

⑤ 胡马：与下文的"越旗"皆代指敌军。云屯：与下文的"星罗"都是形容人众多。

⑥ 飞锋：指兵刃。无绝影：谓刀光剑影不停息。

杂 诗

西晋·王赞

朔风动秋草，边马有归心。
胡宁久分析^①，靡靡忽至今^②。
王事离我志，殊隔过商参^③。
昔往鸧鹒鸣^④，今来蟋蟀吟。
人情怀旧乡，客鸟思故林。
师涓久不奏^⑤，谁能宣我心。

【题 解】

这首五言古诗生动地表现了一个久在戍边的战士怀乡思归的心情，言离别虽然由于国事，但思乡却是人之常情，但愿能有像师涓那样的人能表我的心事。此诗情感真挚，语言质朴率真，是表现久戍思归主题的代表作。

【注 释】

① 胡宁：为何。分析：分离。
② 靡靡：迟迟。
③ "王事"二句：国家的事牵系住我的心，使我不得顾私事，以至于殊隔久远。
④ 鸧鹒（cāng gēng）：黄莺，鸣于春。
⑤ 师涓：春秋时卫国的乐师。此典出自《韩非子·十过》："卫灵公将之晋，至濮水之上，税车而放马，设舍以宿。夜分，而闻鼓新声者而说（悦）之。使人问左右，尽报弗闻。乃召师涓而告之，曰：'有鼓新声者，使人问左右，尽报弗闻。其状似鬼神，子为我听而写之。'师涓曰：'诺。'因静坐抚琴而写之。师涓明日报曰：'臣得之矣。……'"

扶风歌

西晋·刘琨

朝发广莫门①，暮宿丹水山②。

左手弯繁弱③，右手挥龙渊④。

顾瞻望宫阙⑤，俯仰御飞轩⑥。

据鞍长叹息⑦，泪下如流泉。

系马长松下，发鞍高岳头⑧。

烈烈悲风起，泠泠涧水流。

挥手长相谢，哽咽不能言。

浮云为我结⑨，归鸟为我旋。

去家日已远，安知存与亡？

慷慨穷林中，抱膝独摧藏⑩。

麋鹿游我前，猿猴戏我侧。

资粮既乏尽，薇蕨安可食⑪？

揽辔命徒侣⑫，吟啸绝岩中。

君子道微矣，夫子故有穷⑬。

惟昔李骞期，寄在匈奴庭；

忠信反获罪，汉武不见明⑭。

我欲竟此曲，此曲悲且长；

弃置勿重陈，重陈令心伤。

【题 解】

这首诗是刘琨描写边塞题材的佳作。诗作于晋怀帝永嘉元年（307）九月末刘琨自洛阳出发到晋阳（今山西太原西南）任并州刺史的旅途中，当时黄河以北，已成为匈奴、羯等少数民族争战角逐之地，作者此次走马上任显然是怀着匡扶晋室的壮志冒险犯难而去的。诗人通过对旅途中

种种艰辛的描绘，抒发了自己抑郁忠愤的心情，全诗风格苍凉悲壮，颇近建安格调。

【注 释】

① 广莫门：洛阳的北门。

② 丹水山：即丹朱岭，丹水发源处，在今山西高平县。

③ 繁弱：古代良弓名。

④ 龙渊：古代宝剑名。

⑤ 宫阙：此指洛阳皇宫。

⑥ 御飞轩：驾着飞驰的车子。

⑦ 据鞍：靠着马鞍。

⑧ 发鞍：卸下马鞍。高岳：高山。

⑨ 结：停滞。

⑩ 摧藏：深重的忧伤。

⑪ 薇蕨（jué）：指野菜。

⑫ 揽辔：执着马缰绳。徒侣：随从。

⑬ "君子"二句：以孔子绝粮的故事表达虽身处困境仍坚持操守的气节。《论语·卫灵公》：孔子"在陈绝粮，从者病莫能兴。子路愠，见曰：'君子亦有穷乎？'子曰：'君子固穷，小人穷斯滥矣！'"微：衰落。夫子：指孔子。

⑭ "惟昔"四句：以李陵之事说明自己得不到朝廷信任的忧虑。据司马迁《报任安书》，汉武帝时李广之孙李陵出征匈奴，因寡不敌众，兵败而降。司马迁认为他"欲得其当而报于汉"，但武帝却杀了李陵全家。李：指李陵。骞期：延期。骞，通"愆"，等待的意思。

【名 句】

浮云为我结，归鸟为我旋。

代东武吟 ①

南朝宋·鲍照

主人且勿喧，贱子歌一言 ②。
仆本寒乡士，出身蒙汉恩。
始随张校尉，招募到河源 ③。
后逐李轻车，追虏穷塞垣 ④。
密途亘万里，宁岁犹七奔 ⑤。
肌力尽鞍甲，心思历凉温。
将军既下世，部曲亦罕存 ⑥。
时事一朝异，孤绩谁复论 ⑦？
少壮辞家去，穷老还入门。
腰镰刈葵藿，倚杖牧鸡豚 ⑧。
昔如鞲上鹰，今似槛中猿 ⑨。
徒结千载恨，空负百年怨。
弃席思君幄，疲马恋君轩 ⑩。
愿垂晋主惠，不愧田子魂 ⑪。

【题 解】

这首诗是南朝诗人鲍照边塞诗的又一佳作。诗作以一位老兵的叙事视角，讲述了他一生征战塞外的艰苦经历和回乡后有功不获赏的悲怨心情。此诗描写生动，语言劲峭，音调响亮，与唐代王维《老将行》有异曲同工之妙。

【注 释】

① 东武吟：本为齐地歌曲名。东武，古地名，在今山东诸城一带。

② 贱子：老兵的谦称。

③ 张校尉：西汉张骞，曾以校尉之职随卫青击匈奴。《汉书》有传。河源：黄河源头，代指西北极边远的地方。

④ 李轻车：李蔡。汉飞将军李广从弟，曾为轻车将军，击匈奴右贤王有功。塞垣：泛指边塞地区。

⑤ 密：近。亘：绵延。宁岁：安宁的年岁。七奔：指多次为征战奔命。

⑥ 下世：去世。部曲：《汉书·李广传》颜师古注引《续汉书·百官志》云："将军领军，皆有部曲。大将军营五部，部校尉一人。部下有曲，曲有军候一人。"罕：稀少。

⑦ 孤绩：个人独有的功绩。

⑧ 刈（yì）：割。葵藿（huò）：野菜名。豚（tún）：猪。

⑨ 鞲（gōu）：革制袖套。槛（jiàn）：圈兽类的栅栏。

⑩ "弃席"句：用晋文公事。据《韩非子·外储说左上》载，晋文公重耳流亡二十年，在终于可以返国为君时，要抛弃流亡时用的笾豆、席蓐，怠慢患难与共的有功随从。大臣咎犯劝谏，文公方止。幄（wò），帐幕。"疲马"句：用田子方事。据《韩诗外传》卷八载，战国时魏人田子方见老马被弃于路，"曰：'少尽其力而老弃其身，仁者不为也。'束帛而赎之"。轩，车驾。

⑪ "愿垂"二句：希望君王不忘旧臣。晋主：指晋文公。田子魂：田子方的魂灵。一说"魂"通"云"，指田子方讲的话。

代出自蓟北门行

南朝宋·鲍照

羽檄起边亭①，烽火入咸阳②。
征骑屯广武③，分兵救朔方④。
严秋筋竿劲⑤，虏阵精且强。

天子按剑怒，使者遥相望。

雁行缘石径⑥，鱼贯度飞梁⑦。

箫鼓流汉思，旌甲被胡霜。

疾风冲塞起，沙砾自飘扬。

马毛缩如猬，角弓不可张⑧。

时危见臣节，世乱识忠良。

投躯报明主，身死为国殇⑨。

【题 解】

　　这首乐府诗是南朝诗人鲍照边塞诗的又一佳作。鲍照作为南北朝时期有着边塞经历的少数诗人之一，其诗作通过对边庭紧急战事和边境恶劣环境的渲染，突出表现了壮士从军卫国、英勇赴难的壮志和激情。此诗写景雄奇壮观，抒情悲壮阔大，气势飞动流转，是南北朝时期边塞诗不可多得的雄阔诗篇。

【注 释】

① 羽檄（xí）：古代的紧急军事公文。边亭：边境上的瞭望哨。

② 烽火：边防告警的烟火，古代边防发现敌情，便在高台上燃起烽火报警。咸阳：城名，秦曾建都于此，借指京城。

③ 征骑：征发的部队。屯：驻兵防守。广武：地名，今山西代县西。

④ 朔方：汉郡名，在今内蒙古自治区河套西北部及后套地区。

⑤ 严秋：肃杀的秋天。这句的意思是弓弦与箭杆都因深秋的干燥变得强劲有力。

⑥ 雁行：排列整齐而有次序，像大雁的行列一样。缘：沿着。

⑦ 鱼贯：游鱼先后接续。飞梁：凌空飞架的桥梁。

⑧ 缩：蜷缩。猬：刺猬。角弓：以牛角做的硬弓。

⑨ 投躯：舍身，献身。国殇（shāng）：为国牺牲的人。

【名 句】

时危见臣节，世乱识忠良。
投躯报明主，身死为国殇。

拟古 八首选一

南朝宋·鲍照

其 三

幽并重骑射，少年好驰逐。
毡带佩双鞬，象弧插雕服①。
兽肥春草短，飞鞚越平陆②。
朝游雁门上，暮还楼烦宿③。
石梁有余劲④，惊雀无全目⑤。
汉虏方未和，边城屡翻覆⑥。
留我一白羽，将以分虎竹⑦。

【题 解】

　　这首诗是南朝诗人鲍照借古讽今的代表作。诗作通过对幽并少年义无反顾、奋身疆场忘我精神的刻画，抒发了诗人安边定远的豪情壮志。此诗用工笔细致描绘出少年的服饰、装备，骑术的精湛神速，射技的精妙无双，形象地刻画出了幽并少年的英雄形象，全诗感情豪壮，形象鲜明，境界阔大，开合自如。

【注 释】

① 鞬（jiàn）：弓袋。雕服：雕绘的箭囊。象弧：用象牙装饰的弓。这两句是写少年的装备：毡带上系着双鞬，象弧插在鞬中，雕服里插着箭。

② 飞鞚（kòng）：飞马奔驰。鞚，马勒，这里代马。平陆：平原。

③ 雁门：雁门山，在今山西省代县西北。楼烦：县名，汉属雁门郡，在今山西省原平县东北。二地在当时是边疆要塞。

④ 石梁：石堰或石桥。《文选》李善注中引《阚子》记载：宋景公让工人制成一个弓，他登上虎圈之台，引弓向东面射去，箭越过西霜之山，直到彭城之东，余力很大，一下子竟射进石梁里面。此处用典，说箭射入石梁犹有余劲，形容少年膂力之大，弓矢之利。

⑤ 全目：完整的眼睛。《文选》李善注中引《帝王世纪》记载：帝羿有穷氏善射，一次与吴贺出游，贺使羿射雀的左目，羿拉弓一射误中右目，感到很羞愧。此处用典，说少年要射飞鸟的眼睛就必然射中，这是形容其射术之精。

⑥ 翻覆：即反复。说汉虏时战时和，反复无常。

⑦ 白羽：箭名。虎竹：铜虎符和竹使符，都是汉代国家发兵遣使的凭信，符分两半，朝廷留右符，郡守或主将携左符。

拟行路难 十八首选一

南朝宋·鲍照

其十四

君不见少壮从军去，白首流离不得还。
故乡窅窅日夜隔^①，音尘断绝阻河关。

朔风萧条白云飞^②，胡笳哀极边气寒。
听此愁人兮奈何，登山远望得留颜^③。
将死胡马迹，能见妻子难。
男儿生世坎坷欲何道^④？绵忧摧抑起长叹^⑤。

【题解】

这首诗是鲍照代言体诗的代表作。诗作描写了一位出征在外的老兵由于常年征战在外，故乡音尘断绝，从而生发出强烈的思乡之情以及即将客死他乡，无法与家人团聚的悲凉与失意心境，从而揭露了战乱给平民百姓造成的沉重灾难。此诗情感真挚浓厚，描写生动形象，语言婉转流畅，与乐府民歌《十五从军征》有异曲同工之妙。

【注释】

①窅窅（yǎo）：遥远。
②朔风：北风。
③留颜：留住容颜不使变老。
④坎坷：车行不利，引申为人生艰难。
⑤绵忧：绵长不绝的忧愁。摧：悲。抑：压抑。

征 怨

南朝宋·江淹

荡子从征久，凤楼箫管闲^①。
独枕凋云鬓，孤灯损玉颜。
何日边尘净^②，庭前征马还。

这首乐府诗是南朝诗人江淹表现边塞闺怨主题的代表作。诗作形象地描写出一位闺中女性在征人离家后寂寥凄清的生活以及其对征夫强烈的思念之情，表达了诗人对闺中思妇的深切同情和对长期征战的不满之情。此诗形象地描绘出闺中女性的生活环境，以写景来衬情，情真语质，是边塞题材闺怨诗的佳作。

【注 释】

① 凤楼：本意是指宫内的楼阁，此处借指女性的居处。
② 边尘：指战争。

战城南

南朝梁·吴均

蹀躞青骊马①，往战城南畿。
五历鱼丽阵②，三入九重围。
名慑武安将③，血汗秦王衣④。
为君意气重，无功终不归。

【题 解】

这首诗是南朝诗人吴均边塞诗的代表作。诗作通过描绘理想中奋身疆场、视死如归的男儿形象，寄托了诗人慷慨报国的高旷情怀。此诗以跳跃式的动态描写，表现出战场紧张激烈的气氛，语言精炼生动，气势纵横，是南北朝边塞诗中不可多得的慷慨激昂之作。

【注 释】

① 蹀躞（dié xiè）：马行进的样子。青骊马：毛色青黑相杂的骏马。

② 鱼丽阵：古代战阵名。兵车在前，步兵随后，如鱼之相依而行，故名。

③ 慑：威慑，慑服。武安将：指能征善战的将军，战国时秦将白起均被封为武安君。

④ 血汗秦王衣：此典故出自《史记·廉颇蔺相如列传》，其载：秦王与赵王会于渑池，赵王为秦王鼓瑟，而秦王却不愿为赵王击缶，赵王随从蔺相如力争：若秦王以强凌弱，不为赵王击缶，"五步之内，相如请得以颈血溅大王矣！"秦王被折服，终为赵王击缶。

边城将 四首选一

南朝梁·吴均

其　一

塞外何纷纷，胡骑欲成群。
尔时始应募，来投霍冠军①。
刀含四尺影，剑抱七星文②。
袖间血洒地，车中旌拂云③。
轻躯如未殡，终当厚报君④。

【题 解】

　　这首诗是吴均边塞诗的又一佳作。诗作形象地刻画了"边城将"从军塞外，浴血奋战的英雄形象和誓死报国的崇高精神。此诗对仗工整，气势超越豪迈，代表了吴均边塞诗的风格特点。

【注 释】

① 霍将军：指西汉抗击匈奴的名将霍去病，后借指功高位重的武将。

② 七星文：指剑身有七星纹饰。

③ 拂云：指旌旗高扬，谓凯旋。

④ 轻躯：对自己的谦称。殡：埋葬。

入 关

南朝梁·吴均

羽檄起边庭，烽火乱如萤。

是时张博望①，夜赴交河城②。

马头要落日③，剑尾掣流星。

君恩未得报，何论身命倾。

【题 解】

这首诗描写了一位为国赴难的勇士，在国家面临危难的时刻，义无反顾，连夜奔赴战场，且展现出他英勇无畏的精神与气魄。此诗节奏紧凑，气势纵横，有盛唐边塞诗的气概。

【注 释】

① 张博望：指汉代的张骞。张骞因成功联络西域各国共同抗击匈奴，被封为博望侯，故后人也称他为"张博望"。

② 交河：古城名，在今新疆吐鲁番西北，曾为西域车师、高昌等国都城。

③ 要：同"邀"，此处为拦截的意思。

【名句】

马头要落日，剑尾掣流星。

胡无人行

南朝梁·吴均

剑头利如芒，恒持照眼光。
铁骑追骁虏，金羁讨黠羌①。
高秋八九月，胡地早风霜。
男儿不惜死，破胆与君尝。

【题解】

这首诗是吴均边塞诗的又一佳作。吴均出身寒微，仕途很不如意，但他一直志向高远，有建功立业之心。这首诗即是借谈兵以咏怀，抒发自己内心的勃郁之气。此诗有着慷慨激昂的感情和凌厉直前的气概，结构上起承转合，章法整饬，节奏明快，音调铿锵，语言畅达，笔力劲健，有唐人边塞诗的风范。

【注释】

① 铁骑：披着铠甲的战马。金羁：饰金的马络头。

陇西行 三首选一

南朝梁·萧纲

其 三

悠悠悬斾旌①，知向陇西行。

减灶驱前马②，衔枚进后兵③。

沙飞朝似幕，云起夜疑城。

回山时阻路，绝水亟稽程④。

往年郅支服⑤，今岁单于平。

方欢凯乐盛，飞盖满西京。

【题 解】

这首五言古诗是萧纲边塞诗的代表作。萧纲曾在地处南北边境的雍州任刺史七年，有着亲临战场的经历。故此诗借用汉击匈奴的故事，抒发了自己建功边塞的壮志和凯旋受赏的豪情。此诗将急行军的紧张、征途的艰险、战后凯旋之乐等都做了细致的描摹，诗歌语言凝练，造语新奇，情感浓厚，形象生动，实在是耳目所见，有感而发，是萧纲"吟咏性情"诗论主张的鲜明体现。

【注 释】

① 悠悠：旗帜飘扬的样子。斾旌：泛指旗帜。

② 减灶：典出《史记·孙子列传》。齐、魏马陵之战，孙膑用减灶的计策诱敌深入，使庞涓轻率冒进，终至兵败自刎。

③ 衔枚：横衔枚于口中，以防喧哗或叫喊而暴露目标。枚，形如筷子，两端有带，可系于颈上。

④ 绝水：水源断绝。亟（qì）：屡次。稽程：延误行程。

⑤ 郅（zhì）支：匈奴单于，呼韩邪单于之兄，名呼屠吾斯。汉宣帝五凤二年（前56）独立为郅支骨都单于。元帝初，叛汉，建昭三年（前36）为西域副校尉陈汤攻杀。见《汉书·陈汤传》与《匈奴传》。后世因以"郅支"代指外寇。

从军行 二首选一

南朝梁·萧纲

其 二

云中亭障羽檄惊①，甘泉烽火通夜明②。

贰师将军新筑营③，嫖姚校尉初出征④。

复有山西将⑤，绝世爱雄名。

三门应遁甲⑥，五垒学神兵⑦。

白云随阵色，苍山答鼓声。

逦迤观鹅翼⑧，参差睹雁行。

先平小月阵，却灭大宛城⑨。

善马还长乐⑩，黄金付水衡⑪。

小妇赵人能鼓瑟，侍婢初筝解郑声⑫。

庭前柳絮飞已合，必应红妆起见迎⑬。

【题解】

　　这首杂言体诗通过对汉击匈奴大战中"山西将"英雄形象的刻画，赞颂了爱国将士为国靖边、奋身疆场的爱国主义精神。此诗情景交融，情感豪迈，在形式上五、七言相杂，既富于变化又流畅婉转，表现出诗人驾驭语言的高超能力。

【注 释】

① 云中：古郡名，战国时原为赵地，秦时置郡，治所在云中县（今内蒙古托克托东北），这里指边关。亭障：古代边塞要地设置的堡垒。

② 甘泉：汉宫名，故址在今陕西淳化西北甘泉山。汉宣帝时匈奴入寇，烽火传警，由甘泉宫延至长安。

③ 贰师将军：指汉武帝时的将军李广利。

④ 嫖姚校尉：指霍去病曾因击匈奴有功封嫖姚校尉。

⑤ 山西将：古代山西出良将，故有"山西出将"的民谣。

⑥ 三门：占验家立休、生、伤、杜、景、死、惊、开为八门，以休、生、开三门为吉，余为凶，故以"三门"取其吉义。

⑦ 五垒：传说中的战阵法。

⑧ 逦迤：曲折行进的样子。鹅翼：与后文的"雁行"皆古代阵法。

⑨ 小月：汉代西域国名。大宛：古国名，为西域三十六国之一，北通康居，南面和西南面与大月氏接，产汗血马，大约在今吉尔吉斯斯坦费尔干纳盆地。

⑩ 长乐：指长乐宫，汉高祖所建。

⑪ 水衡：即水衡都尉、水衡丞的简称。汉武帝元鼎二年（前115）所置，至隋始废，掌皇家上林苑，兼管税收、铸钱。

⑫ 初笄：古代女子十五岁始加笄。郑声：原指春秋战国时郑国的民间音乐，多写男女之情，因与孔子等提倡的雅乐不同，故受儒家排斥。此后，凡与雅乐相悖的音乐，甚或一般的民间音乐，均被称为"郑声"。

⑬ 红妆：妇人，指从军将士的妻子。

敕勒歌

北朝民歌

敕勒川①，阴山下②。天似穹庐③，笼盖四野。天苍苍，野茫茫，风吹草低见牛羊④。

【题解】

这是一首描写边塞风光的乐府民歌。相传它是北齐人斛律金所唱的敕勒民歌。这首歌原为鲜卑语，后被翻译成汉语。诗作描绘了边塞草原地区辽阔壮观的自然景观以及牛羊成群的繁盛景象。诗句语言流畅，清新自然，是表现边塞风光的经典之作。

【注释】

①川：指平原。敕勒：是南北朝时期北方的一个少数民族，他们居住在今山西北部和内蒙古南部一带。敕勒川：大概因敕勒族居住此地而得名。
②阴山：阴山山脉，起于河套西北，横贯于内蒙古自治区中部偏西一带。
③穹庐：游牧民族所住的圆顶帐篷，即今蒙古包。
④见：同"现"。

【名句】

天苍苍，野茫茫，风吹草低见牛羊。

木兰诗

北朝民歌

　　唧唧复唧唧，木兰当户织。不闻机杼声①，惟闻女叹息。问女何所思，问女何所忆。女亦无所思，女亦无所忆。昨夜见军帖②，可汗大点兵③。军书十二卷④，卷卷有爷名。阿爷无大儿，木兰无长兄。愿为市鞍马⑤，从此替爷征。

　　东市买骏马，西市买鞍鞯⑥，南市买辔头⑦，北市买长鞭。旦辞爷娘去，暮宿黄河边。不闻爷娘唤女声，但闻黄河流水鸣溅溅⑧。旦辞黄河去，暮至黑山头。不闻爷娘唤女声，但闻燕山胡骑鸣啾啾。

　　万里赴戎机，关山度若飞⑨。朔气传金柝⑩，寒光照铁衣。将军百战死，壮士十年归。

　　归来见天子，天子坐明堂⑪。策勋十二转⑫，赏赐百千强。可汗问所欲，木兰不用尚书郎⑬，愿驰千里足，送儿还故乡。

　　爷娘闻女来，出郭相扶将；阿姊闻妹来，当户理红妆；小弟闻姊来，磨刀霍霍向猪羊。开我东阁门，坐我西阁床。脱我战时袍，著我旧时裳。当窗理云鬓，对镜帖花黄⑭。出门看火伴⑮，火伴皆惊惶。同行十二年，不知木兰是女郎。

　　雄兔脚扑朔，雌兔眼迷离⑯；双兔傍地走，安能辨我是雄雌？

【题解】

　　这是用乐府民歌形式写作的关于花木兰代父从军的经典叙事诗。诗作记叙了木兰女扮男装、代父从军、征战疆场数年、屡建功勋、后返归故乡的过程，塑造了一位英勇善战的巾帼英雄。此诗语言质实，首尾比兴形象生动，不愧为"乐府三绝"的代表作。

【注释】

① 机杼（zhù）声：织布机发出的声音。机，指织布机。杼，织布梭子。

② 军帖（tiě）：征兵的文书。

③ 可汗：古代西北地区民族对君主的称呼。

④ 军书十二卷：征兵的名册很多卷。十二，表示很多，不是确指。下文的"十二转"、"十二年"，用法与此相同。

⑤ 愿为市鞍马：为，为此。市，买。鞍马，泛指马和马具。

⑥ 鞯（jiān）：马鞍下的垫子。

⑦ 辔（pèi）头：驾驭牲口用的嚼子、笼头和缰绳。

⑧ 溅溅：水流激射的声音。

⑨ 关山度若飞：像飞一样地跨过一道道的关，越过一座座的山。度，越过。

⑩ 朔气传金柝（tuò）：北方的寒气传送着打更的声音。朔，北方。金柝，即刁斗。古代军中用的一种铁锅，白天用来做饭，晚上用来报更。

⑪ 明堂：明亮的厅堂，此处指宫殿。

⑫ 策勋十二转：记很大的功。策勋，记功。转，勋级每升一级叫一转，十二转为最高的勋级。十二转，不是确数，形容功劳极高。

⑬ 尚书郎：尚书省的官。尚书省是古代朝廷中管理国家政事的机关。

⑭ 帖（tiē）花黄：帖，通"贴"。花黄，古代妇女的一种面部装饰物。

⑮ "火"：通"伙"。古时一起打仗的人用同一个锅吃饭，后意译为同行的人。

⑯ 雄兔脚扑朔，雌兔眼迷离：据说，提着兔子的耳朵悬在半空时，雄兔两只前脚时时动弹，雌兔两只眼睛时常眯着，所以容易辨认。扑朔，爬搔。迷离，眯着眼。

【名句】

万里赴戎机，关山度若飞。朔气传金柝，寒光照铁衣。

雄兔脚扑朔，雌兔眼迷离；双兔傍地走，安能辨我是雄雌？

从北征诗

北齐·裴让之

沙漠胡尘起①，关山烽燧惊②。
皇威奋武略③，上将总神兵④。
高台朔风驶，绝野寒云生。
匈奴定远近，壮士欲横行⑤。

【题解】

这首五言古诗描写了诗人随大军北征中的见闻，抒发了其出塞从戎的豪情壮志。此诗感情豪壮，笔力雄健，写景阔大，叙事井然，确有北朝文风的"贞刚"之气。

【注释】

① 胡尘：胡地的沙尘，比喻战争。
② 关山：泛指关隘山川。
③ 武略：军事谋略。
④ 上将：主将，统帅。总：统率。
⑤ "匈奴"二句：谓已经料定匈奴军队的远近，壮士们将勇猛出击。

燕歌行①

北周·王褒

初春丽景莺欲娇，桃花流水没河桥。

蔷薇花开百重叶，杨柳拂地数千条。

陇西将军号都护②，楼兰校尉称嫖姚③。

自从昔别春燕分，经年一去不相闻。

无复汉地关山月，唯有漠北蓟城云④。

淮南桂中明月影⑤，流黄机上织成文⑥。

充国行军屡筑营⑦，阳史讨虏陷平城⑧。

城下风多能却阵，沙中雪浅讵停兵。

属国小妇犹年少⑨，羽林轻骑数征行。

遥闻陌头采桑曲，犹胜边地胡笳声。

胡笳向暮使人泣，长望闺中空伫立。

桃花落地杏花舒，桐生井底寒叶疏。

试为来看上林雁，应有遥寄陇头书⑩。

【题 解】

　　这首歌行体古诗是边塞题材宫体诗的代表作。诗作于王褒在梁朝做官时，通过对征人夫妇离别始末的追述，表现了思妇对征人深切的思念。此诗格调凄清感伤，辞藻浓艳华丽，写景状物极尽铺陈之能事，体现了宫体诗的风格特点，因此其不仅在当时引起当地人的唱和，而且对边塞诗风格的多样化产生了重要影响。

【注 释】

①《北史·王褒传》云："褒曾作《燕歌》，妙尽塞北寒苦之状，元帝及诸文士并和之，而竞为凄切之辞。"

②陇西将军：指李广。《史记·李将军列传》："李将军广者，陇西成纪人。"都护：汉宣帝置西域都护，总监西域诸国，并护南北二道，为西域地区最高长官。其后废置不常。唐置安东、安西、安南、安北、单于、北庭六大都护，权任与汉同，且为实职。

③ 楼兰：古西域国名，曾为丝绸之路必经之地，遗址在今新疆若羌县北境，因居汉与匈奴之间，常持两端，或杀汉使，阻通道。校尉：次于将军的武官。

④ 蓟城：古地名，在今北京市附近。

⑤ 淮南桂：出自淮南小山《招隐士》："桂树丛生兮山之幽。"此淮南泛指思妇所居之地。

⑥ 流黄：褐黄色。文：指彩色交错的图形。这句采用了回文锦的典故，据《晋书·窦滔妻传》记载，前秦苻坚时秦州刺史窦滔获罪流放，其妻苏蕙以锦织成回文诗寄给他，寄托相思之情。

⑦ 充国：即赵充国，西汉著名将领，曾屯田西域，以备羌兵。见《汉书》卷六九《赵充国传》。

⑧ 阳史：当指刘邦。据《汉书·高帝纪》载，刘邦为"沛丰邑中阳里人，及壮，试吏，为泗上亭长。"又高祖七年（前200）刘邦曾率军击匈奴，被匈奴围困于平城（今山西大同市东），此句即指此事。

⑨ 属国：典属国，汉代官名，掌管外交，苏武曾任此职。小妇：年轻妇女。

⑩ 陇头书：三国时陆凯率兵南征度梅岭，寄书好友范晔云："折梅逢驿使，寄予陇头人。江南无所有，聊赠一枝春。"此指盼望故人书信之意。

渡河北

北周·王褒

秋风吹木叶，还似洞庭波①。
常山临代郡②，亭障绕黄河。
心悲异方乐，肠断陇头歌③。
薄暮临征马，失道北山阿④。

【题解】

　　这首五言古诗是表现边塞思乡主题的佳作。作为由南入北的羁留文人，王褒通过对其北渡黄河时所见的凄凉秋景以及耳闻异地乐曲的描写，表达了诗人对故国的怀念和羁旅他乡的深沉感慨。此诗写景中具有雄浑壮阔之美，抒情中又具沉郁顿挫之致，而且遒劲之气贯穿全诗，不愧为表现边塞思乡题材的经典之作。且此诗对仗工整，音韵和谐，同时又具有苍劲悲凉的格调，表现出南北诗风融合的特点。

【注释】

　　① "秋风" 二句化用了屈原《九歌·湘夫人》名句："袅袅兮秋风，洞庭波兮木叶下。"
　　② 常山：郡名，治所在今河北省唐县西北。代郡：汉代北部边郡，今河北省蔚县东北和山西省东北部。
　　③ 陇头歌：乐府歌曲名，属《梁鼓角横吹曲》，歌曲的内容是游子思乡。陇头歌也就是 "异方乐"。
　　④ 失道：迷路。山阿：山的拐角处。

拟咏怀 二十七首选二

北周·庾信

其　七

　　榆关断音信①，汉使绝经过。
　　胡前落泪曲，羌笛断肠歌。
　　纤腰减束素②，别泪损横波。

恨心终不歇，红颜无复多。
枯木期填海③，青山望断河④。

【题解】

这首五言古诗是庾信《拟咏怀》中的一首，诗人以远戍自喻，言久羁异域，怀乡心切，恨心不歇。此诗造句精美，语言凝练，把深沉的怀乡情愫写得哀切感人。结尾二句，由于思乡情切，竟起无望之想，令人不忍卒读。

【注释】

① 榆关：犹"榆塞"，泛指北方边塞。
② 减束素：腰部渐渐瘦细。
③ 填海：精卫填海。精卫是古代神话中的鸟名。她原本是炎帝的小女儿，名女娃，溺死于东海。死后化为鸟，名精卫，常衔西山木石以填东海。
④ "青山"句：指希望山崩可以阻塞河流。

其十七

日晚荒城上，苍茫余落晖。
都护楼兰返①，将军疏勒归②。
马有风尘气，人多关塞衣。
阵云平不动，秋蓬卷欲飞。
闻道楼船战，今年不解围③。

【题解】

这首五言古诗通过对边城黄昏秋景的描绘，抒发了作为羁留北方的诗人对北朝军队积极向南用兵的忧虑之情。此诗以景传情，把对于故国

的忧虑之情融会于边城黄昏苍茫寂寥景象的描写中，情感浓郁，笔力老健，开"老杜"沉郁顿挫之风气。

【注 释】

① 都护：官名。西汉宣帝神爵二年（前60）置"西域都护"，为驻守西域地区的最高长官，控制西域各国。"都"为全部，"护"为带兵监护，"都护"即为"总监护"之意。
② 疏勒：中国古代西域城郭王国，唐安西四镇之一，位于塔里木盆地西部，为丝绸之路南北两道交接点，又是向西翻越葱岭的丝路干线要冲，地理位置十分重要。
③ 今年：指北朝于554年包围江陵。

重别周尚书①

北周·庾信

阳关万里道，不见一人归。
唯有河边雁，秋来南向飞。

【题 解】

这首五言古诗是庾信边塞诗的优秀短篇。诗作于庾信羁留北方送别友人周弘正时，当时大批被俘的江南名士随着周、陈的通好而陆续遣归，只有王褒、庾信羁留不遣。此诗便借送友人南归表达了自身受着羁绊而南归无望的悲怆心境。此诗情辞深婉，气格高古，词短情长，笔墨淋漓，充满了感情力量。

【注 释】

① 周尚书：指梁朝尚书周弘正，在庾信被强留北方后，周弘正曾奉命
出使北朝，滞留两年之久。南归时庾信赠诗相送，这是其中的一首。

关山月

南朝陈·徐陵

关山三五月，客子忆秦川。
思妇高楼上，当窗应未眠。
星旗映疏勒①，云阵上祁连②。
战气今如此，从军复几年？

【题 解】

这首乐府诗是徐陵边塞诗的代表作。诗作描写了出征军人在一个月圆
之夜思念妻子的情景。他渴望与妻子团聚，但边患未平，大战在即，不知
从军至何时。全诗造语平浅质朴，抒情曲折细腻，在古诗中如落日余光。

【注 释】

① 星旗：星名。
② 云阵：军队。

出自蓟北门行

南朝陈·徐陵

蓟北聊长望^①，黄昏心独愁。
燕山对古刹^②，代郡隐城楼。
屡战桥恒断，长冰堑不流。
天云如蛇阵，汉月带胡愁^③。
渍土泥函谷^④，接绳缚凉州^⑤。
平生燕颔相^⑥，会自得封侯。

【题 解】

　　这首诗是徐陵出使北朝被扣期间所写边塞题材的代表作。诗作通过对边塞苦寒之景的描绘，勾画出一幅雄浑苍茫的万里关塞图，抒发了立功异域的豪情壮志。全诗感情充沛，跌宕起伏，笔势大开大合，收放自如。作为著名的宫体诗人，徐陵能在此之外别创一体，确属难能可贵。

【注 释】

① 蓟北：地名，在今北京一带。长望：远望。
② 燕山：指自天津市蓟县东南绵延而东直至海滨的燕山山脉。
③ "天云"二句：谓天上的云彩如阵，汉地秋日的月光也照耀着胡地。秋天天高气爽，胡兵兵强马壮，所以一般选择在这个时候入侵中原。
④ 渍土：湿润的泥土。泥函谷：用泥将函谷关封闭。
⑤ 缚凉州：谓准备生擒凉州之敌。凉州，古地名，即甘肃省西北部的武威，地处河西走廊东端，是古丝绸之路上的重镇。公元前121年，汉武帝派霍去病远征河西，为彰军威而名为武威。
⑥ 燕颔相：东汉名将班超自幼即有立功异域之志，相士说他"燕颔虎

颈"，有封"万里侯"之相。后奉命出使西域三十一年，陆续平定各地贵族的变乱，官至西域都护，封定远侯。见《后汉书·班超传》。后以"燕颔"为封侯之相。

【名句】

天云如蛇阵，汉月带胡愁。

明君词①

南朝陈·陈昭

跨鞍今永诀，垂泪别亲宾。
汉地行将远，胡关逐望新。
交河拥塞路，陇首暗沙尘②。
唯有孤明月，犹能远送人。

【题 解】

这首诗是南朝诗人陈昭歌咏昭君出塞的代表作。诗作以王昭君在时空中的移动为线索，记述了王昭君泪别亲人，一路北去的过程，抒发了作者对王昭君出塞的悲悯与怜惜之情。此诗以叙事为主，事中带情，是昭君题材边塞诗的佳作。

【注 释】

① 明君：即王昭君，为避晋文帝司马昭讳，改称明君。
② 陇：即甘肃六盘山南段。交河、陇均泛指塞外边城荒僻遥远之地。

从军行

隋·卢思道

朔方烽火照甘泉，长安飞将出祁连^①。

犀渠玉剑良家子^②，白马金羁侠少年。

平明偃月屯右地^③，薄暮鱼丽逐左贤^④。

谷中石虎经衔箭^⑤，山上金人曾祭天^⑥。

天涯一去无穷已，蓟门迢递三千里。

朝见马岭黄沙合^⑦，夕望龙城阵云起^⑧。

庭中奇树已堪攀，塞外征人殊未还。

白雪初下天山外，浮云直上五原间。

关山万里不可越，谁能坐对芳菲月？

流水本自断人肠，坚冰旧来伤马骨。

边庭节物与华异，冬霰秋霜春不歇。

长风萧萧渡水来，归雁连连映天没。

从军行，军行万里出龙庭。

单于渭桥今已拜^⑨，将军何处觅功名？

【题 解】

　　这首七言乐府诗是卢思道边塞诗的代表作。诗作通过对边塞苦寒环境的描写和边塞战争场面的刻画，表现了征夫、思妇的分离之痛，痛斥了统治者好大喜功、不恤士卒的作为。此诗篇幅宏大，内容丰富，结构开合自如，抒情波澜起伏，诗境极为壮阔。

【注 释】

　　① 飞将：谓李广，这里泛指汉将。祁连：祁连山，甘肃省西部和青海

省东北部边境山地的总称。

② 犀渠：犀牛皮制作的盾。玉剑：宝剑。良家子：汉时指清白人家的子弟。

③ 偃月：古代作战阵形名称。因全军呈弧形列置，形如弯月。右地：西部地带。古代地理以西为右，东为左。

④ 鱼丽：古代战阵名。兵车在前，步兵随后，如鱼之相依而行，故名。左贤：左贤王，这里泛指匈奴的军事统帅。

⑤ 石虎经衔箭：据《史记·李将军列传》载，汉李广射猎时，"见草中石，以为虎而射之，中石没镞，视之，石也。"石虎，即虎行之石。

⑥ 金人：匈奴人祭天用的铜铸人像。

⑦ 马岭：关名，在今山西省太谷县东南马岭山上。

⑧ 阵云：战地上空弥漫如阵的烟尘。

⑨ "单于"句：汉宣帝时匈奴呼韩邪单于内附，宣帝在渭桥接受拜见。此句意为天下太平。渭桥：汉唐时建于长安渭水上面的桥。

【名句】

关山万里不可越，谁能坐对芳菲月？

流水本自断人肠，坚冰旧来伤马骨。

出塞二首

隋·杨素

其　一

漠南胡未空①，汉将复临戎②。

飞狐出塞北③，碣石指辽东④。

冠军临瀚海⑤，长平翼大风⑥。
云横虎落阵⑦，气抱龙城虹。
横行万里外，胡运百年穷。
兵寝星芒落⑧，战解月轮空⑨。
严镞息夜斗⑩，驿角罢鸣弓⑪。
北风嘶朔马，胡霜切塞鸿。
休明大道暨，幽荒日用同。
方就长安邸，来谒建章宫⑫。

【题 解】

这首五言乐府诗是隋代名臣杨素描写边塞生活和战斗的代表作。杨素不仅文学修养高，而且是能征善战的统帅。此诗即是借写汉将的英勇神武来表现自身领兵打仗的亲身经历，诗人不无自豪地通过自己临危受命、大败突厥、胜利归来的参战经历，形象地展现出"汉将"纵横驰骋、所向无敌的雄壮军威。此诗以时间为序，次序井然，语言壮阔，风格豪迈，不愧是借古题写实事的佳作。

【注 释】

① 漠南：指蒙古高原大沙漠以南的地区。胡未空：西北少数民族势力对边界的威胁还未清除。

② 汉将：指西汉卫青、霍去病等大将。临戎：领兵打仗。

③ 飞狐：要隘名，在今河北省涞源县北、蔚县南。两崖峭立，一线微通，迤逦百余里，为古代河北平原与北方边郡间的交通咽喉。

④ 碣石：古山名，在河北省昌黎县西北。辽东：辽河以东的地区，今辽宁的东部和南部。

⑤ 冠军：指霍去病。汉武帝封霍去病为冠军侯。瀚海：沙漠。

⑥ 长平：指卫青。汉武帝封卫青为长平侯。翼大风：以大风为辅助。

⑦ 虎落阵：指军营。虎落，以竹篾相连而成的栅栏。

⑧ 兵寝：战争结束。星芒落：胡星的光亮消失，表示战争结束。

⑨ 解：战事解除。月轮空：月亮的光晕消失。古人认为月有晕为起风的征兆，现在消失，喻天下太平。

⑩ 镳（jiāo）：刁斗。息夜斗：夜晚不再使刁斗报警。

⑪ 骍（xīng）角：赤色的角弓。

⑫ 建章宫：汉代长安宫殿名，此代指皇帝。

其　二

汉虏未和亲①，忧国不忧身。

握手河梁上②，穷涯北海滨③。

据鞍独怀古，慷慨感良臣。

历览多旧迹④，风日惨愁人。

荒塞空千里，孤城绝四邻。

树寒偏易古⑤，草衰恒不春。

交河明月夜，阴山苦雾辰⑥。

雁飞南入汉，水流西咽秦⑦。

风霜久行役，河朔备艰辛。

薄暮边声起，空飞胡骑尘。

【题解】

　　这首诗是杨素《出塞》诗的第二首，诗人借写苏武和李陵的故事，展现了边塞苦寒的生活环境，表达了诗人对边塞战争不断的强烈忧患意识。此诗一改前一首诗雄壮的格调，渲染出浓烈深厚的悲慨之气，形式上笔力苍劲，境界雄浑，用典贴切，句多对偶，对当时和后世边塞诗的影响不容忽视。

【注释】

①汉：汉朝，此以汉代隋。虏：此指突厥。

②河梁：河堤，河桥。李陵《与苏武诗》："携手河梁上，游子暮何之。"

③北海：今贝加尔湖，亦泛指北方极边远地区。

④旧迹：汉代苏武牧羊留下的遗迹。

⑤偏易古：偏偏容易枯衰。古，通"枯"。

⑥阴山：泛指塞外的山。苦雾：浓雾。

⑦西咽秦：此化用《陇头歌辞》"陇头流水，鸣之幽咽。遥望秦山，心肝断绝"的诗意，谓流经秦地的水传出悲咽之声。

入 关

隋·虞世基

陇云低不散①，黄河咽复流。

关山多道里，相接几重愁。

【题解】

这首诗是隋朝诗人虞世基表达陈朝灭亡后诗人背井离乡情怀的代表作。虞世基曾仕陈朝，陈灭入隋，此诗即创作于改朝换代的历史环境下。诗作通过对关塞风景的渲染，抒发了背井离乡、前途未卜的迷茫、沉痛情怀。此诗写景拟人化，以景衬情，情怀愁苦，言简意赅，显现出诗人深厚的文才。

【注释】

①云：此处指边塞之处的云。

饮马长城窟行

唐·李世民

塞外悲风切，交河冰已结。
瀚海百重波^①，阴山千里雪。
迥戍危烽火，层峦引高节。
悠悠卷旆旌，饮马出长城。
寒沙连骑迹，朔吹断边声。
胡尘清玉塞，羌笛韵金钲^②。
绝漠干戈戢^③，车徒振原隰^④。
都尉反龙堆，将军旋马邑。
扬麾氛雾静，纪石功名立。
荒裔一戎衣，灵台凯歌入^⑤。

【题 解】

这首乐府题诗堪称唐初边塞诗的滥觞之作。诗作通过对塞外悲壮之景、出征奋然之情、立功慷慨之意的表述，表达出立功边塞的豪迈之情，开启了此后陈子昂、李白、高适、王昌龄等诗人边塞诗创作的新声，对唐代边塞诗的繁荣有不可忽视的意义。此诗层次井然，用语质实庄重，有古乐府之风。

【注 释】

①瀚海：沙漠。波：沙丘起伏状。

②金钲（zhēng）：锣声。

③戢：收藏。

④原隰（xí）：原野。

⑤灵台：周代台名。朱熹《诗集传》记载："灵台，文王之所作也。谓之灵者，言其倏然而成，如神灵之所为也。"

边　词

唐·张敬忠

五原春色旧来迟^①，二月垂杨未挂丝^②。
即今河畔冰开日，正是长安花落时。

【题解】

　　这首五言绝句是张敬忠边塞诗的代表作。此诗将边塞风物荒凉的景象与长安城暮春景色进行对比，表达了戍守荒寒北边的将士对帝京长安的怀念，亦含有对边塞风物的欣赏。全诗言辞淳朴，行文从容，风采天然。

【注释】

① 五原：今内蒙古自治区五原县，唐时名将张仁愿所筑西受降城即在其西北。旧来：自古以来。
② 未挂丝：指柳树还未吐绿挂丝。

刘　生①

唐·卢照邻

刘生气不平，抱剑欲专征②。
报恩为豪侠，死难在横行③。
翠羽装刀鞘，黄金饰马缨。
但令一顾重，不吝百身轻。

【题解】

　　这首乐府诗借写刘生豪侠任气、誓死报国的边塞征战生活，抒发了诗人报国从军的豪情壮志。"刘生"的形象，实则是卢照邻乃至"初唐四杰"其他文人青春风采的体现。此诗直抒胸臆，语言刚劲，豪气纵横，具有强烈的感染力。

【注释】

　　① 刘生：乐府旧题，属《横吹曲辞》。《乐府古题要解》："刘生不知何代人，观齐梁以来所为《刘生》辞者，皆称其任侠豪放，周游五陵三秦之地。或云抱剑专征为符节官，所未详也。"
　　② 专征：古代诸侯或将帅得天子特许，可自行征伐，称专征。
　　③ 死难：为国难而死。横行：纵横驰骋。

战城南

唐·卢照邻

将军出紫塞①，冒顿在乌贪②。
笳喧雁门北，阵翼龙城南。
雕弓夜宛转，铁骑晓参驔③。
应须驻白日④，为待战方酣。

【题 解】

《战城南》是乐府旧题，多写战场伤亡，并哀悼阵亡士卒，此诗却反其意而用之。诗作借写汉军将士讨伐匈奴的英勇顽强精神，表达了诗人的爱国热情和建功立业的渴望。此诗充满豪情和雄壮之气，使人振奋，是一首格调昂扬激越的战歌。尤其最后一句"应须驻白日，为待战方酣"，想落笔外，震撼人心。

【注 释】

① 紫塞：泛言边塞。崔豹《古今注》卷上："秦筑长城，土色皆紫，汉塞亦然，故称紫塞焉。"

② 冒顿（mò dú）：即冒顿单于，秦末汉初匈奴的首领，此泛指敌酋。
乌贪：汉西域国名，是乌贪訾离国之省称，其境在今新疆伊犁河流域。此借指敌人的根据地。

③ 参驔（cān tán）：相随的样子。

④ 驻白日：典出《淮南子·览冥训》："鲁阳公与韩构难，战酣日暮，援戈而撝之，日为之返三舍。"

【名句】

应须驻白日，为待战方酣。

雨雪曲

唐·卢照邻

虏骑三秋入，关云万里平。
雪似胡沙暗，冰如汉月明。
高阙银为阙，长城玉作城。
节旄零落尽^①，天子不知名。

【题解】

这首五言古诗是卢照邻描写长城的边塞诗代表作。诗作通过对雪后长城景象的描绘，既展现了长城似银和玉的宫殿般美景，又透露出其中大量不知名姓的征人覆没于此，表现为自相矛盾及对立世界的混合，在冷静的景观描写中隐含着极大的讽刺。此诗造语新奇，写景优美，字句凝练自然，气脉流畅，是长城诗的佳作。

【注释】

① 节旄（máo）：旌节上所缀的牦牛尾饰物。

【名句】

雪似胡沙暗，冰如汉月明。

从军行

唐·骆宾王

平生一顾重，意气溢三军。
野日分戈影，天星合剑文^①。
弓弦抱汉月，马足践胡尘。
不求生入塞，唯当死报君。

【题 解】

这首五言诗是骆宾王边塞诗的代表作，诗人描述了自己身入战场作战的英姿，将一位意气风发、风姿飒爽的年轻战士誓死报国的决心表达得真切自然。此诗格调激昂，气势流畅，诗句亲切感人，不愧是"初唐四杰"的佳作。

【注 释】

① 剑文：剑上的纹饰。

宿温城望军营^①

唐·骆宾王

虏地寒胶折，边城夜柝闻^②。
兵符关帝阙^③，天策动将军^④。
塞静胡笳彻，沙明楚练分^⑤。

风旗翻翼影，霜剑转龙文^⑥。

白羽摇如月，青山断若云。

烟疏疑卷幔，尘灭似销氛。

投笔怀班业^⑦，临戎想召勋^⑧。

还应雪汉耻，持此报明君。

【题 解】

这首五言排律是诗人抒写边塞见闻及抒发从军边塞、建功立业理想的佳作，诗作具体详尽地描绘了边塞军营中紧张而有序的生活场景，表达了作者对于报国从军、建功立业的向往。此诗写景生动而真切，文气流转，辞旨显畅。

【注 释】

① 温城：即温池城。据《续修中卫县志·古迹考》：温池城，"询据土人云：即县城旧址。城壕南有温泉溢入池，至冬不冻，故名。"

② 胶折：秋天空气干燥，胶劲而可折。因指秋高气爽，宜于用兵之时。柝：古代巡夜打更用的梆子。

③ 兵符：古时调兵用的凭证。帝阙：宫门，皇宫。

④ 天策：帝王的策略。

⑤ 楚练：原指楚国步兵所穿的练袍，后以"楚练"泛指征衣。

⑥ 龙文：龙形的花纹。

⑦ 投笔：东汉班超年轻时，以替官府抄写公文为生。他曾投笔感叹，要效仿傅介子、张骞立功异域，取爵封侯。后指弃文从武。

⑧ 召勋：召，指周武王时的召公。召公姓姬名奭，因封地在召（今陕西岐山西南），故称召公或召伯。曾佐武王灭商，被封于燕。成王时任太保，与周公旦分陕而治，陕以西由他治理。勋，功劳，功勋。召勋，有的版本作"顾勋"。顾，指晋代顾荣。

夕次蒲类津①

唐·骆宾王

二庭归望断②，万里客心愁。
山路犹南属，河源自北流。
晚风连朔气，新月照边秋。
灶火通军壁③，烽烟上戍楼。
龙庭但苦战，燕颔会封侯④。
莫作兰山下，空令汉国羞⑤。

【题 解】

　　这首五言排律作于骆宾王随薛仁贵出征西域，兵败宿营于蒲类津的军营中。由于此次征战不利，诗人不免产生愁苦情怀，这情怀，不仅是思归念家的情愫，更是对国家边塞境况的忧虑以及由此而激发的奋起迎敌、苦战到底的决心，不无针砭现实的意义。全诗情感强烈，笔势波澜起伏，大笔勾勒与工笔刻画相得益彰。

【注 释】

①次：在途中停留。蒲类津：蒲类海，古湖泊名，故址在今新疆巴里坤哈萨克自治县境。

②二庭：两个王庭。一说东汉光武帝时，匈奴分裂为南北两个王庭。东汉时指南匈奴与北匈奴。东汉建武二十四年（48），匈奴左贤王蒲奴立为单于，右奥鞬日逐王比不得立，乃率部南依汉，自立为单于，匈奴遂有南北之分。《后汉书·南匈奴传论》："其后匈奴争立，日逐来奔……于是匈奴分破，始有南北二庭焉。"一说唐代西突厥分南北二庭。咄陆可汗建庭于镞曷山西，谓之北庭；乙毗沙钵罗叶

护可汗建庭于睢合水北，谓之南庭。见《新唐书·突厥传下》。

③灶火：古代一种熏烟御敌的军事设置。

④燕颔：燕子样的下巴，形容相貌威武。此用班超事，《后汉书·班超传》载，班超去看相，相者谓超"当封侯万里之外"。超问其状，相者曰："生燕颔虎颈，飞而食肉，此万里侯相也。"后班超果以通西域之功封为定远侯。

⑤汉国羞：用李陵事。《汉书·李陵传》载，天汉二年（前99）汉武帝命贰师将军李广利击匈奴，李陵叩头自请曰"愿得自当一队，到兰干山南，以分单于兵"。上许之。李陵率步卒五千人至浚稽山，被匈奴八万大军围困，箭尽援绝而降。

散关晨度

唐·王勃

关山凌旦开，石路无尘埃。
白马高谭去①，青牛真气来②。
重门临巨壑，连栋想崇隈③。
即今扬策度，非是弃繻回④。

【题解】

这首五言诗是王勃边塞诗的代表作。诗作通过描写边塞清晨雄阔壮丽的景象和诗人策马飞奔的情景，抒发了作者建功立业的壮志。此诗将写景、叙事、抒情融为一体，文笔潇洒飘逸，格调昂扬奋发，是初唐边塞诗的优秀篇章。

【注 释】

① 白马：白色的马。古代也用白马为盟誓或祭祀的牺牲。高谭：亦作"高谈"。

② 青牛：黑毛的牛。《史记·老子韩非列传》："于是老子乃著书上下篇，言道德之意五千余言而去，莫知其所终。"司马贞索隐引汉刘向《列仙传》："老子西游，关令尹喜望见有紫气浮关，而老子果乘青牛而过也。"后因以"青牛"为神仙道士之坐骑。青牛也作为老子的代称。真气：道家所指的元气，生命活动的原动力，由先天之气和后天之气结合而成。道教谓为"性命双修"所得之气。也可以指刚正之气，或者特指帝王的气象。

③ 隈：山的弯曲处。

④ 弃𦂐（rú）：据《汉书·终军传》记载："初，军从济南当诣博士，步入关，关吏予军𦂐。军问：'以此何为？'吏曰：'为复传，还当以合符。'军曰：'大丈夫西游，终不复传还。'弃𦂐而去。"𦂐，帛边。书帛裂而分之，合为符信，作为出入关卡的凭证。"弃𦂐"，表示决心在关中创立事业。后用为年少立大志之典。

【名 句】

白马高谭去，青牛真气来。

从军行 ①

唐·杨炯

烽火照西京，心中自不平。
牙璋辞凤阙 ②，铁骑绕龙城 ③。

雪暗凋旗画④，风多杂鼓声。
宁为百夫长⑤，胜作一书生。

【题 解】

　　这首五言古诗是杨炯边塞诗的代表作。诗作描写了在战争爆发之时，作为文士的书生投笔从戎、出塞参战的全过程，表现出知识分子立功边陲的壮志豪情，慷慨雄壮。此诗文气流畅，词约义丰，结构跳跃而流动，格调雄壮，不愧是初唐边塞诗的佳作。

【注 释】

　　① 从军行：乐府《相和歌·平调曲》旧题。
　　② 牙璋：调兵的符信，分两块，合处凸凹相嵌，叫做"牙"，分别掌
　　　握在朝廷和主将手中，调兵时以此为凭。凤阙：是皇宫的代称。
　　③ 龙城：匈奴的名城，借指敌方要地。
　　④ 凋：此处意为"使脱色"。旗画：军旗上的彩画。
　　⑤ 百夫长：指下级军官。

【名 句】

　　宁为百夫长，胜作一书生。

将军行

唐·刘希夷

将军辟辕门①，耿介当风立。
诸将欲言事，逡巡不敢入②。
剑气射云天，鼓声振原隰③。
黄尘塞路起，走马追兵急。
弯弓从此去，飞箭如雨集。
截围一百里，斩首五千级。
代马流血死④，胡人抱鞍泣。
古来养甲兵，有事常讨袭。
乘我庙堂运，坐使干戈戢⑤。
献凯归京师，军容何翕习⑥。

【题解】

这首新题乐府诗的题目和内容均为刘希夷自创。诗作通过写战场上一位将军威风凛凛、战功卓著、忠于国家的形象，抒发了作者对军旅豪壮生活的向往，折射出大唐帝国的无比声威。此诗结构紧凑，气势豪迈，语言明白晓畅，对战场战斗场面的描写形象生动。

【注释】

① 辕门：将帅宿营地的营门。古代帝王巡守田猎，止宿时以车围成环阵当藩屏，出入之处相对立两车，称为辕门。将帅扎营，亦设辕门，后世遂因称官署外门为辕门。

② 逡巡：迟疑徘徊，欲行又止的样子。

③ 原隰：低洼的湿地。

④ 代马：古代漠北产的一种骏马。此指胡人所乘骏马。

⑤ 坐：不动，毫不费力。戢（jí）：止。此句谓毫不费力就使战争止息。

⑥ 翕（xī）习：盛大的样子。

杂　诗

唐·沈佺期

闻道黄龙戍^①，频年不解兵。
可怜闺里月，长在汉家营。
少妇今春意，良人昨夜情^②。
谁能将旗鼓，一为取龙城^③。

【题 解】

　　这首五言律诗是沈佺期边塞题材闺怨诗的代表作。诗作极写闺中少妇与塞上征人的两地相忆，通过写闺中怨情揭露了战争给人民生活带来的痛苦，表达了诗人对人民的关切和同情，抒发了厌恶战争、渴望和平的心绪。此诗情深语挚，层次井然，立意新颖，是一首反战诗的传世名作。

【注 释】

① 黄龙戍：即黄龙，在今辽宁开原县西北，为唐时边防要地，常戍兵于此。

② 今春：今年，实指年年，与"频年"照应。良人：古代妻子对丈夫的称呼。

③ 旗鼓：旗和鼓，军中表示号令之物。这里指代军队。

送魏大从军

唐·陈子昂

匈奴犹未灭^①，魏绛复从戎^②。
怅别三河道^③，言追六郡雄^④。
雁山横代北^⑤，狐塞接云中^⑥。
勿使燕然上，惟留汉将功^⑦。

【题 解】

这首五言律诗是边塞题材赠别诗的代表作，诗作写陈子昂为出征的友人送别，但不落一般送别诗缠绵于儿女情长、凄苦悲切的窠臼，而是从大处着眼，激励出征者立功沙场，为国效力，借此抒发了诗人建功立业的慷慨壮志。此诗感情豪壮，气势充沛，虽送别却无悲戚儿女之态。典故的运用增加了诗意的厚度，语言刚劲，音节响亮。

【注 释】

①"匈奴"句：此句化用了汉代骠骑将军霍去病"匈奴未灭，无以家为也"的典故。

②魏绛：魏绛是春秋晋国大夫，他主张晋国与邻近少数民族联合，曾言"和戎有五利"，后来戎狄亲附，魏绛也因消除边患而受金石之赏。

③三河道：河东、河内、河南，今河南西北部、山西南部一带。此指唐东都洛阳。

④六郡：指陇西、天水、安定、北地、上郡、西河。六郡雄：指上述地方的豪杰。

⑤雁山：雁门关，在今山西代县西北。代北：代州以北，泛指今山西北部及河北西北部一带。

⑥狐塞：飞狐口，在今河北涞源县北。地势险要，古为河北平原通往北方边郡的交通咽喉。云中：云中郡，秦汉郡名，治所在今内蒙古托克托县东北。唐有云州云中郡。

⑦此二句化用了窦宪的典故。《后汉书·窦宪传》中记载，窦宪为车骑将军，大破北单于，登燕然山，刻石记功而还。

感遇三十八首选三

唐·陈子昂

其 三

苍苍丁零塞①，今古缅荒途。

亭堠何摧兀，暴骨无全躯。

黄沙漠南起，白日隐西隅。

汉甲三十万②，曾以事匈奴。

但见沙场死，谁怜塞上孤！

【题 解】

这首五言古诗是陈子昂感遇诗中的佳作。此诗作于垂拱二年（686），诗人随从乔知之北征原属突厥、后归附唐朝的同罗、仆固等部的反叛途中。诗作正是通过对塞外荒凉凄惨景物的描写，抒发了对成千上万战死沙场的士卒以及因长期战乱所致的父子不能相保的边地人民的无限同情，这也正是诗人亲临边塞的真实体验。此诗感情悲慨沉郁，写景、叙事、抒情有机结合，语言质朴刚健，是陈子昂"发挥幽郁"创作主张的典型体现。

【注 释】

① 丁零塞：丁零人所居的边塞之地。丁零，指古代北方部族名，曾
  属匈奴。唐初置丁零州，在今新疆吐鲁番一带。此泛指西北边塞。

② 汉甲：犹汉兵。三十万：据《史记·高祖本纪》载，汉武帝时，韩
  安国亦曾率兵三十万伐匈奴，劳而无功。此以汉喻唐。

其三十四

朔风吹海树，萧条边已秋。
亭上谁家子①，哀哀明月楼。
自言幽燕客②，结发事远游③。
赤丸杀公吏④，白刃报私仇。
避仇至海上，被役此边州。
故乡三千里，辽水复悠悠。
每愤胡兵入，常为汉国羞⑤。
何知七十战，白首未封侯⑥。

【题 解】

这首五言古诗是武后万岁通天元年（696），诗人随建安王武攸宜
东征契丹，出塞至幽蓟边境时所作。诗中写一位生长在幽燕的游侠少年，
从军为国，却有功不赏，壮志难酬，寄寓了对统治者埋没人才的批判精
神。此诗格调沉郁悲慨，是陈子昂《感遇》诗一贯的风格。

【注 释】

① 谁家子：哪家男子。曹植《白马篇》："借问谁家子，幽并游侠儿。"

② 幽燕：今北京市及河北北部、辽宁一带，古为幽州，战国时属燕国，

故称"幽燕"。其俗尚武，慷慨任侠。

③ 结发：束发，指初成年。古代男子二十岁束发而冠。

④ "赤丸"句：据《汉书·尹赏传》载，长安少年结伙杀吏，替人报仇，"相与探丸为弹，得赤丸者斫武吏，得黑丸者斫文吏，白者主治丧"。

⑤ 汉国羞：为汉朝无良将抵御匈奴入侵而羞愧。刘孝威《龙头水》："时观胡骑饮，常为汉国羞。"

⑥ "何知"二句：此二句借用了李广的典故。《史记·李将军列传》载，"广结发与匈奴大小七十余战"，终未能封侯，忧愤自杀。此处借以讽刺统治者赏罚不公。

其三十七

朝入云中郡①，北望单于台。

胡秦何密迩，沙朔气雄哉。

藉藉天骄子②，猖狂已复来。

塞垣无名将，亭堠空崔嵬。

咄嗟吾何叹，边人涂草莱。

【题解】

这首五言古诗是陈子昂边塞诗的又一佳作。此诗与其三作于同一时期，诗写诗人出征塞北，亲眼见到边患的严重，边地人民的肝脑涂地，抒发了对将帅无能、边地人民苦难境遇的极大忧愤之情。此诗语言质朴，情景真切，悲慨之风尤为鲜明。

【注 释】

① 云中郡：秦、汉郡名，治所在今内蒙古托克托县东北。唐云州云中郡治所在今山西省大同市。

② 天骄子：汉时匈奴强盛，自称"天之骄子"。后泛称边境强敌。

幽州夜饮

唐·张说

凉风吹夜雨，萧瑟动寒林。
正有高堂宴^①，能忘迟暮心^②？
军中宜剑舞，塞上重笳音^③。
不作边城将^④，谁知恩遇深！

【题解】

　　这首五言律诗是张说描写边塞生活的代表作。据《新唐书·张说传》，唐开元初，张说为中书令，因与姚元崇不和，罢为相州刺史、河北道按察使，坐累徙岳州。后以右羽林将军检校幽州都督。都督府设在幽州范阳郡，即今河北蓟县。此诗就是他在幽州都督府所作。诗中描写了边城夜宴的情景，颇具凄婉悲壮之情，也委婉地流露出诗人对遣赴边地境遇的不满。此诗情景交融，以乐景写哀情，倍增其哀乐。

【注释】

　　① 高堂宴：在高大的厅堂举办宴会。
　　② 迟暮心：因衰老引起凄凉暗淡的心情。
　　③ 笳：即胡笳，中国古代北方民族吹奏的一种乐器。
　　④ 边城将：作者自指，时张说任幽州都督。

关山月 ①

唐·崔融

月生西海上 ②，气逐边风壮。
万里度关山，苍茫非一状。
汉兵开郡国 ③，胡马窥亭障。
夜夜闻悲笳，征人起南望。

【题 解】

　　这首乐府题诗是崔融边塞诗的代表作。诗作前四句通过对边塞苍茫壮阔景象的描写，渲染出一幅辽阔的塞外风光。后四句写胡、汉长期对峙，征人不能归家的浓郁思乡之情。此诗境界开阔，气势雄浑，大笔勾勒与细节描写相结合，形象生动，已开盛唐之风。

【注 释】

　　① 关山月：《乐府横吹曲》名。《乐府古题要解》卷下："《关山月》，伤离别也。"内容多写士兵久戍不归与家人互伤离别的情景。
　　② 西海：古代神话传说中西方的大海，泛指西极之地。
　　③ 开郡国：指开拓边疆，纳入版图。

苦寒行^①

唐·乔知之

胡天夜清迥，孤云独飘飏^②。
遥裔出雁关，逶迤含晶光。
阴陵久裴回，幽都无多阳^③。
初寒冻巨海，杀气流大荒。
朔马饮寒冰，行子履胡霜。
路有从役倦，卧死黄沙场。
羁旅因相依，恸之泪沾裳。
由来从军行，赏存不赏亡。
亡者诚已矣，徒令存者伤。

【题 解】

这首乐府题诗是咏苦寒的代表作。乔知之曾有出塞讨伐突厥的亲身经历，此诗详尽地描绘了塞外荒凉苦寒的景象，表现出从军士卒苦寒中行旅的艰辛以及战死沙场的悲惨遭遇，抒发了诗人沉痛的哀伤之情。诗歌语言平易，情感真挚，夹叙夹议，描写真切生动。

【注 释】

① 苦寒行：乐府相和歌辞清调曲名。古辞已亡，今存有曹操之作。多写边塞苦寒之状。
② 飘飏（yáng）：流离，浮荡。
③ "幽都"句：北方极远之地日色黯淡。旧谓日没于此，万象幽暗，故称。此泛指昏暗的城镇。

【名句】

由来从军行，赏存不赏亡。

塞 上

唐·郭震

塞外虏尘飞，频年出武威①。
死生随玉剑，辛苦向金微②。
久戍人将老，长征马不肥。
仍闻酒泉郡③，已合数重围。

【题解】

这首五言律诗是郭震军旅生活和志向的真实写照。诗写将士们长期征战边塞的报国壮志和付出的沉重代价，表达了不畏强敌、奋战不息的战斗豪情。此诗感情慷慨悲壮，构思新奇，是郭震诗歌的佳作。

【注释】

① 武威：汉郡名，唐也有凉州武威郡，治所在今甘肃武威市，为西北塞上重镇。此泛指边关。

② 金微：山名，亦借指唐金微都督府。今阿尔泰山山脉一带。《后汉书·和帝纪》载，东汉耿夔围北单于于此，大破之，单于走死；耿出塞五千余里而奏凯歌。

③ 酒泉郡：汉元狩二年（前121）以原匈奴昆邪王地置，唐有肃州酒

泉郡。治所在今甘肃酒泉市。此泛指边地。

旋师喜捷

唐·李隆基

边服胡尘起^①，长安汉将飞^②。

龙蛇开阵法^③，貔虎振军威^④。

诈虏脑涂地，征夫血染衣。

今朝书奏入，明日凯歌归。

【题解】

　　这首五言律诗是唐玄宗李隆基在接到唐军与胡人作战的捷报后，抒发喜悦心情的诗作。唐玄宗时期，大唐帝国日益强盛，但与东北边境的契丹、北边的突厥、西北的回纥、西南的吐蕃等的冲突也日益频繁和激烈。这段时期，边塞战争也多有发生。此诗即写了其中的一次胜利战争。诗作以明快跳荡的节奏，贯之以奔放热烈的感情，生动描绘了一场大战的全过程，语词精炼，展示出高视阔步的唐人气概。

【注释】

①服：要服。古代王畿以外按距离分为五服，相传一千五百里至两千里为要服。此指离开王畿极远的地方。

②汉将飞：即李广。《史记·李将军列传》："广居右北平，匈奴闻之，号曰'汉之飞将军'，避之数岁，不敢入右北平。"

③龙蛇：兵阵名，即一字长蛇阵。

④ 貔（pí）虎：比喻勇猛的战士。

凉州词① 二首选一

唐·王翰

其 一

葡萄美酒夜光杯②，欲饮琵琶马上催。
醉卧沙场君莫笑，古来征战几人回？

【题解】

　　这首七言绝句是唐代边塞诗中最见唐人风貌的佳作。诗写将士们出征前开怀畅饮的场面，抒发了其将生死置之度外、一醉方休的豪情。此诗文气流转，语言铿锵有力，音调华美浏亮，气格慷慨激昂，充分表现出盛唐人热情奔放、豪荡不羁的精神风貌。

【注释】

　　① 凉州词：乐府曲名。
　　② 夜光杯：玉制的酒杯。这里指精美的酒杯。

【名句】

醉卧沙场君莫笑，古来征战几人回？

古从军行

唐·李颀

白日登山望烽火，黄昏饮马傍交河。
行人刁斗风沙暗①，公主琵琶幽怨多②。
野营万里无城郭，雨雪纷纷连大漠。
胡雁哀鸣夜夜飞，胡儿眼泪双双落。
闻道玉门犹被遮，应将性命逐轻车③。
年年战骨埋荒外，空见蒲桃入汉家④。

【题解】

　　这首七言古诗是李颀边塞诗的代表作。诗作通过渲染边塞士卒紧张而艰辛的从军生活以及边塞苦寒的环境，表达了悲壮而强烈的厌战情绪，同时此诗以汉喻唐，借写汉武帝的开边，讽刺当时唐玄宗的开边，不无针砭现实的意义。全诗句句蓄意，步步逼紧，最后才画龙点睛，着落主题，显出它的讽刺笔力。

【注释】

① 刁斗：古代军中的铜制炊具，白天煮饭，晚上则敲击代替更柝。
② 公主琵琶：汉武帝时以江都王刘建女细君嫁乌孙国王昆莫，恐其途中烦闷，故弹琵琶以娱之。
③ "闻道"句：汉武帝为取天马，命李广利攻大宛，战而不利。李广利请求罢兵班师，武帝大怒，命遮断玉门关，曰："军有敢入辄斩之！"遮：阻拦。轻车：汉代有轻车将军，此处泛指将帅。此句意为边战还在进行，只得随着将军去拼命。
④ 蒲桃：即葡萄，原产西域，汉武帝时随天马一起引入中原。

【名句】

行人刁斗风沙暗，公主琵琶幽怨多。

野营万里无城郭，雨雪纷纷连大漠。

古　意①

唐·李颀

男儿事长征，少小幽燕客。

赌胜马蹄下，由来轻七尺②。

杀人莫敢前，须如猬毛磔③。

黄云陇底白云飞④，未得报恩不能归。

辽东小妇年十五⑤，惯弹琵琶解歌舞。

今为羌笛出塞声⑥，使我三军泪如雨。

【题解】

这首歌行体拟古诗是李颀边塞诗的又一佳作。诗作前六句写戍边豪侠的风流潇洒，勇猛刚烈。后六句写见得白云，闻得羌笛，顿觉故乡渺远，不免怀思落泪。借此诗人将离别之情、征战之苦生动形象地表现出来，同时刻画出一位勇猛刚烈而风流多情的戍边将士形象。此诗语言含蓄顿挫，血脉豁然贯通，跌宕起伏，情韵并茂，是盛唐边塞诗风格特征的典型体现。

【注 释】

① 古意：犹"拟古"。

② 轻七尺：犹轻生甘死。

③ 磔：张开。

④ 陇底：即陇山脚下。

⑤ 辽东：指辽河以东的地区，在今辽宁省的东部和南部。

⑥ 羌笛：古羌族主要分布在甘、青、川一带。羌笛是羌族乐器，属横吹式管乐。

古塞下曲

唐·李颀

行人朝走马，直指蓟城傍。
蓟城通漠北，万里别吾乡。
海上千烽火，沙中百战场。
军书发上郡，春色度河阳①。
袅袅汉宫柳，青青胡地桑。
琵琶出塞曲②，横笛断君肠。

【题 解】

　　这首五言古诗是李颀边塞诗的又一佳作。诗作通过写将士万里辞家，远赴边塞参加艰苦卓绝的征战，抒发了边塞将士悲慨苍凉的怀归之情。此诗格调悲凉中兼有豪壮之气，音节婉转，造语豪迈，是李颀边塞诗一贯风格的体现。

【注释】

① 河阳：今河南孟县。

② 出塞曲：汉李延年创制，曲调悲切。

凉州词^① 二首选一

唐·王之涣

其 一

黄河远上白云间，一片孤城万仞山^②。

羌笛何须怨杨柳^③，春风不度玉门关^④。

【题解】

《凉州词》是唐代诗人王之涣的组诗作品。这首诗以一种特殊的视角描绘了黄河远眺的特殊感受，同时也展示了边塞地区壮阔、荒凉的景色，悲壮苍凉，流落出一股慷慨之气，边塞的酷寒正体现了戍守边防的征人回不了故乡的哀怨，这种哀怨不消沉，而是壮烈广阔。

【注释】

① 凉州词：又名《出塞》。为当时流行的一首曲子《凉州》配的唱词。郭茂倩《乐府诗集》卷七十九《近代曲词》载有《凉州歌》，并引《乐苑》云："《凉州》，宫调曲，开元中西凉府都督郭知运进。"凉州，

属唐陇右道，治所在姑臧县（今甘肃省武威市凉州区）。

② 孤城：指孤零零的戍边城堡。仞：古代的长度单位，一仞相当于七
尺或八尺。

③ 羌笛：是羌族乐器，属横吹式管乐。杨柳：《折杨柳》曲。古诗文
中常以杨柳喻送别情事。《诗经·小雅·采薇》："昔我往矣，杨
柳依依。"北朝乐府《鼓角横吹曲》有《折杨柳枝》，歌词曰："上
马不捉鞭，反拗杨柳枝。下马吹横笛，愁杀行客儿。"

④ 玉门关：隘名。玉门关始置于汉武帝开通西域道路、设置河西四郡
之时，因西域输入玉石时取道于此而得名。汉时为通往西域各地的
门户，故址在今甘肃敦煌西北小方盘城。这里泛指边塞境地。

【名句】

羌笛何须怨杨柳，春风不度玉门关。

望蓟门

唐·祖咏

燕台一去客心惊①，笳鼓喧喧汉将营。
万里寒光生积雪，三边曙色动危旌②。
沙场烽火侵胡月，海畔云山拥蓟城。
少小虽非投笔吏，论功还欲请长缨③。

【题解】

这首七言律诗是祖咏抒发从军报国志向的代表作。祖咏此诗作于开

元二十年前后北游蓟门期间，当时唐与契丹、突厥在幽、蓟边境战争不断，由于深为唐军的威势所震动，便写下了这首著名的七律。诗歌描绘了边塞壮阔的景观，抒发了诗人欲从军报国的豪情壮志。此诗紧扣诗题"望"字，写所见、所闻、所感，一气呵成，浑成无迹。调高语壮，音调铿锵，不愧盛唐正声。

【注 释】

① 燕台：即黄金台，故址在今河北易县东南。战国时燕昭王筑台以接待贤士，又称招贤台。

② 三边：汉代的幽、并、凉三州，此处泛指边塞。

③ 请长缨：长缨，指捆缚敌人的长绳。《汉书·终军传》："军自请，'愿绥长缨，必羁南越王而致之阙下。'"

赠王威古①

唐·崔颢

三十羽林将②，出身常事边。
春风吹浅草，猎骑何翩翩。
插羽两相顾，鸣弓新上弦。
射麋入深谷③，饮马投荒泉。
马上共倾酒，野中聊割鲜。
相看未及饮，杂虏寇幽燕④。
烽火去不息，胡尘高际天。
长驱救东北，战解城亦全。
报国行赴难，古来皆共然。

【题 解】

　　这首五言古诗是崔颢边塞送别诗的代表作。诗作生动地刻画了一位长年戍边的羽林将军的形象，真实地反映了以这位年轻边将为代表的边关将士们的战斗及其生活，赞颂了他们为保家卫国而勇敢战斗的崇高品质。此诗语言精炼，对比手法的运用使得英雄形象的刻画更加生动，是边塞送别诗中少有的佳作。

【注 释】

　　① 王威古：又作王威吉，生平事迹不详，当是崔颢的友人。
　　② 羽林将：禁卫军将领。
　　③ 麋（mí）：哺乳动物。毛淡褐色，雄的有角，角像鹿，尾像驴，蹄像牛，颈像骆驼，但从整体来看则都不像，俗称"四不像"。
　　④ 杂虏：一作"杂胡"，指非正规的少数民族军队。

雁门胡人歌

唐·崔颢

高山代郡东接燕，雁门胡人家近边。
解放胡鹰逐塞鸟，能将代马猎秋田①。
山头野火寒多烧②，雨里孤峰湿作烟。
闻道辽西无斗战③，时时醉向酒家眠。

【题解】

　　这首七言律诗是崔颢描写边地胡人生活习俗的代表作。诗作通过写胡人飞鹰逐鸟、驰骋田猎的生活习俗以及严冬野火四起、轻烟袅袅的景观，表现了胡汉和睦相处的现实景象。此诗气韵流转，语言自然天成，写景如在目前，是盛唐七言律体边塞诗的佳作。

【注 释】

　　① 代马：代郡的马，亦指边塞之马。秋田：秋季田猎。
　　② 寒多烧：为了打猎，将山上寒冬枯萎的草木烧掉，使野兽无法躲藏。
　　③ 辽西：古郡名，战国燕置，秦汉因之，治所阳乐（今辽宁义县西）。辖境在今河北迁西、乐亭以东、长城以南，辽宁松岭山以东、大凌河下游以西地区。北齐时废入北平郡。

从军行

唐·崔国辅

塞北胡霜下，营州索兵救①。
夜里偷道行②，将军马亦瘦。
刀光照塞月，阵色明如昼。
传闻贼满山，已共前锋斗。

【题解】

　　这首五言律诗是崔国辅描写边塞战争的代表作。诗作真实地记录了

发生在营州地区的一次增援前线的军事行动，通过对唐军将士日夜兼程急行军增援前线行动的描写，颂扬了唐军将士不畏艰险、勇往直前的战斗精神。此诗构思新颖，将战前的情景通过气氛烘托和细节刻画生动形象地表现出来，至高潮时却引而不发，耐人深思。全诗通篇押仄声韵，将紧张的气氛渲染到极致。

【注 释】

① 营州：唐代州名，治所在柳城（今辽宁朝阳）。
② 偷道行：指援兵从小路隐秘行军。

送陈七赴西军①

唐·孟浩然

吾观非常者，碌碌在目前。
君负鸿鹄志，蹉跎书剑年②。
一闻边烽动，万里忽争先。
余亦赴京国③，何当献凯还。

【题 解】

这首五言律诗是孟浩然边塞送别诗的代表作。孟浩然虽布衣终生，但也不乏建功立业的理想抱负。此诗即借送别友人从军边塞，表达了渴望立功边塞的豪情。此诗诗笔纵横驰骋，句式大开大合，有锐不可当之势，堪称孟浩然诗歌的别调。

【注 释】

① 陈七：未详，当为行七。西军：约指驻安西（今新疆一带）的军队。
② 蹉跎：耽误失时。比喻失意，时间白白过去，光阴虚度。书剑年：
　指读书做官、仗剑从军的年月。书剑，指文武之事。
③ 京国：国都。

从军行^① 七首

唐·王昌龄

其　一

烽火城西百尺楼，黄昏独上海风秋。
更吹羌笛《关山月》^②，无那金闺万里愁^③。

其　二

琵琶起舞换新声，总是关山旧别情。
撩乱边愁听不尽，高高秋月照长城。

其　三

关城榆叶早疏黄^④，日暮云沙古战场。
表请回军掩尘骨^⑤，莫教兵士哭龙荒。

其　四

青海长云暗雪山^⑥，孤城遥望玉门关^⑦。

黄沙百战穿金甲，不破楼兰终不还⑧。

其　五

大漠风尘日色昏，红旗半卷出辕门。
前军夜战洮河北⑨，已报生擒吐谷浑⑩。

其　六

胡瓶落膊紫薄汗⑪，碎叶城西秋月团。
明敕星驰封宝剑⑫，辞君一夜取楼兰。

其　七

玉门山嶂几千重，山北山南总是烽。
人依远戍须看火，马踏深山不见踪。

【题　解】

　　《从军行七首》是唐代诗人王昌龄的组诗作品。第一首诗刻画了边疆戍卒怀乡思亲的情景；第二首诗描写征戍者在军中听乐观舞所引起的边愁；第三首诗描写古战场的荒凉景象，写将军上表请求归葬战死将士的骸骨，表现将帅对士卒的爱护之情；第四首诗表现战士们为保卫祖国矢志不渝的崇高精神；第五首诗描写奔赴前线的戍边将士听到前方部队首战告捷消息时的欣喜心情，反映了唐军强大的战斗力；第六首诗描写将军欲奔赴边关杀敌立功的急切心情；第七首诗主要描写重峦叠嶂、烽火遍布的边塞景观。全组诗意境苍凉，慷慨激昂，充分显示出盛唐气象。

【注 释】

① 从军行：乐府旧题，属相和歌辞平调曲，多是反映军旅辛苦生活的。

② 羌笛：羌族竹制乐器。《关山月》：乐府曲名，属横吹曲。多为伤离别之辞。

③ 无那：无奈，指无法消除思亲之愁。一作"谁解"。

④ 关城：指边关的守城。

⑤ 表：上表，上书。掩尘骨：指尸骨安葬。掩，埋。

⑥ 青海：指青海湖，在今青海省。唐朝大将哥舒翰筑城于此，置神威军戍守。长云：层层浓云。雪山：即祁连山，山巅终年积雪，故云。

⑦ 孤城：即玉门关。玉门关：汉置边关名，在今甘肃敦煌西。一作"雁门关"。

⑧ 破：一作"斩"。终不还：一作"竟不还"。

⑨ 前军：指唐军的先头部队。洮河：河名，源出甘肃临洮西北的西倾山，最后流入黄河。

⑩ 吐谷浑（tǔ yù hún）：中国古代少数民族名称，晋时鲜卑慕容氏的后裔。据《新唐书·西域传》记载："吐谷浑居甘松山之阳，洮水之西，南抵白兰，地数千里。"唐高宗时吐谷浑曾经被唐朝与吐蕃的联军所击败。

⑪ 胡瓶：唐代西域地区制作的一种工艺品，可用来储水。

⑫ 敕：专指皇帝的诏书。星驰：像流星一样迅疾奔驰，也可解释为星夜奔驰。

【名 句】

更吹羌笛《关山月》，无那金闺万里愁。
琵琶起舞换新声，总是关山旧别情。
黄沙百战穿金甲，不破楼兰终不还。
大漠风尘日色昏，红旗半卷出辕门。

塞下曲 四首选二

唐·王昌龄

其 一

蝉鸣空桑林，八月萧关道^①。

出塞入塞寒，处处黄芦草。

从来幽并客，皆共沙尘老。

不学游侠儿^②，矜夸紫骝好^③。

【题 解】

这首乐府歌曲是边塞诗中宣扬非战思想的代表作。诗通过写征戍边塞的士卒老死沙尘的现实，告诫少年莫夸武力，表达了非战的思想。此诗写边塞秋景，无限萧条悲凉，写戍边征人，寄寓深切同情；劝世上少年，声声实在，句句真情。"从来幽并客，皆共沙尘老"与王翰的"醉卧沙场君莫笑，古来征战几人回"可谓英雄所见，异曲同工，感人至深。

【注 释】

①萧关：宁夏古关塞名。

②游侠儿：游侠少年。

③矜：自夸。紫骝：紫红色的骏马。

其 二

饮马渡秋水，水寒风似刀。

平沙日未没，黯黯见临洮^①。

昔日长城战，咸言意气高。
黄尘足今古，白骨乱蓬蒿。

【题 解】

这首乐府诗通过对战场惨景的描绘，反映了战争残酷的一面，对广大士卒的惨重死亡表达了深挚的痛悼之情。此诗寄情于景，表达含蓄蕴藉。后四句"咸言意气高"与"白骨乱蓬蒿"的对比更给人以强烈的情感冲击。

【注 释】

① 临洮：古县名，秦置，治所在今甘肃岷县，以近临洮水得名。秦筑长城，西起于此。

出塞 二首选一

唐·王昌龄

其 一

秦时明月汉时关①，万里长征人未还。
但使龙城飞将在②，不教胡马度阴山。

【题解】

　　这首七言绝句是边塞诗的名作。诗作用简洁凝练的二十八个字，将古往今来不曾停息的征戍历史表现了出来，并由此抒发了戍边战士巩固边防的愿望和保卫国家的壮志，洋溢着爱国激情和民族自豪感。同时，三四两句又语带讽刺，表现了诗人对朝廷用人不当和将帅腐败无能的不满。此诗情景交融，语言高度凝练，蕴义丰富，最后两句融抒情与议论为一体，有弦外之音，使人回味无穷。

【注释】

　　① 此句运用互文的手法，即秦汉时的明月，秦汉时的关塞。意思是说，在漫长的边防线上，一直没有停止过战争。

　　② 龙城飞将：指汉朝名将李广。南侵的匈奴惧怕他，称他为"飞将军"。这里泛指英勇善战的将领。

【名句】

　　但使龙城飞将在，不教胡马度阴山。

闺　怨

唐·王昌龄

闺中少妇不知愁，春日凝妆上翠楼①。
忽见陌头杨柳色，悔教夫婿觅封侯②。

【题解】

　　这首七言绝句是边塞闺怨诗的代表作。诗作以征妇的口吻书之，通过描写闺中少妇春日登楼望远，抒发了对远在塞外的丈夫的思念之情和后悔鼓励丈夫立功边塞的心意。此诗情深语挚，造景自然生动，情感质朴感人，是传统闺怨诗中的佳作。

【注 释】

　　① 凝妆：盛妆。
　　② 悔教：悔使。

【名句】

　　忽见陌头杨柳色，悔教夫婿觅封侯。

少年行 四首选三

唐·王维

其 一

新丰美酒斗十千①，咸阳游侠多少年②。
相逢意气为君饮③，系马高楼垂柳边。

【题 解】

　　这首七言绝句是王维表现少年游侠气概的代表作。诗写长安城里游侠少年因意气相投而欢饮纵酒，表现出其意气风发的风貌和豪迈气概。此诗造语自然，气势蓬勃，是王维早期诗歌风格的典型体现。

【注 释】

　　① 新丰：古县名，汉置，治所在今陕西省临潼县东北。新丰镇古时产美酒，谓之新丰酒。斗十千：一斗酒值十千钱（钱是古代的一种货币），形容酒的名贵。斗是古代的盛酒器，后来成为容量单位。

　　② 咸阳：秦朝的都城，故址在今陕西咸阳市东北二十里，此借指唐都长安。游侠：游历四方的侠客。

　　③ 意气：指两人之间感情投合。

其 二

出身仕汉羽林郎①，初随骠骑战渔阳②。
孰知不向边庭苦③，纵死犹闻侠骨香。

【题 解】

　　这首七言绝句是王维早年抒写投军报国理想的代表作。王维早年有着建功立业的宏伟抱负，这首诗正是其立功边塞的雄心体现。诗作借描写少年战士入征行伍、初战渔阳的军旅生活及其蔑视艰难困苦乃至死亡的态度，高度弘扬了他们的豪侠气概和英雄主义精神，这也正是诗人真实情感的自然流露。诗歌气势纵横，笔墨酣畅，显现出王维早年诗歌的风格特点。

【注 释】

① 羽林郎：官名，汉代置禁卫骑兵营，名羽林骑，以中郎将、骑都尉
监羽林军。唐代亦置左右羽林军，为皇家禁军之一种。

② 骠骑：即骠骑将军。此处泛指统率军队的将领。

③ 孰知不向："孰不知向"的倒置。孰，谁。

其 三

一身能擘两雕弧^①，虏骑千重只似无。
偏坐金鞍调白羽^②，纷纷射杀五单于^③。

【题 解】

　　这首七言绝句是王维描写游侠杀敌本领的代表作，诗作成功地塑造
了一个武艺超群、刚猛顽强、勇于杀敌、战功显赫的少年英雄形象，寄
寓了诗人早年的理想与豪情。此诗诗情豪迈，语言凝练，白描手法的运
用也恰到好处。

【注 释】

① 擘：开弓。雕弧：有雕饰彩绘的弓。

② 白羽：箭。以白色羽毛做箭羽，故云"白羽"。

③ 五单于：《汉书·宣帝纪》："匈奴虚闾权渠单于请求和亲，病死，
右贤王屠耆堂代立。骨肉大臣立虚闾权渠单于子为呼韩邪单于，击
杀屠耆堂。诸王并自立，分为五单于，更相攻击，死者以万数。"
此处泛指敌人的许多首领。

送元二使安西 ①

唐·王维

渭城朝雨浥轻尘 ②，客舍青青柳色新。
劝君更尽一杯酒，西出阳关无故人 ③。

【题 解】

　　这首七言绝句是王维送友人赴边的代表作。诗写于送别友人的旅店中，通过劝君饮酒传达出深挚的惜别之情。此诗描写了一种最普通的离别，但情深景真，适合于绝大多数离筵别席演唱，因此后来被编入乐府，成为最流行、传唱最久的歌曲。

【注 释】

　　①元二：姓元，排行第二，作者的朋友。使：出使。安西：指唐代安
　　　西都护府，在今新疆库车附近。
　　②渭城：秦时咸阳城，汉改渭城，在长安西北，渭水北岸。浥（yì）：湿。
　　③阳关：在今甘肃省敦煌县西南，是古代通西域的要道。

【名 句】

劝君更尽一杯酒，西出阳关无故人。

使至塞上 ①

唐·王维

单车欲问边 ②，属国过居延 ③。
征蓬出汉塞，归雁入胡天 ④。
大漠孤烟直 ⑤，长河落日圆 ⑥。
萧关逢候骑 ⑦，都护在燕然 ⑧。

【题 解】

这首五言律诗是王维奉命赴边疆慰问将士途中所作的一首纪行诗。诗作记述了出使塞上的旅程以及旅程中所见的塞外风光，同时也表达了诗人由于被排挤而产生的孤独、寂寞、悲伤之情以及在大漠的雄浑景色中情感得到熏陶、净化、升华后产生的慷慨悲壮之情，显露出一种豁达的情怀。此诗对边塞景观的描写精准老道，"大漠孤烟"、"长河落日"遂成为表现边塞风光的典型意象。

【注 释】

① 使至塞上：奉命出使边塞。使，出使。
② 单车：一辆车，车辆少，这里形容轻车简从。问边：到边塞去看望，指慰问守卫边疆的官兵。
③ 属国：有几种解释：一指少数民族附属于汉族朝廷而存其国号者。汉、唐两朝均有一些属国。二指官名，秦汉时有一种官职名为典属国，苏武归汉后即授典属国官职。唐人有时以"属国"代称出使边陲的使臣。居延：地名，汉代称居延泽，唐代称居延海，在今内蒙古额济纳旗北境。又西汉张掖郡有居延县（参见《汉书·地理志》），故城在今额济纳旗东南。又东汉凉州刺史部有张掖居延属国，辖境

在居延泽一带。

④ 归雁：雁是候鸟，春天北飞，秋天南行，这里是指大雁北飞。胡天：
　　胡人的领地。这里是指唐军占领的北方地区。

⑤ 大漠：大沙漠，此处大约是指凉州之北的沙漠。孤烟：赵殿成注
　　有二解：一云古代边防报警时燃狼粪，"其烟直而聚，虽风吹之不
　　散"。二云塞外多旋风，"袅烟沙而直上"。据后人有到甘肃、新
　　疆实地考察者证实，确有旋风如"孤烟直上"。又：孤烟也可能是
　　唐代边防使用的平安火。《通典》卷二一八云："及暮，平安火不
　　至。"胡三省注："《六典》：唐镇戍烽候所至，大率相去三十里，
　　每日初夜，放烟一炬，谓之平安火。"

⑥ 长河：即黄河；一说指流经凉州（今甘肃武威）以北沙漠的一条
　　内陆河，这条河在唐代叫马成河，疑即今石羊河。

⑦ 萧关：古关名，又名陇山关，故址在今宁夏固原东南。候骑：负
　　责侦察、通讯的骑兵。王维出使河西并不经过萧关，此处大概是用
　　何逊诗"候骑出萧关，追兵赴马邑"之意，非实写。

⑧ 都护：唐朝在西北边疆置安西、安北等六大都护府，其长官称都护，
　　每府派大都护一人，副都护二人，负责辖区一切事务。这里指前敌
　　统帅。燕然：燕然山，即今蒙古国杭爱山。东汉窦宪北破匈奴，曾
　　于此刻石记功。《后汉书·窦宪传》：宪率军大破单于军，"遂登
　　燕然山，去塞三千余里，刻石勒功，纪汉威德，令班固作铭。"这
　　里代指前线。

【名 句】

大漠孤烟直，长河落日圆。

出塞作

唐·王维

居延城外猎天骄，白草连天野火烧。
暮云空碛时驱马^①，秋日平原好射雕。
护羌校尉朝乘障^②，破虏将军夜渡辽。
玉靶角弓珠勒马^③，汉家将赐霍嫖姚。

【题 解】

这首七言律诗是王维出使河西节度使时所作。诗歌通过敌我双方的对比描写，颂扬了唐军的英勇无敌。此诗气象雄浑，流转无迹，宏赡雄丽，声调响亮，对比手法的运用更是此诗的独到之处。

【注 释】

① 碛（qì）：沙漠。
② 乘障：同"乘鄣"，谓登城守卫。《汉书·张汤传》："（上）乃遣山乘鄣。"颜师古注："鄣谓塞上要险之处，别筑为城，因置吏士而为鄣蔽以扞寇也。"
③ 玉靶：镶玉的剑柄。借指宝剑。珠勒：珠饰的马络头。

送赵都督赴代州得青字

唐·王维

天官动将星^①，汉地柳条青。

万里鸣刁斗^②，三军出井陉^③。
忘身辞凤阙^④，报国取龙庭^⑤。
岂学书生辈，窗间老一经。

【题解】

　　这首五言律诗是王维又一首边塞送别诗的代表作。此诗是在一位姓赵的都督即将带兵开赴代州（治所在今山西代县），王维等人为赵都督饯行时分韵作诗而成。全诗从出征写起，写到为求胜利，不惜牺牲。这首送别诗写得意气风发、格调昂扬，表现了青年王维希望投笔从戎、济世报国的思想。尤其最后两联志向远大，气势如虹，淋漓尽致地表现出盛唐时期昂扬进取的精神风貌。

【注释】

①天官：即天上的星官。古人认为，天上的星星与人间的官员一样，有大有小，因此称天官。将星：《隋书·天文志》说，天上有十二个天将军星，主兵象；中央的大星是天的大将，外边的小星是吏士；大将星摇晃是战争的预兆，大将星出而小星不同出，是出兵的预兆。

②刁斗：军中用具，白天用来烧饭，夜间用于打更报警。

③井陉：即井陉口，又名井陉关，唐时要塞，在今河北井陉县境内。

④凤阙：汉代宫阙名，在建章宫东，因为其上有铜凤凰而得名，此处借汉说唐，用以泛指宫廷。

⑤龙庭：原指匈奴单于祭天的地方。取龙庭：借指誓歼敌虏。

陇西行①

唐·王维

十里一走马，五里一扬鞭。
都护军书至，匈奴围酒泉。
关山正飞雪②，烽戍断无烟。

【题解】

　　这首乐府诗是王维表现匈奴入侵、边防告急情景的代表作。作者没有正面描写战争，而是截取军使送书这一片断，通过描绘出一幅迷茫、壮阔的关山飞雪远戍图，侧面渲染边关的紧急与紧张，展现出诗篇"意余象外"的深邃与凝重。此诗因此有张戒《岁寒堂诗话》中的"信不减太白"之誉。

【注释】

　　① 陇西行：乐府古题名之一。
　　② 关山：泛指边关的山岳原野。

塞上曲

唐·常建

翩翩云中使，来问太原卒。
百战苦不归，刀头怨明月①。

塞云随阵落，寒日傍城没。
城下有寡妻，哀哀哭枯骨。

【题解】

  这首《塞上曲》是常建表现戍边将士悲苦命运的代表作。诗作通过戍边将士久困沙场而英勇牺牲后妻子哀痛欲绝的形象描绘，表达了诗人对人民不幸遭遇的深切同情，其采用云中使与太原卒问答的形式展开描写，并运用今昔对比的时空交错手法，将戍边将士战死沙场的悲惨命运形象地刻画出来。全诗气氛肃杀衰瑟，俨然"气骨顿衰"的晚唐诗作。

【注释】

  ① 刀头：刀头上有环，与"还"谐音。《汉书》载，汉使以刀环示李陵归汉。古诗："何当大刀头，破镜非上天。"

塞下曲 四首选一

唐·常建

其 一

玉帛朝回望帝乡 ①，乌孙归去不称王 ②。
天涯静处无征战，兵气销为日月光。

【题 解】

这首七言古诗描写了胡、汉和亲，化干戈为玉帛，普天同庆的和平景象。此诗场面描写独具特色，格调雄丽。

【注 释】

① 玉帛：古代朝聘、会盟时互赠的礼物，是和平友好的象征。后代遂有"化干戈为玉帛"之语。朝回：朝见皇帝后返回本土。望帝乡：述其依恋不舍之情。帝乡，京城。

② 不称王：放弃王号，即内服于唐朝。

从军行

唐·李白

百战沙场碎铁衣，城南已合数重围。
突营射杀呼延将①，独领残兵千骑归。

【题 解】

《从军行》是唐代李白所作，此诗以疏简传神的笔墨，叙写了唐军被困突围的英勇事迹，热情洋溢地歌颂了边庭健儿浴血奋战、保家卫国的爱国主义精神。此诗虽无肖像描写，但其英风豪气直扑人面，神采照人。

【注 释】

① 突营：突破敌人的包围。呼延将：姓呼延的地方将领。《晋书·匈奴传》载，匈奴有四姓贵族，曰呼延氏、卜氏、兰氏、乔氏，其中以呼延氏最显贵。

出自蓟北门行①

唐·李白

虏阵横北荒，胡星耀精芒②。
羽书速惊电③，烽火昼连光。
虎竹救边急④，戎车森已行。
明主不安席⑤，按剑心飞扬。
推毂出猛将⑥，连旗登战场。
兵威冲绝幕⑦，杀气凌穹苍。
列卒赤山下⑧，开营紫塞旁⑨。
孟冬风沙紧，旌旗飒凋伤。
画角悲海月⑩，征衣卷天霜。
挥刃斩楼兰，弯弓射贤王。
单于一平荡，种落自奔亡。
收功报天子，行歌归咸阳。

【题 解】

这首乐府诗描写了唐军将士在外敌入侵时英勇奋战，立功受赏的全过程，歌颂了他们气壮山河的英雄气概。全诗结构紧凑完整，将一场大战写得有始有终，有声有色。语言刚劲有力，音调流畅响亮，格调雄壮豪迈，不愧是天才诗人之佳作。

【注 释】

① 出自蓟北门行：乐府"都邑曲"调名，内容多写行军征战之事。
② 虏阵：指敌阵。胡星：指旄头星。古人认为旄头星是胡星，当它特别明亮时，就会有战争发生。精芒：星的光芒。
③ 羽书：同"羽檄"。这里指告急的文书。
④ 虎竹：泛指古代发给将帅的兵符。
⑤ 明主：英明的皇帝。不安席：寝不安席，形容焦急得不能安眠。
⑥ 毂：车轮。推毂：相传是古代一种仪式，大将出征时，君王要为他推车，并郑重地嘱咐一番，授之以指挥作战全权。
⑦ 幕：通"漠"。绝幕：极远的沙漠。
⑧ 列卒：布阵。赤山：山名，在辽东（今辽宁西部）。
⑨ 开营：设营，扎营。紫塞：指长城。因城土紫色，故名。见《古今注》。
⑩ 画角：古乐器。本细末大，用竹木或皮革制成，外加彩绘，军中用以报告昏晓。

【名 句】

画角悲海月，征衣卷天霜。

战城南

唐·李白

去年战，桑乾源①；今年战，葱河道②。

洗兵条支海上波^③，放马天山雪中草^④。

万里长征战，三军尽衰老。

匈奴以杀戮为耕作，古来惟见白骨黄沙田。

秦家筑城备胡处，汉家还有烽火燃^⑤。

烽火燃不息，征战无已时。

野战格斗死，败马号鸣向天悲。

乌鸢啄人肠，衔飞上挂枯树枝。

士卒涂草莽，将军空尔为。

乃知兵者是凶器，圣人不得已而用之^⑥。

【题 解】

这首乐府诗是李白边塞诗中表达反战主题的作品之一。诗作从历史和现实的角度写边塞的常年征战极其残酷，表达了诗人对广大士卒不幸遭遇的深切同情和对统治者穷兵黩武政策的强烈抨击。此诗叙事与抒情、议论交织穿插，在学习化用前人诗句之上又别有创新，且感情浓厚，描写繁富，语言奔放流丽，鲜明体现出乐府诗发展变化的痕迹。

【注 释】

①桑乾：河名。今永定河之上游。相传每年桑葚成熟时河水干涸，故名。

②葱河：即葱岭河。有南北两河，北名喀什葛尔河，发源于帕米尔高原，为塔里木河支流之一。

③洗兵：洗涤兵器。条支海：条支，汉代西域国名，在今伊拉克底格里斯河口，濒临波斯湾。此指遥远的西域。

④天山：即新疆境内的天山。

⑤秦家筑城：指秦始皇修长城。汉家：即汉朝，此以汉喻唐。

⑥"乃知"二句：见《老子》第三十一章："兵者不祥之器，非君子之器。不得已而用之，恬淡为上。"

【名句】

万里长征战，三军尽衰老。

乃知兵者是凶器，圣人不得已而用之。

塞下曲^① 六首选二

唐·李白

其 一

五月天山雪，无花只有寒。

笛中闻折柳，春色未曾看。

晓战随金鼓，宵眠抱玉鞍。

愿将腰下剑，直为斩楼兰。

【题 解】

　　这首五言律诗是李白借乐府诗题写边塞军旅生活的代表作。李白一生足迹遍及祖国大江南北，边塞生活是他人生履历的重要组成部分。此诗便描写了诗人亲临边塞的经历及其奋勇杀敌的雄心壮志。诗人通过对边塞五月飞雪、无花之春、寒气逼人等边塞风光的描写，充分渲染了边塞生活的艰苦。而在如此艰辛的环境下，出征边塞的将士们晓行露宿，时刻准备着战斗，由此又将将士们报国杀敌的壮志顺势托出。此诗意境苍凉而雄壮，篇法独造，对仗不拘常格，可谓五律的别调佳作。

【注释】

① 塞下曲：《塞下曲》出于汉乐府《出塞》、《入塞》等曲，为唐代
　　新乐府题，歌辞多写边塞军旅生活。

其 三

骏马似风飚，鸣鞭出渭桥。

弯弓辞汉月，插羽破天骄。

阵解星芒尽^①，营空海雾消。

功成画麟阁^②，独有霍嫖姚。

【题解】

　　这首五言律诗是李白表现士卒有功不赏之不平等现象的边塞诗代表
作。诗作通过描写士卒在战场上奋勇杀敌的场面，抒发了士卒立功边塞
的雄心壮志，表达了诗人对广大士卒有功不赏的社会现实的愤慨，不无
针砭现实的意义。全诗笔力雄健，结构新颖，篇幅布局，独具匠心，是
李白诗歌雄豪风格的体现。

【注释】

① 星芒尽：指胡星的光芒黯淡。古人认为客星呈现白色的光芒，就是
　　战争的征兆。星芒已尽，就意味着战争结束。

② 麟阁：即麒麟阁，汉代阁名，在未央宫中。汉宣帝时曾绘十一位功
　　臣像于其上，后即以此代表卓越的功勋和最高荣誉。

子夜吴歌 四首选二

唐·李白

秋 歌

长安一片月^①，万户捣衣声^②。
秋风吹不尽，总是玉关情^③。
何日平胡虏，良人罢远征^④。

【题解】

李白的《子夜吴歌》共四首，分咏春、夏、秋、冬四季。六朝乐府《清商曲辞·吴声歌曲》即有《子夜四时歌》，为作者所承，因属吴声曲，故又称《子夜吴歌》。此体向作四句，内容多写女子思念情人的哀怨，作六句是诗人的创造，而用以写思念征夫的情绪更具有时代之新意。其中，《秋歌》写征妇秋日捣衣以备远寄边关，表达了渴望战争结束，征人早日归来的朴素心愿。诗情景融合无间，语言质朴，情感浓郁，是边塞题材闺怨诗的代表作。

【注释】

① 一片月：一片皎洁的月光。
② 万户：千家万户。捣衣：把衣料放在石砧上用棒槌捶击，使衣料绵软以便裁缝；将洗过头次的脏衣放在石板上捶击，去浑水，再清洗。
③ 玉关：玉门关，故址在今甘肃省敦煌县西北，此处代指良人戍边之地。
④ 良人：古时妇女对丈夫的称呼。罢：结束。

【名句】

长安一片月，万户捣衣声。

冬　歌

明朝驿使发^①，一夜絮征袍。
素手抽针冷^②，那堪把剪刀。
裁缝寄远道，几日到临洮?

【题解】

李白《子夜吴歌·冬歌》是《子夜吴歌》中的第四首。与《秋歌》不同，《冬歌》不写景而写人叙事，通过一位女子"一夜絮征袍"的情事以表现思念征夫的感情。时间是传送征衣的驿使即将出发的前夜，大大增强了此诗的情节性和戏剧性，通过形象刻画与心理描写结合，塑造出一个活生生的思妇形象，成功地表达了诗歌主题。结构上一波未平，一波又起，起得突兀，结得意远，情节生动感人。

【注释】

①驿使：驿站传送文书及物件的人。
②素手：指妇女洁白的手。

奔亡道中 五首选一

唐·李白

其 一

苏武天山上^①，田横海岛边^②。
万重关塞断，何日是归年。

【题 解】

　　这首五言绝句是李白《奔亡道中》组诗的第一首。诗作描写了"安史之乱"中人们流离失所的惨状，表达了战乱中百姓的悲苦遭遇和盼望早日归乡的情感。此诗典故的化用增加了诗作的内涵，使短短二十字包含着丰富的现实意义。

【注 释】

①天山：《唐书·地理志》：伊州伊吾县，在大碛外，南去玉门关八百里，东去阳关二千七百三十里，有折罗漫山，亦曰天山。《苏武诗》："食雪天山近，思归海路长。"盖以天山为匈奴地耳，其实苏武啮雪及牧羊之处，不在天山。

②此句化用田横典故。田横是秦末群雄之一，原为齐国贵族，在陈胜吴广大泽乡起义后，田横与兄田儋、田荣也反秦自立，兄弟三人先后占据齐地为王。后汉高祖刘邦统一天下，田横不肯称臣于汉，率五百门客逃往海岛，刘邦派人招抚，田横被迫乘船赴洛，在途中距洛阳三十里地自杀。

前出塞 九首选四

唐·杜甫

其　一

戚戚去故里^①，悠悠赴交河^②。
公宗有程期^③，亡命婴祸罗。
君已富土境，开边一何多。
弃绝父母恩，吞声行负戈。

【题解】

　　这首诗描写了士兵初出门辞别父母的情事，表现了对朝廷开边政策的不满和迫不得已离开父母从军的悲苦情怀。此诗叙事与议论、抒情相结合，通过人物的心理描写和行动刻画，营造出浓厚的哀伤气氛，揭示出开边战争给人民带来的痛苦和不幸。

【注释】

　　① 戚戚：愁苦的样子。因被迫应往，故心怀戚戚。
　　② 悠悠：犹漫漫，遥远的样子。
　　③ 公宗：犹官家。有程期：是说赴交河有一定期限。

其　六

挽弓当挽强，用箭当用长。
射人先射马，擒贼先擒王。
杀人亦有限^①，列国自有疆^②。
苟能制侵陵，岂在多杀伤！

【题 解】

这首诗写对战争的态度。全诗以议论为主，指出战争要讲究战略战术，要击中要害，适可而止，不要滥杀无辜。这种备战不好战、止战不滥杀的思想，体现了诗人的人道主义精神。此诗结构先扬后抑，有转折起伏之妙。诗中辩证的思想，富于哲理的语言，增加了议论的深刻和强大的逻辑力量，故成为今人之格言警句。

【注 释】

① 亦有限：有个限度，有个主从。正承上句意。沈德潜《杜诗偶评》："诸本杀人亦有限，惟文待诏（文徵明）作杀人亦无限，以开合语出之，较有味。"不确。

② 自有疆：是说总归有个疆界。和第一首"开边一何多"照应。

【名 句】

射人先射马，擒贼先擒王。

其 七

驱马天雨雪，军行入高山。
径危抱寒石，指落层冰间①。
已去汉月远②，何时筑城还。
浮云暮南征，可望不可攀。

【题 解】

这首诗是写征夫自述在大寒天的高山上筑城戍守的情事，传达出边

塞苦寒的生活环境和望归的思绪。此诗对于行军生活的描写真切感人，径危抱石，指落层冰的描写更是形象生动。

【注 释】

① 指落：是手指被冻落。
② 汉月：指祖国。

其 九

从军十年余，能无分寸功①。
众人贵苟得②，欲语羞雷同。
中原有斗争，况在狄与戎③。
丈夫四方志，安可辞固穷。

【题 解】

这首诗是《前出塞》组诗的最后一首，诗人借征夫之口总结了他"从军十年余"的经历，揭露出犒赏不公的现实，抒发了保持气节、志在四方的抱负。此诗心理描写细致入微，结尾以壮语作结，令人振奋。

【注 释】

① 能无：犹"岂无"、"宁无"，但含有估计的意味。分寸功：极谦言功小。
② 众人：指一般将士。苟得：指争功贪赏。
③ 狄与戎：代指更加纷乱的边疆之地。

【名句】

丈夫四方志，安可辞固穷。

后出塞五首

唐·杜甫

其 一

男儿生世间，及壮当封侯。
战伐有功业，焉能守旧丘^①？
召募赴蓟门^②，军动不可留。
千金买马鞍，百金装刀头^③。
闾里送我行，亲戚拥道周。
斑白居上列^④，酒酣进庶羞^⑤。
少年别有赠^⑥，含笑看吴钩^⑦。

【题 解】

这首乐府诗是杜甫描写少年出征送别场景的代表作，此诗作于天宝十四载（755）冬安禄山反唐之初。诗写少年应募从军并与亲友豪迈告别，表达了从军立业、壮志报国的豪情。此诗感情豪壮，气氛热烈，细节描绘声情并茂，人物刻画生动形象。

【注 释】

①上句"有"字暗含讽意，揭示出功业的罪恶本质。"旧丘"犹"故园"，

即"老家"。

② 蓟门：点明出塞的地点。其地在今北京一带，当时属渔阳节度使安禄山管辖。

③ 这两句模仿《木兰诗》的"东市买骏马，西市买鞍鞯"的句法。

④ 斑白：头发半白，泛指老人。居上列：即坐在上头。

⑤ 酒酣：是酒喝到一半的时候。庶羞：即菜肴。白居易诗"人老意多慈"，老人送别，只希望小伙子能多吃点。

⑥ 别有赠：即下句的"吴钩"。"别"字对上文"庶羞"而言。

⑦ 吴钩：春秋时吴王阖闾所作之刀，后通用为宝刀名。深喜所赠宝刀，暗合自己"封侯"的志愿，所以"含笑"而细玩。

其　二

朝进东门营①，暮上河阳桥②。

落日照大旗③，马鸣风萧萧。

平沙列万幕，部伍各见招。

中天悬明月，令严夜寂寥。

悲笳数声动④，壮士惨不骄。

借问大将谁⑤？恐是霍嫖姚。

【题　解】

这首乐府诗是杜甫写赴边夜宿情景的边塞诗。诗作通过描写士卒黄昏行军及夜宿军营的所见所闻，写出了军中森严肃杀之气给一个刚入伍士卒带来的凄凉敬畏的心理变化。此诗格调悲壮苍凉，景物描写极大地渲染了一种肃杀凄凉的氛围，其中"落日照大旗，马鸣风萧萧"作为边塞诗写景佳句历来为人传颂。

【注 释】

① 东门：洛阳东面门有"上东门"，军营在东门，故曰"东门营"。由洛阳往蓟门，须出东门。这句点清征兵的地方。

② 河阳桥：在河南孟津县，是黄河上的浮桥，晋杜预所造，为通河北的要津。

③ 大旗：大将所用的红旗。《通典》卷一百四十八："陈（阵）将门旗，各任所色，不得以红，恐乱大将。"这两句也是杜甫的名句，因为抓住了事物的特征，故能集中地表现出那千军万马的壮阔军容，下句化用《诗经》的"萧萧马鸣"，加一"风"字，把边塞景物写得有秋风飒爽之气。

④ 悲笳：静营之号，军令既严，笳声复悲，故惨不骄。

⑤ 大将：指招募统军之将。

【名 句】

落日照大旗，马鸣风萧萧。

<h2 style="text-align:center">其 三</h2>

古人重守边，今人重高勋。

岂知英雄主，出师亘长云。

六合已一家①，四夷且孤军。

遂使貔虎士②，奋身勇所闻。

拔剑击大荒，日收胡马群。

誓开玄冥北③，持以奉吾君。

【题 解】

这首诗是杜甫反战诗的代表作。诗写士卒在蓟门前线服役的感受，揭示出征战不息的原因乃是君主好武，边将贪功，战士们则是为了统治者的企图而拼命。此诗议论言辞犀利，层层推进，说理严密。另外，议论中又杂有言、行描写，使诗歌更显生动形象。

【注 释】

①六合：天地四方为"六合"，这里指全国范围以内。

②貔（pí）：即貔貅，猛兽，这里比喻战士。

③玄冥：传说是北方水神，这里代表极北的地方。

其 四

献凯日继踵，两蕃静无虞①。
渔阳豪侠地②，击鼓吹笙竽。
云帆转辽海，粳稻来东吴③。
越罗与楚练，照耀舆台躯。
主将位益崇，气骄凌上都④。
边人不敢议，议者死路衢。

【题 解】

这首诗贬斥了安禄山的丑恶行径。诗写安禄山投玄宗所好，以"开边"获得玄宗宠信，此后便骄横恣肆，胡作非为，甚至钳制舆论，滥杀无辜。诗人以铺张之笔，夹叙夹议，生动逼真地刻画出一个包藏祸心、横行不法的叛逆形象。在记叙史实中，表现出对安禄山的愤慨，对玄宗昏聩行为之不满。

【注 释】

①献凯：只是虚报邀赏。两蕃：指奚与契丹。静无虞：本无寇警。

③ 辽海：即渤海。粳：晚熟而不黏的稻。来东吴：来自东吴。
④ 主将：即安禄山。天宝七载禄山赐铁券，封柳城郡公；九载，进爵
　　东平郡王，节度使封王，从他开始。上都：指京师，即朝廷。凌：凌犯，
　　目无朝廷。

其　五

我本良家子，出师亦多门。

将骄益愁思，身贵不足论。

跃马二十年①，恐辜明主恩。

坐见幽州骑②，长驱河洛昏③。

中夜间道归④，故里但空村。

恶名幸脱免，穷老无儿孙。

【题解】

　　这是杜甫《后出塞》组诗的第五首。诗写军士诉说其从叛军脱身的
经过，描写了其回家后所见的破败景象，反映了自己孤独寂寞的心境。
此诗采用夹叙夹议的手法，记叙真实感人，描写生动形象，议论深中肯
綮，是"安史之乱"真实社会历史原因的生动写照，不愧乎具有"诗史"
的价值。

【注释】

① 跃马：指身贵，兼含从军之意。刘孝标《自序》："敬通（冯衍）
　　当更始之世，手握兵符，跃马食肉。"
② 坐见：一指时间短促，犹行见、立见；一指无能为力，只是眼看着。
　　这里兼含二义。

③ 河洛昏：指洛阳行将沦陷。当时安禄山所部皆天下精兵。

④ 间道归：抄小路逃回家。

塞　上

唐·高适

东出卢龙塞①，浩然客思孤。

亭堠列万里，汉兵犹备胡。

边尘涨北溟②，虏骑正南驱。

转斗岂长策，和亲非远图。

惟昔李将军③，按节出皇都④。

总戎扫大漠，一战擒单于。

常怀感激心，愿效纵横谟⑤。

倚剑欲谁语，关河空郁纡⑥。

【题 解】

　　这首诗作于开元十九年（731）至二十二年（734）高适第一次出塞蓟北时期。时契丹和奚反叛并引突厥南下，酿成东北边境的大患。高适亲临战场，故有感而发。诗中描述了边患的严重，提出了解决边患的具体主张，表达了欲从军边疆、为国效力的愿望，以及报国无门的苦闷心情。此诗蕴含诗人强烈的忧患意识和壮志难酬的苦闷，并提出解决边患问题的策略，含义丰富，内容充实，最后一句语义双关，更给人言近意远之感。

【注 释】

① 卢龙塞：在今河北迁按市西北，为当时边防重地。

② 北溟：古人想象中北方极远的大海。《庄子·逍遥游》："北溟有鱼，其名为鲲。"此泛指北部边疆。

③ 李将军：此李将军当指李广。

④ 按节：从容按辔。

⑤ 纵横谟（mó）：指纵横之术，合纵连横的简称，为战国时策士们游说诸侯的政治主张和方法，包括在政治上、外交上使用分化和争取的手段等。

⑥ 郁纡（yū）：幽深曲折。此处一语双关，既指山河郁曲之势，亦指心绪郁结难申。

营州歌

唐·高适

营州少年厌原野①，孤裘蒙茸猎城下②。
虏酒千钟不醉人③，胡儿十岁能骑马。

【题 解】

这首诗是高适于开元二十年（732）前后出塞蓟北所作。诗作通过描写塞外少数民族青年驰骋打猎、千钟不醉、十岁骑马等生活细节，传达出塞外"胡儿"勇敢豪放的神态，表现出对塞外民族风情的钦慕。此诗笔墨粗犷热情，细节描写生动传神，俨然一组人物素描。

【注 释】

① 厌：同"餍"，饱。这里作饱经、习惯于之意。
② 狐裘：用狐狸皮毛做的比较珍贵的大衣，毛向外。蒙茸：毛乱的样子。
③ 虏酒：指当地少数民族酿造的酒。

自蓟北归

唐·高适

驱马蓟门北，北风边马哀。
苍茫远山口，豁达胡天开。
五将已深入，前军止半回①。
谁怜不得意，长剑独归来。

【题 解】

　　这首五言律诗应作于开元二十一年（733）冬高适自蓟北南归之时。诗作记述了开元二十一年"五将"惨败的史实，抒发了诗人第一次出塞蓟北失意而归的悲愤心情。此诗将军事事件和个人遭遇联系起来，写景和抒情中都融入了失意、哀伤的基调，逼真地刻画出一个报国无门、失意归来的诗人形象。

【注 释】

① "五将"二句：应指开元二十一年闰三月，唐与契丹和奚的一场大战，
　　唐军大败的重大事件。

别韦参军

唐·高适

二十解书剑①，西游长安城。

举头望君门，屈指取公卿。

国风冲融迈三五，朝廷礼乐弥寰宇。

白璧皆言赐近臣，布衣不得干明主。

归来洛阳无负郭②，东过梁宋非吾土。

兔苑为农岁不登，雁池垂钓心长苦。

世人遇我同众人，唯君于我最相亲。

且喜百年见交态，未尝一日辞家贫。

弹棋击筑白日晚③，纵酒高歌杨柳春。

欢娱未尽分散去，使我惆怅惊心神。

丈夫不作儿女别，临歧涕泪沾衣巾。

【题 解】

此诗虽写于贫困却豪迈的梁宋时期，但全诗字字情真意切，句句肝胆相照。诗风是高适一贯的笔势豪健、雄浑奔放，用杜甫的话来说，仿佛"骅骝开道路，鹰隼出风尘"。是一首令人闻之欲拔剑起舞的好诗！

【注 释】

① 解书剑：会读书击剑。

② 负郭：近城的田，最为肥美。

③ 弹棋：古两人对局棋，二十四子，红黑各半。筑：状如筝的乐器，十三弦，以竹击。

燕歌行并序

唐·高适

开元二十六年，客有从御史大夫张公出塞而还者，作《燕歌行》以示适。感征戍之事，因而和焉。①

汉家烟尘在东北②，汉将辞家破残贼。
男儿本自重横行，天子非常赐颜色③。
摐金伐鼓下榆关④，旌旆逶迤碣石间⑤。
校尉羽书飞瀚海⑥，单于猎火照狼山⑦。
山川萧条极边土，胡骑凭陵杂风雨。
战士军前半死生，美人帐下犹歌舞。
大漠穷秋塞草腓⑧，孤城落日斗兵稀。
身当恩遇恒轻敌，力尽关山未解围。
铁衣远戍辛勤久，玉箸应啼别离后。
少妇城南欲断肠，征人蓟北空回首。
边庭飘飖那可度，绝域苍茫更何有。
杀气三时作阵云⑨，寒声一夜传刁斗。
相看白刃血纷纷，死节从来岂顾勋⑩。
君不见沙场征战苦，至今犹忆李将军⑪。

【题 解】

这首长篇歌行是高适作为边塞诗人的奠基之作。由题序可知，此诗作于开元二十六年（738），是感慨边塞征战之事而作。诗作描绘了边塞征战的场景，传达出边塞士卒的悲苦处境和闺中少妇与征夫刻骨铭心的思念之情，鞭挞了带兵将领的奢侈享乐和鱼肉士卒的罪行，表达了渴望建功边塞、报国杀敌的愿望。此诗内容深广，形象鲜明，批判之锋芒毕露，气势磅礴，节奏顿挫有力，音节响亮优美，是边塞诗的上乘之作。

【注释】

① 张公：指幽州节度使张守珪，曾拜辅国大将军、右羽林大将军，兼御史大夫。

② 烟尘：代指战争。

③ 非常赐颜色：超过平常的厚赐礼遇。

④ 扰（chuāng）：撞击。金：指钲一类铜制打击乐器。伐：敲击。榆关：山海关，通往东北的要隘。

⑤ 旌旆：旌是竿头饰羽的旗。旆是末端状如燕尾的旗。这里都是泛指各种旗帜。碣石：山名。

⑥ 校尉：次于将军的武官。羽书：紧急文书。

⑦ 猎火：打猎时点燃的火光。古代游牧民族出征前，常举行大规模校猎，作为军事性的演习。狼山：又称狼居胥山，在今内蒙古自治区克什克腾旗西北。一说狼山又名郎山，在今河北易县境内。此处"瀚海"、"狼山"等地名，未必是实指。

⑧ 腓：指枯萎。

⑨ 三时：指晨、午、晚，即从早到夜。

⑩ 顾勋：顾及个人的功勋。

⑪ 李将军：指汉朝李广。

【名句】

战士军前半死生，美人帐下犹歌舞。

塞上听吹笛

唐·高适

雪净胡天牧马还，月明羌笛戍楼间^①。
借问梅花何处落^②，风吹一夜满关山^③。

【题解】

　　这首七言绝句是高适短篇边塞诗的代表作。此诗用明快秀丽的基调和丰富奇妙的想象，描绘了一幅优美动人的塞外春光图，反映了边塞生活中祥和、恬静的一面。诗人采用虚实结合的手法，在虚实交错、时空穿梭之间，把战士戍边之志与思乡之情有机地联系起来、统一起来，构成一幅奇丽寥廓、委婉动人的画卷。全诗含有思乡的情调但并不低沉，表达了盛唐时期的那种豪情，是边塞诗中的佳作。

【注 释】

　　① 羌（qiāng）笛：羌族管乐器。戍楼：军营城楼。
　　② 梅花何处落：此句一语双关，既指想象中的梅花，又指笛曲《梅花落》。《梅花落》属于汉乐府横吹曲，善述离情，这里将曲调《梅花落》拆用，嵌入"何处"两字，从而构思成一种虚景。
　　③ 关山：这里泛指关隘山岭。

【名 句】

借问梅花何处落，风吹一夜满关山。

蓟门行五首

唐·高适

其　一

蓟门逢古老①，独立思氛氲②。
　一身既零丁，头鬓白纷纷。
勋庸今已矣③，不识霍将军④。

其　二

汉家能用武，开拓穷异域。
　戍卒厌糟糠⑤，降胡饱衣食。
关亭试一望，吾欲泪沾臆。

其　三

边城十一月，雨雪乱霏霏。
元戎号令严⑥，人马亦轻肥。
羌胡无尽日，征战几时归。

其　四

幽州多骑射，结发重横行。
　一朝事将军，出入有声名。
纷纷猎秋草，相向角弓鸣⑦。

其　五

黯黯长城外，日没更烟尘。
胡骑虽凭陵，汉兵不顾身。

古树满空塞，黄云愁杀人^⑧。

【题 解】

　　这组诗是高适于天宝十载（751）冬天送兵至蓟北后作，是高适第二次出塞蓟北之力作，诗人以亲眼所见的纪实手法，将安禄山治下幽蓟边境之实情如实道出，批判了安禄山倒行逆施、穷兵黩武的做法，表达了对广大士兵悲惨遭遇的深切同情。具体来说，第一首写一久经沙场之老兵晚年飘零塞外的悲哀。第二首直斥安禄山发动开边战争之不义，控诉其虐待士卒，优待"降胡"之倒行逆施。第三首斥责安禄山好大喜功，恃强凌弱，轻启战端，却激起更大的反抗，导致征战不息的不良后果。第四首描写了普通士卒的骁勇善战、精忠报国的优良作风。第五首是诗人身临塞上战场时的所见、所思。情景交融，显出诗人忧虑之深。此组诗刻画出了典型的人物形象，勾画出了浑灏苍茫之景，大胆鞭挞了安禄山的可耻行径，颂扬了普通士卒的优良作风，是边塞组诗的佳作。

【注 释】

①古老：即故老，此指久戍边疆的老人。

②氛氲：气盛的样子，此谓思绪纷繁。

③勋庸：勋业功劳。

④霍将军：汉武帝时抗击匈奴之名将霍去病。此句实指广大士卒之不幸遭遇，将军立功受赏，士卒则遭弃置。

⑤糟糠：此言士卒全以糟糠果腹。

⑥元戎：主将，此指安禄山。

⑦角弓：用兽角作装饰的硬弓。

⑧"古树"两句：说古老的树木布满了空荡荡的边塞，昏黄的层云令人极度忧愁。愁杀人，使人忧愁欲死，形容极度忧愁。

蓟中作

唐·高适

策马自沙漠，长驱登塞垣。
边城何萧条，白日黄云昏。
一到征战处，每愁胡虏翻^①。
岂无安边书，诸将已承恩^②。
惆怅孙吴事^③，归来独闭门。

【题 解】

这首五言古诗是高适在天宝十载（751）末送兵到蓟北塞后南返时所作。诗作描写了诗人策马边塞所见的萧条景象，由此生发出无限的感慨之情，既有对边患严重的深长忧虑，又有报国无门的巨大苦闷。诗人对安禄山等恃宠自骄、腐败无能的嘴脸进行了无情揭露，并因此指责了最高统治者的昏庸，结尾句"惆怅孙吴事，归来独闭门"更以反语出之，更表现出诗人巨大的怨愤之情。全诗结构层层推进，文势起伏跌宕，将诗人强烈的情感变化恰到好处地表现出来。

【注 释】

① 翻：同"反"，反叛。
② "诸将"句：指安禄山等屡受唐玄宗的重用和提拔。
③ 孙吴事：指孙武、吴起用兵之事。孙武，春秋齐国人，古代著名军事家，著有《孙子兵法》十三篇。吴起，战国时卫人，任魏国将军，大败秦兵，亦有兵法行世。详见《史记·孙子吴起列传》。

【名句】

惆怅孙吴事，归来独闭门。

送李侍御赴安西①

唐·高适

行子对飞蓬②，金鞭指铁骢③。
功名万里外，心事一杯中。
虏障燕支北④，秦城太白东⑤。
离魂莫惆怅，看取宝刀雄。

【题解】

这首五言律诗作于天宝十一载（752）秋高适在长安时。诗写高适送别友人李侍御出使安西都护府，表达了对友人的无限期许，同时借此抒发了诗人立功边塞的豪情壮志。全诗声调响亮，节奏高亢有力，处处为志士壮行，为友人增气。句式雄壮，情感豪迈，无怪乎被誉为"盛唐五言律第一"（许学夷《诗源辨体》）。

【注释】

① 李侍御：事迹未详。侍御，即侍御史，御史台属官，掌纠举百僚，推举狱讼等。
② 飞蓬：被风吹荡的蓬草，古时常以此喻游子。
③ 铁骢（cōng）：青黑色相杂的马。后汉桓典任侍御史，常乘骢马，有"骢

马侍御史"之称。李氏亦官侍御史，故称其马为"铁骢"。

④房障：即遮房障，为御敌之堡垒，此泛指边塞。燕支：又作焉支，山名，在今甘肃山丹县东南。此句写李侍御所去之地。

⑤秦城：长安。太白：秦岭峰名，又称太乙。此句写高适所留之地。

【名 句】

功名万里外，心事一杯中。

塞下曲

唐·高适

结束浮云骏①，翩翩出从戎。

且凭天子怒②，复倚将军雄。

万鼓雷殷地，千旗火生风。

日轮驻霜戈③，月魄悬雕弓④。

青海阵云匝⑤，黑山兵气冲⑥。

战酣太白高⑦，战罢旄头空⑧。

万里不惜死，一朝得成功。

画图麒麟阁，入朝明光宫⑨。

大笑向文士，一经何足穷⑩。

古人昧此道，往往成老翁。

【题 解】

这首诗应作于天宝十二载（753）五月哥舒翰收复九曲后不久。诗

作描写了主人公勇赴沙场参与震天撼地的战斗并凯旋受赏的过程，表达了诗人从军报国的豪情壮志和不畏艰险的乐观精神。全诗语言刚健，形象生动，气势磅礴，格调高昂，是盛唐时代追求理想的不羁精神与豪迈气概的典型体现，堪称高适"生平第一快诗"。

【注 释】

① 结束：装束整齐。浮云骏：轻疾如云之良马。

② 天子怒：《战国策·魏策》四："秦王曰：'天子之怒，伏尸百万，流血千里。'"此喻威风横扫天下，杀敌众多。

③ "日轮"句：谓太阳因战争激烈而驻留不动。此用挥戈返日的典故，见卢照邻《战城南》注。

④ 月魄：指月亮。悬：吊挂，此处引申为照射。此句谓月照雕弓，战犹未止。

⑤ 青海：即今青海省东北部的青海湖。匝：环绕。

⑥ 黑山：即杀虎山，在今内蒙古呼和浩特市东南。此泛指西部边塞之地。

⑦ 太白：星名，即金星。按古代星占迷信说法，太白星高照是用兵吉兆，预示唐军将胜。

⑧ 旄头：或作"髦头"，星名，即昴星。《史记·天官书》："昴曰髦头，胡星也。"旄头空：指胡人失败。

⑨ 明光宫：汉武帝所建，此泛指朝廷宫殿。

⑩ 一经：一部儒学经典。汉代以经学取士，将《易》、《诗》、《书》、《礼》、《春秋》定为五经，各设博士传授，解释繁琐，发挥无边，以至人一生难读通一经，故有"皓首穷经"之说。唐代取士亦有"明经"科目。

别董大 ① 二首选一

唐·高适

其　一

千里黄云白日曛②，北风吹雁雪纷纷。
莫愁前路无知己，天下谁人不识君。

【题解】

《别董大》共两首，这是其中的第一首。此诗作于天宝六载（747），当时高适在睢阳。这首送别诗别开生面，诗人劝当时不得志的董庭兰不要气馁，只要有才能终会得到社会承认，也会遇到知己。此诗格调豪迈，与朋友的深挚友情以及发自内心的劝慰之情油然可见。

【注释】

①董大：大约是董庭兰，一位颇有名的音乐家。
②曛（xūn）：天色昏黄。

【名句】

莫愁前路无知己，天下谁人不识君。

金城北楼 ①

唐·高适

北楼西望满晴空，积水连山胜画中。
湍上急流声若箭，城头残月势如弓。
垂竿已羡磻溪老 ②，体道犹思塞上翁。
为问边庭更何事，至今羌笛怨无穷。

【题 解】

　　这首七言律诗是高适在即将加入哥舒翰幕府途经金城时所作。此前高适曾隐身渔樵数十年，还曾因不堪吏役辞掉县尉的工作，可谓饱尝仕途的艰辛。此次赴陇右幕府，虽然他渴求以此建功立业，但前途未可预卜，所以诗中未免表现出几分观望的心态。此诗借登楼望远，描绘出边塞雄浑壮阔的景观。后四句的抒怀中则包含几分欲说还休的企盼，语意含蓄蕴藉，正是高适当时心境的逼真再现。

【注 释】

　　① 金城：古地名，即今甘肃兰州。
　　② 磻（pán）溪老：指姜太公吕尚。

逢入京使

唐·岑参

故园东望路漫漫 ①，双袖龙钟泪不干 ②。

马上相逢无纸笔，凭君传语报平安③。

【题解】

这首七言绝句是岑参边塞诗的代表作，诗作描写了诗人远涉边塞，路逢回京使者，托带平安口信，以安慰悬望的家人的典型场面，具有浓烈的人情味。此诗语言朴实，简练，却包含着两大情怀，思乡之情与渴望功名之情，一亲情一豪情，交织相融，真挚自然，感人至深。

【注释】

①故园：指长安，作者在长安有别墅。
②龙钟：涕泪淋漓的样子，这里是沾湿的意思。
③凭：托，烦，请。

【名句】

马上相逢无纸笔，凭君传语报平安。

碛中作①

唐·岑参

走马西来欲到天，辞家见月两回圆②。
今夜不知何处宿，平沙莽莽绝人烟③。

【题解】

　　这首诗是唐代诗人岑参描写边塞军营生活的代表作。诗作通过描写沙漠行军途中野营生活的一个剪影，表现出驰骋塞外、随止随歇的军旅生活，抒发了诗人初赴边塞的新奇之感和远离家乡的思亲之情。在对大漠的荒凉和行军的艰苦所作的描绘中，也显现出一种从军豪情。全诗语言自然遒劲，意境雄浑壮阔，情景契合，别有神韵，充分显示出悲壮与凄清的综合美。

【注释】

　　① 碛：沙石地，沙漠。这里指银山碛，又名银山，在今新疆维吾尔自治区吐鲁番西南的库木什附近。
　　② 辞：告别，离开。见月两回圆：表示两个月。月亮每个月十五圆一次。
　　③ 平沙：平坦广阔的沙漠。绝：没有。人烟：住户的炊烟，泛指有人居住的地方。

银山碛西馆①

唐·岑参

　　银山碛口风似箭，铁门关西月如练②。
　　双双愁泪沾马毛，飒飒胡沙迸人面。
　　丈夫三十未富贵，安能终日守笔砚③。

【题解】

　　这首诗是岑参行走边塞的又一力作。诗写银山峡风沙猛烈的景象，抒发了诗人不畏艰险、立功异域的豪情。此诗比喻形象生动，细节描写逼真，真实地再现出银山地区酷寒刺骨、风沙猛烈的自然景象，而诗人的豪情壮志在此恶劣环境下更显崇高伟大。

【注 释】

① 馆：驿馆，官府用来接待宾客的处所，此当指银山碛西四十里的吕光馆。
② 铁门关：关隘名，在今新疆焉耆西五十里，地处银山碛西南。练：白色的熟绢。
③ 守笔砚：用班超事。《后汉书·班超传》："（超）家贫，常为官佣书以供养。久劳苦，尝辍业投笔叹曰：'大丈夫无它志略，犹当效傅介子、张骞立功异域，以取封侯，安能久事笔砚间乎？'"

宿铁关西馆①

唐·岑参

马汗踏成泥②，朝驰几万蹄。
雪中行地角③，火处宿天倪④。
塞迥心常怯，乡遥梦亦迷⑤。
那知故园月，也到铁关西。

【题 解】

这首诗是岑参奔赴安西途中所作。诗写鞍马征程的辛苦和诗人浓烈的思乡之情。此诗造语新奇，想落天外，表现出岑参"语奇体峻，意亦造奇"（殷璠《河岳英灵集》）的鲜明特色。

【注 释】

① 铁关：即铁门关。

② "马汗"句：马汗把地淌湿，马蹄又把湿地踏成泥。

③ 地角：地尽处。

④ 火处：有灯火的地方，此指铁关西馆。倪：端，边际。

⑤ 梦亦迷：言故乡遥远，梦中归去也会迷路。

武威送刘判官赴碛西行军 ①

唐·岑参

火山五月行人少②，看君马去疾如鸟。

都护行营太白西③，角声一动胡天晓。

【题 解】

　　这首诗是岑参为送别友人刘单而创作的。诗作不直写惜别之情，也无祝愿的话，而是写出想象中的两个行军镜头，以壮僚友的行色：一是友人迅疾如飞地驰过火山，可见其豪健气概；二是碛西军营惊破战地早晨的号角声，体现军队雄壮的军威。全诗洋溢着积极乐观的情绪，构思精巧，别具一格。

【注 释】

① 判官：官职名，为地方长官的僚属。碛西：即沙漠之西，指安西。行军：指出征的军队。

② 火山：即火焰山，在今新疆，从吐鲁番向东断续延伸到鄯善县以南。

③ 都护行营：指安西节度使高仙芝的行营。行营，出征时的军营。

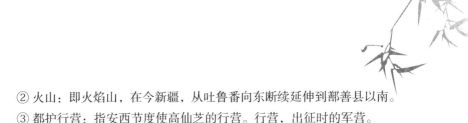

送李副使赴碛西官军①

唐·岑参

火山六月应更热②，赤亭道口行人绝③。

知君惯度祁连城④，岂能愁见轮台月⑤。

脱鞍暂入酒家垆⑥，送君万里西击胡。

功名祗向马上取，真是英雄一丈夫。

【题 解】

这首诗是岑参天宝十载（751）六月作于武威。诗作借写送人赴边，渲染了边塞炽热而荒无人烟的恶劣环境，借此歌颂了唐朝将士奋身疆场的英雄气概。此诗将写景、叙事、抒情熔为一炉，打破了一般送别诗缠绵悲苦的窠臼，将豪情壮志贯注始终，故而显得调响格高。且音节铿锵流畅，韵脚的变化更显出流动之美。

【注 释】

① 李副使：名未详。碛西：即安西都护府，治所在今新疆库车附近。

② 火山：又名火焰山，在今新疆吐鲁番。

③ 赤亭道口：即今火焰山的胜金口，为鄯善到吐鲁番的交通要道。

④ 祁连城：十六国时前凉置祁连郡，郡城在祁连山旁，称祁连城，在今甘肃省张掖县西南。

⑤轮台：唐代庭州有轮台县，这里指汉置古轮台（今新疆轮台县东南），李副使赴碛西经过此地。

⑥垆：古时酒馆里安放酒瓮的土台子，此处代指酒馆。

凉州馆中与诸判官夜集①

唐·岑参

弯弯月出挂城头，城头月出照凉州。
凉州七里十万家②，胡人半解弹琵琶③。
琵琶一曲肠堪断，风萧萧兮夜漫漫。
河西幕中多故人④，故人别来三五春⑤。
花门楼前见秋草⑥，岂能贫贱相看老。
一生大笑能几回，斗酒相逢须醉倒。

【题 解】

这首诗是天宝十三载（754）岑参赴北庭途经武威时所作。诗写凉州的夜景和与军中同僚豪饮的盛况。此诗结构曲折，感情起伏跳跃。以景衬情，融情于景，使诗情显得摇曳多姿。语言有流畅洒脱、活跃平易之美。

【注 释】

①凉州：今甘肃武威。唐朝河西节度府所在地。

②七里：据《元和郡县志》载，凉州"城不方，有头、尾、两翅，名为鸟城。南北七里，东西三里"。

③ 半解：半数人都懂，都会。
④ 河西：河西节度使，治所在凉州。
⑤ 三五春：三五年，此谓概指。
⑥ 花门楼：应为凉州馆舍的楼房。

【名句】

一生大笑能几回，斗酒相逢须醉倒。

献封大夫破播仙凯歌① 六首选二

唐·岑参

其 二

官军西出过楼兰，营幕傍临月窟寒②。
蒲海晓霜凝马尾③，葱山夜雪扑旌竿④。

其 三

鸣笳叠鼓拥回军，破国平蕃昔未闻。
丈夫鹊印摇边月⑤，大将龙旗掣海云⑥。

【题 解】

这组诗是岑参写封常清攻破播仙战斗的全过程，颂扬了封常清的赫赫战功。其中第二首写唐军夜雪行军的苦寒，第三首写破敌凯旋。这组诗在艺术上写景境界阔大，以景衬人，展现出唐军纵横驰骋的昂扬风貌。

且细节描写形象生动，语言铿锵有力，措辞准确。是一组描写战争实事的佳作。

【注 释】

① 封大夫：唐朝御史大夫封常清，时任北庭都护、伊西节度使。播仙：即播仙镇，指新疆且末城，故址在且末县西南，车尔臣河北岸。当时为吐蕃建立的地方政权。

② 月窟：古人认为是月亮西下的地方，此指西边极远之地。

③ 蒲海：即蒲昌海，今新疆罗布泊。

④ 葱山：即葱岭，帕米尔高原及喀喇昆仑山山脉诸山的总称。旌竿：旗杆。

⑤ 鹊印：干宝《搜神记》载，汉张颢为梁相时，有鸟如山鹊，飞翔入市，忽然坠地，人争取之，化为圆石。颢椎破之，得一金印，文曰"忠孝侯印"。颢以上闻，藏之秘府。后因借指公侯之位。

⑥ 大将：指封常清。龙旗：指得专征伐的将帅之旗。掣海云：言风展龙旗，宛如海边的彩云。

轮台歌奉送封大夫出师西征 ①

唐·岑参

轮台城头夜吹角，轮台城北旄头落 ②。
羽书昨夜过渠黎 ③，单于已在金山西。
戍楼西望烟尘黑 ④，汉兵屯在轮台北。
上将拥旄西出征 ⑤，平明吹笛大军行。
四边伐鼓雪海涌 ⑥，三军大呼阴山动 ⑦。

虏塞兵气连云屯^⑧，战场白骨缠草根。

剑河风急雪片阔^⑨，沙口石冻马蹄脱。

亚相勤王甘苦辛^⑩，誓将报主静边尘。

古来青史谁不见^⑪，今见功名胜古人。

【题解】

这首歌行体诗是岑参送别封常清西征所作，是一首写边地战争的诗作。此诗直写军情战事，写战局之凶险与气候之严酷，反衬出唐军誓师出征之声威与高昂士气，表现出坚韧不拔、雄视一切的豪迈气概。全诗情调激昂，充满浪漫主义激情和边塞生活的气息，成功地表现了全军将士建功报国的英勇气概，生动地反映了盛唐时期蓬勃向上的时代精神。

【注释】

① 封大夫：即封常清，唐朝将领，蒲州猗氏人，以军功擢安西副大都护、安西四镇节度副大使、知节度事，后又升任北庭都护，持节安西节度使。西征：此次西征事迹未见史书记载。

② 旄头落：为胡人失败之兆。

③ 渠黎：汉代西域国名，在今新疆轮台东南。

④ 戍楼：军队驻防的城楼。

⑤ 上将：即大将，指封常清。旄：旄节，古代君王赐给大臣用以表明身份的信物。

⑥ 雪海：在天山主峰与伊塞克湖之间。

⑦ 三军：泛指全军。阴山：在今内蒙古自治区中部。

⑧ 虏塞：敌国的军事要塞。兵气：战斗的气氛。

⑨ 剑河：地名，在今新疆境内。

⑩ 亚相：指御史大夫封常清。在汉代御史大夫位置仅次于宰相，故称亚相。勤王：勤劳王事，为国效力。

⑪青史：史籍。古代以竹简记事，色泽作青色，故称青史。

【名句】

剑河风急雪片阔，沙口石冻马蹄脱。

走马川行奉送封大夫出师西征①

唐·岑参

君不见走马川行雪海边②，平沙莽莽黄入天。

轮台九月风夜吼，一川碎石大如斗，随风满地石乱走。

匈奴草黄马正肥，金山西见烟尘飞，汉家大将西出师③。

将军金甲夜不脱，半夜军行戈相拨④，风头如刀面如割。

马毛带雪汗气蒸，五花连钱旋作冰⑤，幕中草檄砚水凝⑥。

虏骑闻之应胆慑，料知短兵不敢接⑦，车师西门伫献捷⑧。

【题 解】

这首歌行体诗是岑参送别封常清西征的又一力作。诗作通过对边塞风沙遮天蔽日、飞沙走石、滴水成冰等恶劣环境的描写，赞颂了唐军将士不畏艰险的征战生活和英雄气概。此诗虽叙征战，却以叙寒冷为主，暗示冒雪征战之伟功。诗作语句豪爽，如风发泉涌，真实动人；且句句用韵，三句一转，节奏急切有力，激越豪壮，别具一格。

【注 释】

①走马川：即车尔成河，又名左末河，在今新疆境内。行：诗歌的一种体裁。封大夫：即封常清，唐朝将领，蒲州猗氏人，以军功擢安西副大都护、安西四镇节度副大使、知节度事，后又升任北庭都护，持节安西节度使。西征：一般认为是出征播仙。

②雪海：泛指西域一带地区。

③汉家：唐代诗人多以汉代唐。汉家大将：指封常清，当时任安西节度使兼北庭都护，岑参在他的幕府任职。

④戈相拨：兵器互相撞击。

⑤五花连钱：良马名。

⑥草檄：起草讨伐敌军的文告。

⑦短兵：指刀剑一类武器。

⑧车师：为唐北庭都护府治所庭州，今新疆乌鲁木齐东北。伫：久立，此处作等待解。献捷：献上贺捷诗章。

赵将军歌①

唐·岑参

九月天山风似刀，城南猎马缩寒毛②。
将军纵博场场胜③，赌得单于貂鼠袍④。

【题 解】

这首七言绝句是岑参居北庭时所作。诗写胡、汉将领在和平共处时的交往情状。此诗前两句主要刻画了边塞的寒冷气候，后两句写赵将军的英勇豪迈。全诗生动地表现出胡汉和睦融洽的景象，这也是边塞诗中

不可多得的篇章。

【注 释】

①赵将军：事迹不详，当为北庭节度使属下部将。
②缩寒毛：马因寒冷而战栗收缩毛发。
③纵博：纵情以骑射赌输赢的竞赛活动。
④貂鼠袍：用貂鼠皮做的衣袍。

热海行送崔侍御还京①

唐·岑参

侧闻阴山胡儿语，西头热海水如煮。
海上众鸟不敢飞，中有鲤鱼长且肥。
岸旁青草长不歇，空中白雪遥旋灭②。
蒸沙烁石燃虏云③，沸浪炎波煎汉月④。
阴火潜烧天地炉⑤，何事偏烘西一隅？
势吞月窟侵太白⑥，气连赤坂通单于⑦。
送君一醉天山郭，正见夕阳海边落。
柏台霜威寒逼人⑧，热海炎气为之薄。

【题 解】

　　这首边塞送别诗是诗人在北庭为京官崔侍御还京送行时所作。诗歌主要通过大胆的夸张和想象，生动地描绘了西域热海的奇异风光，以此为朋友壮行。此诗景物描写奇伟瑰丽，格调慷慨激昂，节奏急促，转折

突兀，使诗情显得雄奇峭拔，读之令人惊心动魄。

【注释】

① 热海：即今吉尔吉斯斯坦境内之伊塞克湖，其地唐时属安西节度使
领辖。崔侍御：名不详。

② 旋灭：立即融化。

③ 烁石：使石头融化。虏云：边地之云。

④ 汉月：汉地的月亮。虏云、汉月应为互文，言热海之威力使胡、汉的云、
月犹如被煎熬一样。

⑤ 阴火：即阴阳之火。潜烧：深入其中燃烧。天地炉：此以冶铸喻万
物的生长，天地是生成万物的基础，它像座炉子，里面有看不见的
火在燃烧，故曰"阴火"。

⑥ 月窟：古人认为是月亮西下的地方，此指西边极远之地。太白：金星。

⑦ 赤坂：即赤山，指西段火山（在唐西州交河县，今新疆吐鲁番西）。
单于：指单于都护府辖地。唐高宗麟德元年（664）置，辖境在今
内蒙古阴山、河套一带。

⑧ 柏台：御史台。汉御史府中栽列柏树，故后人称御史台为柏台、柏
府或柏署。霜威：形容御史的威严，使人有凛若寒霜之感。《通典》
卷二四："故御史为风霜之任，纠弹不法，百僚震恐，官之雄峻，
莫之比焉。"

白雪歌送武判官归京 ①

唐·岑参

北风卷地白草折 ②，胡天八月即飞雪 ③。
忽如一夜春风来，千树万树梨花开 ④。

散入珠帘湿罗幕⑤，狐裘不暖锦衾薄⑥。
将军角弓不得控⑦，都护铁衣冷难着⑧。
瀚海阑干百丈冰⑨，愁云惨淡万里凝。
中军置酒饮归客⑩，胡琴琵琶与羌笛⑪。
纷纷暮雪下辕门，风掣红旗冻不翻⑫。
轮台东门送君去⑬，去时雪满天山路。
山回路转不见君，雪上空留马行处。

【题 解】

这首七言歌行是岑参边塞诗的又一代表作。诗作通过对塞外风光充满奇思异想的描写，表达出塞外送别、雪中送客之情，表现出诗人的浪漫理想和壮烈情怀。全诗内涵丰富宽广，色彩瑰丽浪漫，气势浑然磅礴，意境鲜明独特，具有极强的艺术感染力，堪称大唐盛世边塞诗的压卷之作。其中"忽如一夜春风来，千树万树梨花开"等诗句已成为千古传诵的名句。

【注 释】

①武判官：生平不详。判官，官名，是节度使、观察使一类官吏的僚属。
②白草：一种晒干后变为白色的草。折：弯曲。
③胡天：指塞北的天空。胡，古代汉民族对北方各民族的通称。
④梨花：春天开放，花作白色。这里比喻雪花积在树枝上，像梨花开了一样。
⑤珠帘：用珍珠串成或饰有珍珠的帘子。形容帘子的华美。罗幕：用丝织品做成的帐幕。形容帐幕的华美。这句说雪花飞进珠帘，沾湿罗幕。"珠帘""罗幕"都属于美化的说法。
⑥狐裘：狐皮袍子。锦衾：锦缎做的被子。锦衾薄（bó）：丝绸的被子（因为寒冷）都显得单薄了。形容天气很冷。

⑦ 角弓：两端用兽角装饰的硬弓，一作"雕弓"。不得控：（天太冷而冻得）拉不开（弓）。控，拉开。

⑧ 都护：镇守边镇的长官。此为泛指，与上文的"将军"是互文。铁衣：铠甲。难着（zhuó）：一作"犹着"。着，亦写作"著"。

⑨ 瀚海：沙漠。这句说大沙漠里结着很厚的冰。阑干：纵横交错的样子。

⑩ 中军：主帅的营帐。饮归客：宴饮归京的人，指武判官。饮，动词，宴饮。

⑪ 胡琴琵琶与羌笛：胡琴等都是当时西域地区兄弟民族的乐器。这句说在饮酒时奏起了乐曲。

⑫ 掣：拉，扯。风掣：红旗因雪而冻结，风都吹不动了。冻不翻：（红旗）被冻得怎么吹也飘不起来。

⑬ 轮台：唐轮台在今新疆维吾尔自治区米泉县境内，与汉轮台不是同一地方。

【名句】

忽如一夜春风来，千树万树梨花开。
散入珠帘湿罗幕，狐裘不暖锦衾薄。
瀚海阑干百丈冰，愁云惨淡万里凝。

疲兵篇

唐·刘长卿

骄虏乘秋下蓟门①，阴山日夕烟尘昏②。
三军疲马力已尽，百战残兵功未论。
阵云泱漭屯塞北③，羽书纷纷来不息。

孤城望处增断肠，折剑看时可沾臆。
元戎日夕且歌舞，不念关山久辛苦④。
自矜倚剑气凌云，却笑闻笳泪如雨。
万里飘飖空此身，十年征战老胡尘。
赤心报国无片赏，白首还家有几人。
朔风萧萧动枯草，旌旗猎猎榆关道⑤。
汉月何曾照客心，胡笳只解催人老。
军前仍欲破重围，闺里犹应愁未归。
小妇十年啼夜织，行人九月忆寒衣⑥。
饮马滹河晚更清⑦，行吹羌笛远归营。
只恨汉家多苦战，徒遗金镞满长城⑧。

【题 解】

　　这首诗描写了开元末年至天宝年间长期的对外战争给社会、人民带来的苦难，揭露了军中将帅骄奢、赏罚不均的黑暗现实，表现了作者反对开边战争的思乡之情。此诗感情深沉悲痛，多用赋笔铺陈描写，且多用对比描写，既增强了批判的力度，又突出了鲜明的形象。语言平易且流畅婉转，是中唐边塞诗的代表作。

【注 释】

　　① 骄虏：骄横猖狂的敌人。蓟门：居庸关的别称，故址在今北京昌平西北关沟中。

　　② 烟尘昏：军队行动时燃起的烽烟和扬起的尘土。

　　③ 阵云：战场上空厚积似战阵的云。泱漭（yāng mǎng）：昏暗不明的样子，形容战云浓厚。

　　④ 不念关山：指不顾念守卫关塞的士卒。

　　⑤ 榆关：指山海关。

⑥ 九月：《诗·豳风·七月》："七月流火，九月授衣。"九月为女
功之始，裁制寒衣。

⑦ 滹（hū）河：即滹沱河，在今河北省境内。

⑧ 金镞（zú）：铁制箭头，这里泛指兵器。

穆陵关北逢人归渔阳

唐·刘长卿

逢君穆陵路，匹马向桑乾①。
楚国苍山古②，幽州白日寒。
城池百战后，耆旧几家残。
处处蓬蒿遍，归人掩泪看。

【题解】

这首五言律诗是中唐诗人刘长卿的一首边塞诗。诗作通过写旅途中对
北归行客的劝慰和开导，表达了伤乱的主题，寄托了诗人忧国忧民的无限
感慨。此诗手法以赋为主而兼用比兴，语言朴实而饱含感情。其中第二联"楚
国苍山古，幽州白日寒"，更由于其警策，成为千古流传的名句。

【注释】

① 桑乾：即桑乾河，今永定河，源出山西，流经河北，这里指行客家
在渔阳。

② 楚国：即指穆陵关所在地区，并以概指江南。

【名句】

楚国苍山古，幽州白日寒。

军城早秋

唐·严武

昨夜秋风入汉关①，朔云边月满西山②。
更催飞将追骄虏③，莫遣沙场匹马还。

【题解】

这首七言绝句是唐代将领严武边塞诗的代表作。诗作描写了诗人率领军队与入侵的吐蕃军队进行激烈战斗的情景，表现了边防将帅在对敌作战中的警惕性，以及刚毅果敢的性格和蔑视敌人的豪迈气概。此诗格调高昂，读来使人振奋。

【注释】

①汉关：汉朝的关塞，这里指唐朝军队驻守的关塞。
②朔云边月：指边境上的云和月。月，一作"雪"。朔，北方。边，边境。
　西山：指今四川省西部的岷山，是当时控制吐蕃内侵的要地。
③更催：再次催促。飞将：西汉名将李广被匈奴称为"飞将军"，这里泛指严武部下作战勇猛的将领。骄虏：指唐朝时入侵的吐蕃军队。

塞上曲 二首选一

唐·戴叔伦

其 二

汉家旌帜满阴山，不遣胡儿匹马还^①。
愿得此身长报国，何须生入玉门关。

【题解】

这首七言绝句是戴叔伦表现报国情怀的诗作，诗写边塞征战不息的局面和诗人誓死杀敌的决心，表现出精忠报国、置个人生死于度外的爱国情怀。此诗语言浅明，格调高昂，大有盛唐王翰"醉卧沙场君莫笑，古来征战几人回"的气概。

【注释】

① 不遣：不让，不放。胡儿：指北方的异族入侵者。

出塞曲

唐·刘湾

将军在重围，音信绝不通。
羽书如流星，飞入甘泉宫^①。
倚是并州儿^②，少年心胆雄。

一朝随召募，百战争王公^③。

去年桑干北^④，今年桑干东。

死是征人死，功是将军功。

汗马牧秋月，疲卒卧霜风。

仍闻左贤王^⑤，更将围云中。

【题 解】

　　这首诗突出描写了封建社会官兵间的不平等，揭露了长期战争给人民带来的苦难和军中士卒的悲惨遭遇。此诗叙事和议论相结合，起得突兀，结得深长。注重气氛烘托和对比描写，形象生动。全诗句式变化，节奏流转，与所表达的内容贴合无间，增强了艺术感染力。

【注 释】

　　① 甘泉宫：汉代行宫，在今陕西淳化西北甘泉山上。这里代指朝廷。

　　② 并州：唐州名，治太原，大致辖今山西中南部一带。历来认为幽、并多出勇武之士。并州儿：并州的青少年。

　　③ 争王公：力争取得王侯、公爵的地位，即通过建立战功而取得封赏。

　　④ 桑干：河水名，永定河上游，在今河北省西北部。

　　⑤ 左贤王：匈奴官名。

哥舒歌^①

唐·西鄙人

北斗七星高^②，哥舒夜带刀。

至今窥牧马^③，不敢过临洮。

【题 解】

　　这首民歌是歌颂少数民族将领哥舒翰和他统率的唐军英勇奋战，确保边塞的安全。此诗格调高亮，语言明白晓畅又准确形象，是歌颂少数民族将领的少有佳作。

【注 释】

　　① 哥舒：指哥舒翰，是唐玄宗的大将，突厥族哥舒部的后裔。《全唐诗》题下注："天宝中，哥舒翰为安西节度使，控地数千里，甚著威令，故西鄙人歌此。"
　　② 北斗七星：即大熊星座。
　　③ 窥：窃伺。

征人怨

唐·柳中庸

岁岁金河复玉关^①，朝朝马策与刀环^②。
三春白雪归青冢^③，万里黄河绕黑山^④。

【题 解】

　　这首诗是柳中庸表达反战思想的边塞诗作。诗作抒写了征人久戍边塞的痛苦心情和对荒凉苦寒生活的不堪，表现了诗人对统治者穷兵黩武

的谴责。全诗以白描手法为主，但情真景真，语言精美，对仗精工，笔法巧妙，境界阔大，是中唐时期少有的边塞诗佳作。

【注 释】

① 岁岁：指年年月月，与下文的"朝朝"同义。金河：即黑河，在今呼和浩特市城南。玉关：即甘肃玉门关。
② 马策：马鞭。刀环：刀柄上的铜环，喻征战事。
③ 三春：春季的三个月或暮春，此处为暮春。青冢：西汉时王昭君的墓，在今内蒙古呼和浩特之南。
④ 黑山：一名杀虎山，在今内蒙古呼和浩特市东南。

调笑令·胡马①

唐·韦应物

胡马，胡马，远放燕支山下②。跑沙跑雪独嘶③，东望西望路迷。迷路，迷路，边草无穷日暮。

【题 解】

这首词是唐代诗人韦应物描写边塞风光的词作，是文人词中较早描写边塞题材的作品之一。词中通过对边塞胡马、边草、落日等独特景观的描摹，再现了辽阔荒寒的草原风光以及远戍征人的孤独和烦忧。此词语言清新，笔意回环，音调婉转，气象旷大，风格质朴，大有《敕勒歌》的气势与韵味。蕴义上，此词极写边塞的荒凉，全无一字写人，却深切地体现了征人远戍的孤独和烦忧，堪称唐代文人边塞词的开山之作。

【注 释】

① 胡：古代对北方和西方民族的泛称。

② 燕支山：在今甘肃省张掖市山丹县境内。

③ 跑：同"刨"。嘶：马叫声。

古　词 ①

唐·卫象

鹊血雕弓湿未干 ②，鸊鹈新淬剑光寒 ③。

辽东老将鬓成雪，犹向旄头夜夜看。

【题 解】

　　这首七言绝句是卫象留存的两首诗作中的一首。诗描写了一个忠于职守、尽心为国戍边的老将形象。此诗虽短，但却通过生动的细节描写、外貌勾勒和心理揭示，刻画出"辽东老将"忠心为国、勤于职守的形象，读之令人肃然起敬。

【注 释】

① 古词：犹"古意"，意谓古代曾歌咏过的主题。

② 鹊血：指良弓。南朝梁简文帝《艳歌篇》："控弦因鹊血，挽强用牛螉。"雕弓：刻绘花纹的弓，精美的弓。

③ 鸊鹈（pì tí）：一种水鸟，以其油涂剑可防生锈。淬（cuì）：指以油涂剑。

和张仆射塞下曲 ^① 六首选三

唐·卢纶

其 一

鹫翎金仆姑 ^② ，燕尾绣蝥弧 ^③ 。
独立扬新令 ^④ ，千营共一呼。

【题解】

这首诗是卢纶为唱和张延赏《塞下曲》而作组诗的第一首，诗写主帅沙场点兵，表现出唐军万众一心的威势。此诗言简意赅，通过典型的场面描写来传情达意。

【注释】

①张仆射：指张延赏，贞元初，授左仆射。
②鹫翎（jiù líng）：用大鹰羽毛作箭的尾羽。金仆姑：箭名。
③燕尾：旗上的飘带。蝥（máo）弧：旗名。
④独立：犹言屹立。扬新令：扬旗下达新指令。

其 二

林暗草惊风 ^① ，将军夜引弓 ^② 。
平明寻白羽 ^③ ，没在石棱中 ^④ 。

【题解】

这首诗是卢纶为唱和张延赏《塞下曲》而作的组诗的第二首，诗作通过描写唐军将领月夜误以石为虎、将箭射入石头内的军事生活细节，表现出将军高超精湛的射技。此诗言简意赅，立意新颖，以典型的场面描写生动地刻画出军中将领的形象，读来朗朗上口，无怪乎成为经久传颂的名篇。

【注 释】

① 惊风：突然被风吹动。

② 引弓：拉弓，开弓，这里包含下一步的射箭。

③ 平明：天刚亮的时候。白羽：箭杆后部的白色羽毛，这里指箭。

④ 没：陷入，这里是钻进的意思。石棱：石头的棱角。也指多棱的山石。

【名 句】

林暗草惊风，将军夜引弓。

其 三

月黑雁飞高①，单于夜遁逃②。
欲将轻骑逐③，大雪满弓刀④。

【题 解】

这首诗是卢纶为唱和张延赏《塞下曲》而作的组诗的第三首，诗写月黑风高之夜追亡逃敌的军事事件，表现出唐军反应敏捷的军事行动能力和不畏艰险的战斗精神。此诗也是截取生活中的一个片段来写，对于边塞夜景的描写更是生动传神，诗句简洁凝练，格调高亢，是卢纶又一首边塞名篇。

【注 释】

① 月黑：没有月光。

② 遁：逃走。

③ 将：率领。轻骑：轻装快速的骑兵。

④ 弓刀：像弓一样弯曲的军刀。

逢病军人

唐·卢纶

行多有病住无粮，万里还乡未到乡。

蓬鬓哀吟长城下^①，不堪秋气入金疮^②。

【题 解】

这首七言绝句是卢纶边塞诗的又一佳作。诗描写了一个长期征战、重病缠身、结局悲惨的"病军人"形象，表达了对普通士卒的无限同情和对统治阶级刻薄寡恩的无情批判。此诗语言凝练，外貌和心理描写生动形象，是边塞诗中不可多见的佳作。

【注 释】

① 蓬鬓：散乱的头发。长城：秦始皇修筑的古代军事工程，用来防止匈奴入侵，后来历朝多次翻修。

② 金疮（chuāng）：中医指刀箭等金属器械造成的伤口。

出　军

唐·戎昱

龙绕旌竿兽满旗^①，翻营乍似雪中移^②。
中军一队三千骑^③，尽是并州游侠儿。

【题解】

这首七言绝句是戎昱表现唐军行军中的盛壮军容的代表作。诗作描写了唐军行军途中雪地中健步如飞的神态，表现出唐军阵容的壮阔，士气的高昂。此诗截取了部队出发踏上征程这一场面，运用了比喻、象征、夸张等多种手法，生动地表现出这支部队的朝气蓬勃、斗志昂扬。

【注释】

① 龙、兽：均为旗杆和旗帜上的图案。
② 营：军营，此指军队。移：移动，此指行军。
③ 中军：古代行军作战分左、中、右或上、中、下三军，中军为主将所在，由中军发号施令，为部队的中坚。

盐州过胡儿饮马泉^①

唐·李益

绿杨着水草如烟，旧是胡儿饮马泉。
几处吹笳明月夜，何人倚剑白云天^②。

从来冻合关山路^③，今日分流汉使前。

莫遣行人照容鬓，恐惊憔悴入新年。

【题解】

　　这首七言律诗是李益边塞诗的代表作之一，写诗人在春天经过失而复得的饮马泉时的所见所感，表达了诗人忧喜参半的复杂心情和渴望朝廷重边、靖边的情怀。此诗情思跌宕起伏，音调舒缓流畅，情感委婉忧伤，将中唐国势衰微而诗人却希望安边为国的矛盾交织起来，充分显示出诗人对国家安危的关注之情。

【注释】

①盐州：西魏废帝三年（554）改西安州置。因境内有盐池而得名。
　　治所在五原（今陕西定边）。
②倚剑白云天：出自宋玉《大言赋》："长剑耿耿倚长天。"此句即是
　　说戍边将士的英勇。
③冻合：犹言冰封。关山：关隘山川。

暖　川

唐·李益

胡风冻合鹂鸹泉^①，牧马千群逐暖川^②。

塞外征行无尽日，年年移帐雪中天^③。

【题 解】

　　这首七言绝句描写了塞外冬日苦寒的环境,记叙了行军征战的情景,反映了诗人对长期征战不息的忧叹之情。此诗以写景和叙事相结合,写景境界阔大,气势雄壮,叙事沉重,表达出诗人沉重的忧叹之情,读之令人荡气回肠。

【注 释】

　　① 鹈鹕泉:泉名,在丰州城西北,今内蒙古五原县境内。胡人常饮马于此。
　　② 暖川:背风向阳的川谷之地。
　　③ 移帐:迁徙篷帐,此代指军队转移。雪中天:天下雪的时候。

夜上受降城闻笛 ①

唐·李益

回乐峰前沙似雪 ②,受降城外月如霜。
不知何处吹芦管,一夜征人尽望乡。

【题 解】

　　这首七言绝句是历来传诵的名篇。诗作通过对霜月、芦笛、乡思的描写,构筑了一幅边塞思乡图,反映了边塞士卒久戍思归的悲怨之情。此诗写景与抒情水乳交融,诗情、画意、音乐融为一体,气象雄浑,含蓄深厚,意境感人,故成为唐代七绝的名篇之一。

【注 释】

① 受降城：贞观二十年（646），唐太宗亲临灵州接受突厥一部的投降，"受降城"之名即由此而来。但此诗的受降城所在地说法不一。

② 回乐：县名，故址在今宁夏回族自治区灵武县西南。回乐峰：回乐县附近的山峰。

【名 句】

不知何处吹芦管，一夜征人尽望乡。

从军北征

唐·李益

天山雪后海风寒，横笛遍吹《行路难》①。
碛里征人三十万②，一时回首月中看。

【题 解】

    这首七言绝句是李益边塞诗的又一杰作。它是诗人参加一次远征途中所写。诗写远征途中的苦寒环境以及由于《行路难》的演奏引发出行军将士的思乡之情。此诗截取行军生活中的一个典型场景来写，通过听乐望月的描写，生动地再现了将士的思乡情怀，由于这是诗人的真实体验，因而具有极强的感染力。

【注 释】

①《行路难》：属乐府《杂曲歌辞》。《乐府解题》曰："《行路难》，
备言世路艰难及离别悲伤之意，多以'君不见'为首。"
② 碛里：沙漠里。

塞下曲 四首选二

唐·李益

其 一

蕃州部落能结束^①，朝暮驰猎黄河曲。
燕歌未断塞鸿飞，牧马群嘶边草绿。

【题 解】

这首七言绝句通过对边防将士戎装打扮、驰骋打猎等生活情景的描
写，以及对边塞鸿雁翻飞、牧马群嘶、边草变绿等的刻画，表现出将士
的满怀豪情和西北风光的壮丽动人。此诗以白描为主，格调清新豪迈，
突破了李益边塞诗一贯的感伤基调。

【注 释】

① 蕃州部落：蕃州，泛指西北边地（唐时另有蕃州，治所在今广西宜
山县西，与黄河不属），蕃州部落，则指驻守在黄河河套（"黄河曲"）
一带的边防部队。能结束：即善于戎装打扮。

其 二

伏波惟愿裹尸还^①，定远何须生入关^②。
莫遣只轮归海窟^③，仍留一箭射天山^④。

【题 解】

　　这首七言绝句通过四个典故的化用，抒发了将士们守边为国、视死如归的豪情壮志。此诗句句用典，化用无痕。格调上慷慨激昂，一改李益边塞诗感伤悲怨的基调，可谓别出一格。

【注 释】

　　①伏波：马援曾封伏波将军。
　　②入关：班超年老在边思归，上书曰："臣不敢望到酒泉郡，但愿生入玉门关。"
　　③只轮：一只车轮。《春秋公羊传》："僖公三十三年，夏四月，晋人及姜戎败秦于肴……晋人与姜戎要之肴而击之，匹马只轮无反者。"海窟：本指海中动物聚居的洞穴，这里借指当时敌人所居住的瀚海之地。
　　④一箭：薛仁贵为铁勒道总管时，九姓突厥十余万人来挑战，薛仁贵在天山连发三矢，射杀三人，余部都下马请降，军中歌道："将军三箭定天山，战士长歌入汉关。"一箭是概称。

送张骠骑邠宁行营

唐·欧阳詹

宝马雕弓金仆姑^①，龙骧虎视出皇都^②。
扬鞭莫怪轻胡虏，曾在渔阳敌万夫。

【题 解】

这首七言绝句描写了张骠骑的英雄形象和辉煌历史，抒发了诗人对其豪壮气概的崇敬之情。此诗感情豪壮，气势飞腾，语言铿锵，形象鲜明。其高视阔步之势，心雄万夫之态，置之盛唐亦足当之。

【注 释】

① 金仆姑：箭名，此泛指良箭。
② 龙骧：比喻气概威武。《汉书·叙传下》："云起龙襄，化为侯王，割有齐楚，跨制淮梁。"颜师古注："襄，举也。"唐杨巨源《观打球有作》诗："亲扫毬场如砥平，龙骧骤马晓光晴。"

从军行

唐·陈羽

海畔风吹冻泥裂^①，枯桐叶落枝梢折。
横笛闻声不见人，红旗直上天山雪。

【题 解】

　　这首七言绝句是中唐诗人陈羽描写边塞行军图景的佳作。诗作描写了边塞风雪飘零、荒凉萧瑟的景象，以及在此环境下行军的情景。此诗用白描手法，闻声而未见人，但一股浩然之气扑面而来，仄韵的运用更使诗境显得壮美。

【注 释】

　　① 海：当时天山附近的大湖。

征妇怨

唐·王籍

九月匈奴杀边将，汉军全没辽水上。
万里无人收白骨，家家城下招魂葬①。
妇人依倚子与夫，同居贫贱心亦舒②。
夫死战场子在腹，妾身虽存如昼烛③。

【题 解】

　　《征妇怨》是唐代诗人张籍创作的一首古诗。全诗以汉喻唐，描写战争的残酷及其给人民带来的灾难，用词简练，情思婉转。

【注 释】

① 招魂葬：民间为死于他乡的亲人举行的招魂仪式。用死者生前的衣冠代替死者入葬。

② 同居：与丈夫、儿子共同生活在一起。

③ 昼烛：白天的蜡烛，意为黯淡无光，没用处。

古从军

唐·王建

汉家逐单于①，日没交河曲。

浮云道旁起，行子车下宿。

枪城围鼓角②，毡帐依山谷③。

马上悬壶浆④，刀头分颊肉⑤。

来时高堂上⑥，父母亲结束⑦。

回面不见容，风吹破衣服。

金疮在肢节⑧，相与拔箭镞⑨。

闻道西凉州⑩，家家妇女哭。

【题 解】

这首诗是唐代诗人王建边塞诗的代表作。中唐时期国势转衰，各种社会矛盾尖锐复杂，因此王建等诗人已开始在边塞诗中反映社会弊病。这首诗生动地刻画了塞外艰苦的生活和激烈残酷的战争，抒发了诗人对广大军人及其亲人的深切同情和对经久不息战争的厌恶心理。此诗以白描的手法，截取了从军生活中具有代表性的细节予以铺写，深刻而广泛

地揭示出当时的社会矛盾，诗作情感悲怨深沉，语言明白晓畅而又生动形象，读之感人至深。

【注 释】

① 单于：汉时匈奴君主的称号，此处泛指边敌。
② 枪城：起防御作用的栅栏，以竹木削尖似枪并扎制而成，也称枪垒。
　　鼓角：古代军中乐器，用来发号施令。
③ 毡帐：毡制的营帐。
④ 壶浆：酒浆，以壶盛之。
⑤ 颊肉：指牛、马脸两侧从眼至下颚部分的肉。
⑥ 高堂：古代称父母所居之室。
⑦ 结束：整理行装。
⑧ 金疮：刀箭所造成的创伤。肢节：四肢关节。
⑨ 箭镞：箭头。
⑩ 西凉州：即凉州，在今甘肃武威。

单于晓角 ①

唐·武元衡

胡儿吹角汉城头②，月皎霜寒大漠秋。
三奏未终天便晓，何人不起望乡愁。

【题 解】

这首七言绝句是中唐诗人武元衡边塞诗的佳作。诗写深秋的清晨戍边士卒由于听闻号角而引发浓郁的乡愁。此诗语言精炼，节奏紧凑，境界开阔，感情凝重，形象地反映出中唐时期国势渐衰、戍边军人士气不振的严峻现实。

【注 释】

① 单于：指单于城，即今内蒙古呼和浩特市。晓角：清晨吹响的号角。
② 胡儿：参加唐军的来自少数民族的年轻士卒。汉城头：指唐代边城，即单于城。

塞下曲 二首选一

唐·王涯

其 二

年少辞家从冠军①，金鞍宝剑去邀勋②。
不知马骨伤寒水，惟见龙城起暮云③。

【题 解】

这首七言绝句是中唐诗人王涯描写立功边塞的代表作。诗写少年为求取功名而从军边塞，不畏艰险奔赴战场的情景，抒发了诗人立功边塞的豪情壮志。此诗感情豪壮，语辞凝练，一气呵成，但又抑扬起伏，流转自然。结尾含蓄有致，颇有"豹尾"之势。

【注 释】

① 冠军：古代将军的名号。

② 金鞍宝剑：用黄金装饰剑柄或剑鞘的宝剑。

③ 龙城：泛指边境地区。暮云：黄昏时升腾起的乌云，此代指战云。

年少行 四首选一

唐·令狐楚

其 三

弓背霞明剑照霜，秋风走马出咸阳。

未收天子河湟地①，不拟回头望故乡。

【题 解】

　　这首七言绝句是中唐诗人令狐楚《年少行》四首中的第三首。令狐楚作为中唐重要的政治家，对国家的内政外交都深为熟稔。中唐时期，河湟沦于吐蕃，京畿地区因此时常处于吐蕃的威胁之下，收复河湟成为唐王朝最关注的大事之一。诗作即颂扬了一位少年将军立志收复河湟，将个人利益置之度外，勇赴国难的献身精神。此诗格调豪迈，情感真挚浓郁，将收复失地、不达目的誓不罢休的高远情怀表现得淋漓尽致。

【注 释】

① 河湟（huáng）：湟水流域及其与黄河合流的一带，这里是指被吐蕃统治者所侵占的河西、陇右之地。

塞下曲 二首选一

唐·令狐楚

其 一

雪满衣裳冰满须，晓随飞将伐单于[①]。
平生意气今何在，把得家书泪似珠。

【题 解】

　　这首七言绝句是令狐楚边塞诗的又一代表作。诗作表达了一位长期征战在沙场的士兵意气消沉、渴望归家的情怀。此诗纯用白描，语浅情深，将一位历尽战场艰辛、归家无日的士卒的辛酸生动形象地描摹出来。

【注 释】

　　① 飞将：原指汉朝将军李广。此处代指唐朝将领。

筹边楼 [①]

唐·薛涛

平临云鸟八窗秋，壮压西川四十州。
诸将莫贪羌族马[②]，最高层处见边头。

【题 解】

　　这首诗是唐代女诗人薛涛边塞诗的代表作。诗作通过对登筹边楼所感其壮伟之势今昔变化的描写，抒发了对边将贪功而招致吐蕃入侵蜀中的忧虑之情。此诗描写、叙事和议论相结合，显得动荡开合而又含蓄顿挫。且此诗写景壮伟，抒情沉痛，在前后对比的描写中，充分显示出女诗人心系国势盛衰的宏深器识和忧国忧民的生动形象。

【注 释】

①　筹边楼：唐代名楼，位于成都西郊。唐文宗大和四年（830）十月李德裕出镇西川节度使，次年秋为筹划边事所建，故名。
②　羌族马：古代羌族主要分布在甘肃、青海、四川西部，总称西羌，以游牧为主。

从军行

唐·张祜

少年金紫就光辉^①，直指边城虎翼飞。
一卷旌收千骑虏^②，万全身出百重围。
黄云断塞寻鹰去，白草连天射雁归。
白首汉廷刀笔吏，丈夫功业本相依。

【题 解】

　　这首七言律诗是中唐诗人张祜边塞诗的代表作。诗写一位投笔从戎

的戍边将士青壮年时从军杀敌的英雄气概和辉煌战绩，以及年老后便功
成身退的平和心态。此诗布局严整，前六句描写从军杀敌，写得气势磅礴。
后两句写功成身退，心态平和，笔势平缓，显示出结构的起伏变化之妙。

【注 释】

① 金紫：金印紫绶的简称。紫绶为紫色的系印纽的丝带。秦、汉时相国、
丞相、太尉、列侯等皆佩金印紫绶，此处谓官位高。
② 一卷：军旗一挥。

破阵乐①

唐·张祜

秋风四面足风沙，塞外征人暂别家。
千里不辞行路远，时光早晚到天涯。

【题 解】

这首乐府诗是张祜边塞诗的又一代表作。诗写征人远行千里，奔赴
沙场的情景。此诗语言平易晓畅，情感基调平和。

【注 释】

① 破阵乐：《历代歌辞》曰："《破阵乐》，小歌曲。"《乐苑》曰："商
调曲也。"按《破阵乐》本舞曲，唐太宗所造。玄宗又作《小破阵乐》，
亦舞曲也。

秋思 二首选一

唐·张仲素

其 二

秋天一夜静无云，断续鸿声到晓闻。
欲寄征衣问消息，居延城外又移军①。

【题 解】

　　这首诗是张仲素边塞闺怨诗的代表作。诗作假借闺中思妇的口吻，抒发了对远征在外的丈夫的思念和对其居无定所的怨望之情。此诗前两句写景，突出思妇一夜无眠。后两句叙事，将对丈夫的思念表达出来。此诗情深语挚，质朴的语言将闺中思妇苦闷的心情和盘托出。

【注 释】

　　①居延城：地名，大致在今内蒙古自治区额济纳旗和甘肃省金塔县境内。

穷边词二首①

唐·姚合

其 一

将军作镇古汧州②，水腻山春节气柔。

清夜满城丝管散^③，行人不信是边头。

<h2 style="text-align:center">其 二</h2>

箭利弓调四镇兵^④，蕃人不敢近东行。

沿边千里浑无事，唯见平安火入城^⑤。

【题解】

　　这两首七言绝句是中唐诗人姚合描写边塞和平景象的代表作。中唐以后，唐代领土大量沦丧，靠近长安的汧州及朔方、泾源、陇右、河东四镇成为西北边塞。这两首诗便是写唐宪宗时期边塞宁静的升平景象。第一首写"将军"镇守汧州带来的升平景象：山清水秀，气候温润，夜晚清静，笙歌满城。此诗写景细腻明丽，格调清新自然。第二首写"四镇"兵强马壮，敌不敢近，沿边地区兵戎不兴的平安景象。此诗写景大笔勾勒，境界开阔，气势雄壮，虚词的运用更增强了诗歌的气势。

【注释】

　　① 穷边：极远的边地。

　　② 古汧（qiān）州：汧，为古邑名，西周秦穆公所都。唐曾改陇州为
　　　　汧阳郡，故称"古汧州"，治所在今陕西陇县南。

　　③ 丝管：管乐与弦乐的合称，此处泛指乐器的响声。

　　④ 箭利弓调：使箭头锋利，把弓调到强硬程度。此指部队训练有素，
　　　　战斗力强。四镇：指朔方、泾源、陇右、河东四个方镇。

　　⑤ 平安火：指平安的烽火。《资治通鉴》卷二一八胡三省注："《六典》：
　　　　唐镇戍烽候所至，大率相去三十里。每日初夜，放烟一炬，谓之平
　　　　安火。"

赠边将

唐·施肩吾

轻生奉国不为难，战苦身多旧箭瘢①。
玉匣锁龙鳞甲冷②，金铃衬鹘羽毛寒③。
皂貂拥出花当背④，白马骑来月在鞍。
犹恐犬戎临虏塞，柳营时把阵图看⑤。

【题 解】

　　这首七言律诗是中唐诗人施肩吾所写的一首边塞诗。诗作通过描写戍边将领忠于职守、不畏艰险、兢兢业业、尽忠保国的高风亮节，表达了诗人对为国效忠的边塞将领的敬畏和颂扬之情。此诗叙事与抒情、外貌描写与心理刻画有机结合，鲜明生动地刻画出边将的形象。

【注 释】

①箭瘢（bān）：刀箭创伤愈合后的疤痕。

②玉匣：玉饰的匣子。龙：喻剑。传说晋初雷焕于丰城县得玉匣，内藏二剑，后入水为龙（见晋书《张华传》），故后以龙指宝剑。

③金铃：即铃铛。鹘（gǔ）：鹰一类的猛禽。其羽毛可制箭羽，饰以金铃，可作鸣镝。

④皂貂：黑色的貂服。花当背：背上覆满了雪花。

⑤柳营：汉周亚夫为将军，治军谨严，驻军细柳，号细柳营。后因称严整的军营为"柳营"。

闻　角

唐·章孝标

边秋画角怨金微①，半夜对吹惊贼围②。
塞雁绕空秋不下，胡云著草冻还飞。
关头老马嘶看月，碛里疲兵泪湿衣。
余韵袅空何处尽，戍天寥落晓星稀。

【题解】

　　这首七言律诗是唐代诗人章孝标边塞诗的代表作。诗作通过对塞外荒寒秋景的描绘，抒发了广大士卒因久戍不归而产生的强烈悲怨之情。此诗善于通过环境描写来渲染悲怨的气氛，其中拟人化手法的运用亦强化了抒情的深刻和诗歌的形象。

【注释】

　　①画角：饰有彩绘的号角。古时军中多用以警昏晓，振士气，肃军容。
　　②对吹：指敌我相对吹奏。惊贼围：惊起围营的贼兵。

征西旧卒

唐·许浑

少年乘勇气，百战过乌孙。
力尽边城难，功加上将恩。

晓风听戍角，残月倚营门。

自说轻生处^①，金疮有旧痕。

【题解】

这首五言律诗是许浑描写边塞士卒的代表作。诗作通过一位老兵自述一生的征战经历，揭露了军中的不平等现实，抒发了诗人对老兵不幸遭遇的深切同情。此诗善用对比手法，通过老兵今昔生活的对比、将卒待遇不同的对比，将诗歌的主题鲜明地展现出来。同时，诗人还善于以景衬情，这亦是中晚唐边塞诗的特色所在。

【注 释】

① 轻生处：指老兵当年奋不顾身勇敢战斗的经历。

少　将

唐·李商隐

族亚齐安陆^①，风高汉武威^②。

烟波别墅醉，花月后门归。

青海闻传箭^③，天山报合围。

一朝携剑起，上马即如飞。

【题解】

这首五言律诗是李商隐边塞诗的代表作。在李商隐的时代，唐代国力逐步呈现出江河日下之势，河湟已沦于吐蕃，诗作通过对一位少年将军风流倜傥的英姿和勇赴国难的豪情的描摹，实则抒发了诗人渴望安边定远的雄心壮志和美好愿望。此诗层次分明，前后四句自成两个层次，前四句形象地刻画了少年将领高贵的出身和奢华的生活。后四句则写其义无反顾奔赴前线的情景。全诗境界开阔，气势流转飞动，形象地展现出少年将领雄心勃发的青春风采。

【注 释】

① 族亚：即皇族的旁支。齐安陆：即南齐安陆昭王萧缅。《南齐书·宗室传》："太祖次兄子安陆昭王（萧）缅，建元元年封安陆侯，累迁宁蛮校尉、雍州刺史加都督，卒，赠安陆王。"
② 汉武威：指汉代武威将军刘尚，尚为宗室子孙。此句亦取其为宗室之意。
③ 青海：即今之青海。唐军与吐蕃经常在这一带交战。传箭：谓军情紧急。

雁门太守行①

唐·李贺

黑云压城城欲摧，甲光向日金鳞开②。
角声满天秋色里③，塞上燕脂凝夜紫④。
半卷红旗临易水⑤，霜重鼓寒声不起。
报君黄金台上意⑥，提携玉龙为君死⑦。

【题 解】

这首七言律诗是李贺边塞题材诗歌的代表作。李贺生活的时代藩镇

叛乱频仍，像大多数唐代诗人一样，李贺有着建功立业、报国杀敌的壮志雄心，他还有过参与平定藩镇叛乱战争的亲身经历，因此对血战沙场有着深切的体会。此诗即描写了发生在秋冬季节一次敌众我寡的战斗场面。通过对悲壮而惨烈的战斗场面的描写，诗人抒发了在正义战争下爱国将士们视死如归、报国杀敌的雄心壮志。这首诗意象新奇，设色鲜明，造型新颖，想象丰富而奇特，李贺诗歌的特点由此可见一斑。

【注释】

① 雁门太守行：乐府《相和歌·瑟调曲》旧题。古雁门郡，占有今山西西北部之地。

② 甲光：铠甲迎着太阳闪出的光。甲，指铠甲，战衣。金鳞：形容铠甲闪光如金色鱼鳞。

③ 角：古代军中一种吹奏乐器，多用兽角制成，也是古代军中的号角。

④ 燕脂：即胭脂。这里指暮色中塞上的泥土似胭脂凝成。

⑤ 易水：河名，大清河上源支流，源出今河北省易县，向东南流入大清河。

⑥ 黄金台：故址在今河北省易县东南，相传为战国燕昭王所筑，置千金于台上，以招聘人才、招揽隐士。

⑦ 玉龙：指一种珍贵的宝剑，这里代指剑。

【名句】

黑云压城城欲摧，甲光向日金鳞开。

南园 十三首选一

唐·李贺

其　五

男儿何不带吴钩，收取关山五十州？
请君暂上凌烟阁^①，若个书生万户侯？

【题解】

这首诗是李贺表现立功边塞的壮志以及愤慨之情的代表作。诗作以问句的形式，直接将诗人对国家前途的忧虑和自己报国无门的悲愤之情淋漓酣畅地表达出来。此诗情真语切，直抒胸臆，节奏顿挫有力，情感激越，是青年诗人李贺一贯诗风的体现。

【注释】

① 凌烟阁：唐太宗为表彰功臣而建的殿阁，上有秦琼等二十四人的像。

【名句】

男儿何不带吴钩，收取关山五十州？

牧马泉^①

唐·刘言史

平沙漫漫马悠悠，弓箭闲抛郊水头。
鼠毛衣里取羌笛，吹向秋天眉眼愁。

【题 解】

这首七言绝句是刘言史描写边塞秋景的代表作。诗写一个军营闲暇的秋日，一位士卒信马由缰漫步在牧马泉边，借吹笛抒发愁绪的情景。此诗截取了军营闲暇时节的一个生活场景，以时间顺序铺写了士卒的行动。全诗节奏缓慢，情感含蓄蕴藉，格调悠扬低沉，是一幅生动的边塞秋日生活图景的写照。

【注 释】

① 牧马泉：即古丰州西北的鹈鹕泉。

润州听暮角^①

唐·李涉

江城吹角水茫茫，曲引边声怨思长。
惊起暮天沙上雁，海门斜去两三行^②。

【题 解】

　　这首七言诗是唐代诗人李涉的代表作。诗作通过选取生活中若干典型的物象，描绘出真实生动的画卷，其中蕴含着诗人深沉的悲慨之情。此诗意态自然，寓情于景，情思含蓄，寄慨深远。

【注 释】

　　① 润州：即今江苏镇江。
　　② 海门：地名，在润州城外。《镇江府志》："焦山东北有二岛对峙，谓之海门。"

出塞即事 二首选一

唐·顾非熊

其　二

　　贺兰山便是戎疆①，此去萧关路几荒②。
　　无限城池非汉界，几多人物在胡乡。
　　诸侯持节望吾土③，男子生身负我唐④。
　　回望风光成异域，谁能献计复河湟。

【题 解】

　　这首七言律诗是晚唐诗人顾非熊边塞诗的代表作。诗作通过描写国土沦丧的惨景，抒发了诗人强烈的悲愤之情，表达了收复失地、统一国土的强烈愿望。此诗感情沉痛，语言大胆率真，强烈的痛惜之情和大胆

的揭露抨击相得益彰，使全诗具有强大的震撼力。

【注 释】

① 贺兰山：山名，在今宁夏西北和内蒙古交界处。戎疆：指西北少数
民族的疆界。

② 萧关：古关名，故址在今宁夏固原东南，为古代关中平原通向塞北
的交通要冲。

③ 诸侯：本指古代帝王所分封的藩国君主，这里指唐王朝任命的节度
使之类的封疆大吏。节：缀有牦牛尾的竹竿，本为使者所持，然唐
制节度使皆赐节，使其专制军事。

④ 负我唐：指沦陷区的百姓已非唐朝子民。

经河源军汉村作①

唐·吕温

行行忽到旧河源，城外千家作汉村。
樵采未侵征虏墓②，耕耘犹就破羌屯③。
金汤天险长全设，伏腊华风亦暗存④。
暂驻单车空下泪，有心无力复何言。

【题 解】

这首七言律诗是吕温抒写边塞见闻的代表作。吕温于贞元二十年
（804）以侍御史的身份出使吐蕃，行次河源而作此诗。诗作通过对已
沦陷于吐蕃的河源汉村生活图景的描写，抒发了对国势衰微、国土沦陷、

人民被奴役的沉痛悲慨之情。此诗语言质朴，流畅自然，感情真挚，节奏抑扬起伏。前六句叙事层次井然，细致生动；后两句抒情，言尽意深，耐人回味。

【注 释】

① 河源军：军旅名，治所在今青海乐都。唐属陇右节度使统领。

② 征虏墓：指为征讨敌人而死亡的将士的坟墓。

③ 破羌屯：打败羌兵的村庄。

④ 伏腊：古代两种祭祀的名称。夏季六月伏日、冬季腊月初八都为节日，合称伏腊。华风：汉代的节令风俗。

塞路初晴

唐·雍陶

晚虹斜日塞天昏，一半山川带雨痕。
新水乱侵青草路，残烟犹傍绿杨村。
胡人羊马休南牧①，汉将旌旗在北门。
行子喜闻无战伐②，闲看游骑猎秋原③。

【题 解】

这首七言律诗是雍陶描写宁静和平环境下边塞风光的代表作。诗作通过对边塞初秋时节雨后新晴这一明丽风光的描写，抒发了诗人对清新、宁静和安谧生活的热爱，寄托了诗人希望和平的美好愿望。此诗写景清新自然，充满浓厚的诗情画意，抒情诚挚深切，生动地再现出一位忧国

忧民的爱国诗人形象。

【注 释】

①南牧：南下放牧。此指北方少数民族南侵。
②行子：出行的人。
③游骑：担任巡逻突击的骑兵。

陇西行 四首选一

唐·陈陶

其 二

誓扫匈奴不顾身，五千貂锦丧胡尘①。
可怜无定河边骨②，犹是春闺梦里人③。

【题 解】

这首诗是陈陶的《陇西行》四首中的第二首。诗作描写了唐军将士誓死杀敌的气概，但最终无数将士战死沙场，留下的是闺中思妇无尽的痛苦。以此诗人反映了唐代长期的边塞战争给人民带来的痛苦和灾难。此诗辞短情长，格调悲慨。

【注 释】

①貂锦：汉代羽林军穿锦衣貂裘，这里借指唐朝精锐部队的士兵。
②无定河：在陕西北部，源出内蒙古鄂尔多斯境，东南流经陕西榆林、

米脂诸市县，至清涧县入黄河。因急流挟沙，深浅不定，故名。

③春闺：指思妇。

【名句】

可怜无定河边骨，犹是春闺梦里人。

河　湟①

唐·杜牧

元载相公曾借箸②，宪宗皇帝亦留神③。
旋见衣冠就东市④，忽遗弓剑不西巡⑤。
牧羊驱马虽戎服，白发丹心尽汉臣⑥。
唯有凉州歌舞曲⑦，流传天下乐闲人。

【题解】

　　这首七言律诗是杜牧针砭唐王朝统治者贪图享乐、坐失山河而不思收复行径的代表作。诗作通过回顾中唐宰相元载和唐宪宗力图收复失地的努力，以及对河湟地区吐蕃奴役下的人民忠心于唐王朝的决心的描写，从反面讥刺了当时统治者无心国事而只知享乐，表达了诗人对国家边防的忧虑和对失地人民的深切同情。此诗将史实和典故巧妙地融合一体，叙事和议论相结合，显得自然厚重。后四句对比手法的运用，既形象生动，又讽喻有力。

【注释】

① 河湟：本指湟水与黄河合流处的一片地方，这里用以指吐蕃统治者自唐肃宗以来占领的河西、陇右之地。

② 元载：字公辅，唐代宗时为宰相，曾任西州刺史。大历八年（773）曾上书代宗，对西北边防提出一些建议。借箸：为君王筹划国事。《史记·留侯世家》载，张良在刘邦吃饭时进策说："臣请借前箸为大王筹之。"

③ 留神：指关注河湟地区的局势。

④ "旋见"句：指大历十二年（777）元载因事下狱，代宗下诏令其自杀。东市：代指朝廷处决罪犯之地。

⑤ 遗弓剑：指唐宪宗死，古代传说黄帝仙去，只留下弓剑。不西巡：是指唐宪宗没有来得及实现收复西北疆土的愿望。

⑥ "牧羊"两句：《汉书·苏武传》记载："武留匈奴凡十九岁，始以强壮出，及还，须发尽白。"以及"杖汉节牧羊，卧起操持，节旄尽落。"这里是借苏武来比喻河湟百姓身陷异族而忠心不移。

⑦ 凉州：原本是唐王朝西北属地，"安史之乱"中，吐蕃乘乱夺取。李唐王室出自陇西，所以偏好西北音乐。唐玄宗时凉州曾有《凉州新曲》献于朝廷。

出塞词

唐·马戴

金带连环束战袍①，马头冲雪度临洮。
卷旗夜劫单于帐②，乱斫胡儿缺宝刀③。

【题解】

　　这首七言绝句是晚唐诗人马戴边塞诗的代表作。诗作通过对边塞将士夜袭敌营场面的描写，生动地刻画出将士一往无前的英姿和奋勇杀敌的豪气。此诗诗情激越，气势奔腾，语言精美，并善于在雄壮的场面中插入细节描写，因而能够神完气足，含蓄不尽，形成独特的艺术风格。

【注释】

　　① 金带连环：以金环连接成串做成甲胄。战袍：古代将士们的军装。

　　② 单于帐：单于住的帐幕，引申为敌军首领的营帐。

　　③ 缺宝刀：即"宝刀缺"，因连续杀敌，使宝刀缺了刃口。

边城独望

唐·马戴

聊凭危堞望^①，倍起异乡情。

霜落蒹葭白^②，山昏雾露生。

河滩胡雁下，戍垒汉鼙惊^③。

独树残秋色，狂歌泪满缨。

【题解】

　　这首五言律诗是马戴抒发边塞思乡之情的代表作。诗作通过对塞外荒寒秋景的描写，抒发了强烈的思乡之情。此诗悲怨之情借萧瑟的秋景表达出来，情景交融，层次分明，生动地表现出诗人四顾无侣的凄清形象。

【注 释】

① 危堞（dié）：高大城墙上的矮墙。堞，指城墙上的矮墙，也称
"女墙"。

② 蒹葭：芦苇。白：秋天蒹葭枯萎，由绿变白。

③ 汉鼙（pí）：指军中击打的小鼓。

射雕骑

唐·马戴

蕃面将军著鼠裘①，酣歌冲雪在边州。
猎过黑山犹走马②，寒雕射落不回头。

【题 解】

　　这首七言绝句是马戴边塞诗的又一代表作。诗作通过对一次狩猎活
动的描写，刻画出一位射技高超的少数民族将领形象，展现出其狂放不
羁的性格特征。此诗笔墨精炼，境界开阔，情感激越豪壮，不减盛唐诗
歌风范。

【注 释】

① 蕃面将军：面孔像少数民族的将军。

② 黑山：山名，在今内蒙古呼和浩特东南，此泛指塞外山川。走马：
驰逐。

陇头吟

唐·于濆

借问陇头水^①，终年恨何事。
深疑呜咽声，中有征人泪。
自古蕴长策，况我非才智。
无计谢潺湲^②，一宵空不寐。

【题解】

这首乐府诗是晚唐诗人于濆边塞诗的代表作。诗作通过对陇头水拟人化的描写，抒发了对征战戍卒艰辛生活的深切同情及其壮志难酬的失意情怀。此诗以流水的呜咽来比喻征人的控诉，立意新颖。同时诗作情感深厚，语言凝练质朴，体现出乐府诗的特色。

【注释】

① 陇头：指陇山一带，大致在今陕西陇县到甘肃清水县一带。此处借指边塞。
② 潺湲（chán yuán）：水慢慢流动的样子。

河湟旧卒

唐·张乔

少年随将讨河湟，头白时清返故乡。

十万汉军零落尽，独吹边曲向残阳^①。

【题 解】

  这首七言绝句是晚唐诗人张乔表现战争残酷主题的代表作。诗作通过对戍边老兵独自归乡的描写，表现出戍边将士巨大的伤亡和幸存老兵凄凉的晚景。此诗语言精炼，对比手法的运用更突出战争的残酷。最后一句"独吹边曲"的细节刻画更反映出老兵的孤独与凄凉，给诗歌平添一股无限哀伤之气。

【注 释】

  ① 边曲：边地的曲子。

宋汴道中

唐·高蟾

平野有千里，居人无一家。
甲兵年正少^①，日久戍天涯。

【题 解】

  这首小诗是晚唐诗人高蟾的绝句，写诗人行旅途中所见。年少的士兵常年驻守在荒无人烟的边关，借此表达了对年少士兵忠于职守的称颂和孤独寂寞的同情。此诗以白描为主，诗人并未作主观的判断，而是以客观的描写传达出戍边士卒的形象，全诗言简意赅，清新可人。

【注释】

　① 甲兵：士兵。

边　将

唐·秦韬玉

剑光如电马如风，百捷长轻是掌中。
无定河边蕃将死①，受降城外虏尘空。
旗缝雁翅和竿袅②，箭捻雕翎逐隼雄③。
自指燕山最高石，不知谁为勒殊功④。

【题解】

　　这首七言律诗是晚唐诗人秦韬玉的一首佳作。晚唐时期，国力衰微，异族入侵，边境不宁，人们渴望出现能为国靖边的良将。诗作通过对一个屡建奇功的戍边将领形象的刻画，表达了诗人忧国忧民的情怀和期望出现良将为国靖边的美好愿望。此诗境界雄阔，气势宏大，细节描写生动形象。尾联以反诘之语出之，写边将的自负之态、高远之志，可谓形神毕肖。

【注释】

　① 无定河：在陕西北部，源出内蒙古鄂尔多斯境，东南流经陕西榆林、米脂诸市县，至清涧县入黄河。因急流挟沙，深浅不定，故名。
　② 和竿袅：意谓缝有雁羽装饰的旌旗随着挥动的旗杆飘舞。

③ 捻：用手指搓转，此作安插解。雕翎：彩色的鸟羽，用来安装在箭尾上作箭的尾羽。隼（sǔn）：喻凶猛的敌人。

④ 勒殊功：刻记下特殊的功勋。

塞上曲

唐·周朴

一阵风来一阵砂，有人行处没人家。
黄河九曲冰先合，紫塞三春不见花^①。

【题 解】

这首七言绝句是晚唐诗人周朴描写边塞风光的代表作。诗作通过对边塞风沙飞扬、荒无人烟、寒冰四结、无花之春等景象的描写，生动地将边塞苦寒、荒芜的特点展现了出来，是一幅典型的边塞风光图。此诗语言质朴，写景平易通俗，是一首颇具民歌特色的小诗。

【注 释】

① 紫塞：秦始皇筑长城，西起临洮，东至朝鲜，其长万里，土色皆紫，故称"紫塞"。此处泛指边塞地区。三春：春季有三个月，农历正月称孟春，二月称仲春，三月称季春。此处指整个春季。

和李秀才边庭四时怨 四首选一

唐·卢汝弼

其　四

朔风吹雪透刀瘢^①，饮马长城窟更寒^②。
半夜火来知有敌，一时齐保贺兰山^③。

【题解】

　　这首诗是卢汝弼《和李秀才边庭四时怨》组诗的第四首。诗作描写了边庭夜警、卫戍将士奋起守土保国的生活情境，抒发了对戍边将士不顾伤痛苦寒和誓死卫国之英雄气概的颂扬之情。此诗前三句辞气低回，尽力渲染苦寒艰险，实则是为将士奋起杀敌作铺垫，在鲜明的反衬中凸显出将士不畏艰险的冲天豪气，因之具有更强的感染力和冲击力。

【注释】

① 刀瘢：刀伤愈合后的疤痕。
② 长城窟：指长城边上积水的洼地。此处借用陈琳《饮马长城窟行》"饮马长城窟行，水寒伤马骨"诗意，言边塞气候恶劣，寒冷无比。
③ 贺兰山：山名，在今宁夏西北和内蒙古交界处。

送人游塞

唐·齐己

槐柳野桥边，行尘暗马前。

秋风来汉地，客路入胡天。
雁聚河流浊，羊群碛草膻。
那堪陇头宿^①，乡梦逐潺湲^②。

【题 解】

这首诗是唐代诗人齐己送友人出塞的代表作。诗作通过对秋日送别场景和想象中边塞环境的描写，代友人抒发了边塞思乡的情怀。

【注 释】

① 陇头：借指边塞。
② 潺湲：形容水流声。

寄 夫

唐·陈玉兰

夫成边关妾在吴^①，西风吹妾妾忧夫。
一行书信千行泪，寒到君边衣到无？

【题 解】

这首诗是唐代女诗人陈玉兰所作的七绝。陈玉兰是唐代诗人王驾的妻子，此诗写妻子对远征的丈夫的关怀和思念。此诗语言明白晓畅，情意深厚缠绵，开首两句从两面对写，形象地表现出夫妻双方天南地北之隔。最后一句以问句出之，更显出妻子对丈夫深切的思念和关怀。

①妾：旧时女子自称。吴：指江苏一带。

蕃女怨

唐·温庭筠

碛南沙上惊雁起，飞雪千里。玉连环①，金镞箭②，年年征战。画楼离恨，锦屏空③，杏花红。

【题 解】

《蕃女怨》一调是温庭筠的首创，这首词是表现边塞闺怨主题的代表作。词作通过对边塞寒冷和艰苦的描摹，抒发了思妇对远征在外的丈夫深切的思念。此词以对写的手法展开，从边塞和闺阁两个时空展开描写，一边是荒寒而艰苦的征战生活，一边是闺中思妇的刻骨思念。

【注 释】

①玉连环：征人服饰物。《战国策·齐策》："秦昭王尝遣使者，遗君王后以玉连环。"这里是指征人的用具，如铁链之类的东西。
②金镞箭：征人所用武器之一。
③锦屏：有彩画的屏风。

定西蕃

五代·牛峤

紫塞月明千里①，金甲冷，戍楼寒，梦长安。　　乡思望中天阔，漏残星亦残。画角数声呜咽，雪漫漫。

【题 解】

这首词是晚唐五代词人牛峤描写边塞风物表现征人乡愁的代表作。晚唐五代时期，征战频仍，民不聊生，此词便是这个时代主题的反映。词作通过描写紫塞戍楼、中天皓月、飞雪漫漫等边塞景观，抒发了远征戍卒浓郁的思乡之愁。此词辞短情长，境界阔大、雄浑，是晚唐五代词中别具一格的词作。

【注 释】

① 紫塞：此泛指边防要塞。

醉花间

五代·毛文锡

休相问，怕相问，相问还添恨。春水满塘生，鸂鶒还相趁①。　　昨夜雨霏霏，临明寒一阵。偏忆戍楼人②，久绝边庭信。

【题 解】

　　这首词是晚唐五代词人毛文锡表现闺怨题材的代表作。词写闺中思妇因远戍丈夫久无音信，不由因思生恨，而一夜风雨与轻寒更引发其对远方征人强烈的思念。这首小词，语辞浅易，而情思缠绵，写得极有韵致。

【注 释】

　　① 灤鶒（xī chì）：是一种比鸳鸯稍大一点的紫色水鸟，常常雌雄一起
　　　　戏水游耍，又称紫鸳鸯。趁：乘便，乘机。
　　② 戍楼：古时边防驻军筑以望远的城楼。

甘州遍

五代·毛文锡

　　秋风紧，平碛雁行低，阵云齐①。萧萧飒飒，边声四起②，愁闻戍角与征鼙③。
　　青冢北④，黑山西⑤。沙飞聚散无定，往往路人迷。铁衣冷⑥，战马血沾蹄，破蕃奚⑦。凤皇诏下⑧，步步蹑丹梯⑨。

【题 解】

　　这首词是晚唐五代词人毛文锡表现边塞主题的代表作。毛文锡曾随蜀主降后唐，亲历李存勖大破契丹的战争，此词当为歌颂李存勖破契丹兵而作。词作描写了边塞的荒凉和征人的寒苦，颂扬了守边将士在艰苦环境中抵御外敌、奋勇卫国的精神。此词语言朴实生动，格调高亢昂扬，有盛唐边塞诗的风范，在缕玉雕琼、裁花剪叶的花间词中，堪称是别调异响了。

【注 释】

① 阵云齐：云层低压。齐，与天际相齐，低压之义。

② 边声：边防线上的声响，即指角、鼓、马嘶、风吼之类的声音。

③ 鼙：古代军中的小鼓，又称"骑鼓"。

④ 青冢：汉代王昭君之墓。在今内蒙古呼和浩特市南二十余里。昭君死，葬黑河南岸。今冢高三十余米，有土阶可登。近人张相文《寒北纪游》载："塞外多白沙，空气映之，凡山林村阜，无不黛色横空，若泼浓墨。昭君墓烟霭蒙笼，远见数十里外，故曰青冢。"

⑤ 黑山：今内蒙古自治区和林格尔以北，又名杀虎山。

⑥ 铁衣：征戍将士所穿铠甲，用来掩护身体，防备兵器所伤，多用金属片或皮革制成。

⑦ 蕃奚：多指西北方少数民族。奚，古代少数民族之一，匈奴别种，南北朝称"库莫奚"，分布在西拉木伦河流域，从事游牧。《旧唐书·北狄列传》："其国胜兵三万余人，分为五部，好射猎，逐水草，无常居。"

⑧ 凤皇诏：天子的文告。凤皇，即"凤凰"。古代皇帝的诏书要由中书省发，中书省在禁苑中凤凰池处，故称"凤凰诏"，又称"凤诏"。

⑨ 蹑丹梯：踏着朝廷前的阶梯而进。指立边功后受诏回朝朝拜君王。蹑，踩踏。丹梯，又称"丹墀"，古代宫殿前石阶以红色涂饰，故称"丹梯"。

酒泉子

五代·孙光宪

空碛无边，万里阳关道路①。马萧萧，人去去，陇云愁②。
香貂旧制戎衣窄③，胡霜千里白。绮罗心④，魂梦隔，上高楼。

【题 解】

　　这首词是晚唐五代词人孙光宪抒发征人怀乡思亲主题的代表作。词作通过描写征人征途的愁苦和对妻子的怀念，从一个侧面反映了当时的边塞战争给人民带来的离苦。此词境界开阔，于苍凉之中又见缠绵之思。而两地相思之情，同时见于笔端，深得言情之妙，是一首不可多见的表现征戍生活的佳作。

【注 释】

　　① 阳关：在今甘肃敦煌县西南，玉门关南面，和玉门关同为古代通西域的要道。

　　② 陇：泛指甘肃一带，是古西北边防要地。

　　③ 香貂：贵重的貂皮，此处指征袍。

　　④ 绮罗：有文彩的丝织品。这里代指征人的妻子。

塞　上

北宋·柳开

　　鸣骹直上一千尺①，天静无风声更干。
　　碧眼胡儿三百骑，尽提金勒向云看②。

【题 解】

　　这首七言绝句是宋初诗人柳开描写边塞生活的代表作。诗作通过截取边塞射猎生活中一个独特的情景，生动地表现出剽悍的北方少数民族

能骑善射。此诗细节的描写生动传神，同时数词的运用突出了场面的阔大和射技的高超，具有极强的感染力。

【注 释】

① 鸣骹（xiāo）：响箭。
② 勒：有嚼口的马络头。

塞上曲

北宋·田锡

秋气生朔陲，塞草犹离离。
大漠西风急，黄榆凉叶飞①。
襜褴罢南牧②，林胡畏汉威③。
藁街将入贡④，代马就新羁⑤。
浮云护玉关，斜日在金微。
萧索边声静，太平烽影稀。
素臣称有道，守在于四夷。

【题 解】

这首诗是宋初诗人田锡描写边塞太平景象的代表作。诗作通过对边塞秋景的描摹和边地少数民族对汉族朝廷的臣服，表现出边塞和平安宁的景象。此诗语言质朴，描写客观冷静，充分体现出宋代边塞诗别样的风格特色。

【注 释】

① 黄榆：树木名。落叶乔木，树皮有裂罅，早春开花。产于我国东北、
华北和西北。木材可供建筑和制家具、农具、车辆。

② 襜褴（chān lán）：战国时分布在今山西省朔县北至内蒙古自治区，
从事畜牧，精骑射。

③ 林胡：唐代借指奚、契丹等族。

④ 藁（gǎo）街：汉时街名，在长安城南门内，为属国使节馆舍所在地。

⑤ 代马：指北地所产良马。代，古代郡地，后泛指北方边塞地区。

边城春望

北宋·寇准

独望原西路，离襟倍黯然。
青山遮故国，绝塞度新年。
风聚沙迷岸，烟开烧满川。
归心正无际，骠骑莫留连①。

【题 解】

这首五言律诗是寇准为官边塞新年思归的代表作。诗作描写了常年
滞留边塞的诗人见到新一年春天的景象，不由生发的强烈思归之情。此
诗语言质朴流畅，情感真挚浓郁，将诗人登高的所见所感形象地传达出来。

【注 释】

① 骠骑：古代将军的名号，此处借指诗人自己。

塞 上

北宋·寇准

春风千里动，榆塞雪方休^①。
晚角数声起，交河冰未流。
征人临迥碛，归雁别沧州^②。
我欲思投笔，期封定远侯^③。

【题解】

　　这首诗是宋代诗人寇准描绘边塞风光及表达投笔从戎决心的代表作。诗作通过对边塞风光的描写，表达了欲投笔从戎的美好愿望。此诗语言质朴，情感沉郁，描写真实客观，再现了边塞严寒春迟的自然景象。同时诗人期望立功边塞的表白鼓舞人心。

【注释】

　①榆塞：又名榆溪塞，其地说法不一，一说在胜州北河北岸，即今内蒙古河套东北岸。此处指宋、西夏边境地区。
　②沧州：沧州地处河北省东南，与山东半岛及辽东半岛隔海相望。此处泛指边塞。
　③定远侯：东汉班超的封号。后亦喻称驻守或出使西北边疆地区的使者、大臣等。

渔家傲

北宋·范仲淹

塞下秋来风景异，衡阳雁去无留意①。四面边声连角起②。千嶂里，长烟落日孤城闭③。

浊酒一杯家万里，燕然未勒归无计④，羌管悠悠霜满地。人不寐，将军白发征夫泪。

【题 解】

这首词是宋初诗人范仲淹表现边塞思乡和忧边主题的代表作。此词写在他率师西北边陲，平定西夏叛乱之时，当时宋军与西夏战争处于对峙时期。词作通过对边塞风光和将士征战生活的描写，表现了边塞将军的英雄气概及征夫的艰苦生活，也暗寓了对宋王朝重内轻外政策的不满。此词一变词作低沉婉转之调而为慷慨雄放之声，把有关国家、社会的重大问题反映到词里，可谓大手笔。且此词写景苍凉雄阔，抒情悲壮深沉，情景交融，开创了宋代豪放、爱国词的新领域。

【注 释】

① 衡阳雁去：即"雁去衡阳"，指大雁离开这里飞往衡阳。

② 边声：边塞特有的声音，如大风、号角、羌笛、马啸等。

③ 长烟：即荒漠上的直烟，因少风，烟直而高。

④ 燕然未勒：此指没有建立破敌的大功。

【名 句】

千嶂里，长烟落日孤城闭。

到官三岁 四首选一

北宋·宋祁

其 四

塞下静无事，军中奚告劳。
青山侧身远，白日举头高。
作奏闲双笔，流年耗二毛①。
惟应不能饮，元解读离骚。

【题 解】

　　这首五言律诗是宋祁描写边塞闲散生活的代表作。宋祁作为文官曾像北宋大多数人一样，有着出塞为官的经历。此诗即描写了诗人在边塞闲暇无事而读书吟咏的生活，表现出诗人对为官边塞的苦闷和渴望回归京城的强烈愿望。此诗笔墨流畅，情感真挚稳重，语言质朴，是宋祁诗作中不可多得的佳作。

【注 释】

　　① 二毛：指斑白的头发，常用以指老年人。

故原战①

北宋·梅尧臣

落日探兵至②，黄尘钞骑多③。

邀勋轻赴敌，转战背长河。
大将中流矢^④，残兵空负戈。
散亡归不得，掩抑泣山阿。

【题 解】

这首五言律诗是梅尧臣描写宋军一次惨败战争的代表作。诗作具体
描写了战争惨败的前后过程，表现出诗人对轻敌将领的无情鞭挞和对无
辜士卒伤亡的痛心疾首。此诗语言流转，描写客观真实，概括性极强，
情感表达含蓄蕴藉，体现出宋代边塞诗客观冷静的描写特点。

【注 释】

① 故原：即今宁夏固原县，当时为宋之镇戎军。此诗的故原战当指宋
康定二年（1041）的好水川之战，此次战争由于宋军将领邀功轻敌，
致使宋军大败。
② 探兵：军中的侦察兵。
③ 钞骑：袭击、掠夺的兵马。
④ 大将：指此次战役的将领任福等人。

故原有战卒死而复苏来说当时事

北宋·梅尧臣

纵横尸暴积，万殒少全生。
饮雨活胡地，脱身归汉城。
野獾穿废灶^①，妖鹏啸空营^②。

侵骨剑疮在，无人不为惊。

【题解】

　　这首五言律诗是梅尧臣借死里逃生的战士之口控诉战争残酷的代表作。诗作借一位死里逃生的战场幸存者口述亲历目击之惨景，逼真地描绘了一幅千军万马厮杀过后横尸遍野、血肉狼藉的充满着血腥气的悲惨画面，表达了诗人痛心疾首的心情。其笔调哀伤沉痛，描写逼真形象，形象地传达出诗人的破碎心情和对残酷战争的控诉之情。

【注释】

①野貆（huān）：哺乳动物，毛灰色，善掘土，穴居山野，昼伏夜出。毛可制笔，毛皮可制裘，其脂肪熬炼的貆油可治疗烫伤等。亦称"狗貆"。

②鹏（fú）：古书上说的一种不吉祥的鸟，形似猫头鹰。

吾　闻

北宋·苏舜钦

吾闻壮士怀，耻与岁时没。
出必凿凶门①，死必填塞窟。
风生玉帐上，令下厚地裂。
百万呼吸间，胜势一言决。
马跃践胡肠，士渴饮胡血。
腥膻屏除尽②，定不存种蘖。

予生虽儒家，气欲吞逆羯③。

斯时不见用，感叹肠胃热。

昼卧书册中，梦过玉关北。

【题解】

这首诗是宋代诗人苏舜钦表达救国热情的代表作。诗作通过对想象中视死如归、勇往直前的驰骋沙场情景的描写，抒发了诗人渴望投笔从戎、建功立业于边关的雄心壮志以及壮志难酬的悲愤之情。此诗笔力豪隽，气吞山河，是宋诗中较早表现出感伤时事、忧国忧民情怀的代表作。

【注释】

① 凿凶门：古代将军出征时，凿一扇向北的门，由此出发，如办丧事一样，以示必死的决心，称"凶门"。此处表示视死如归的勇气。

② 腥膻：对入侵外敌的贬称。

③ 逆羯（jié）：羯，是中国古代北方的民族，匈奴的一个分支。此处泛指北方少数民族的入侵者。

闻种谔米脂川大捷①

北宋·王珪

神兵十万忽乘秋，西碛妖氛一夕收。

匹马不嘶榆塞外②，长城自起玉关头③。

君王别绘凌烟阁，将帅今轻定远侯。

莫道无人能报国，红旗行去取凉州。

【题 解】

这首七言律诗是北宋诗人王珪描写米脂川大捷的代表作。北宋时期，宋与西夏长期处于紧张状态，但很少取胜。元丰四年（1081），宋军的这次米脂川大捷引起宋廷朝野上下的一片欢呼。王珪这首诗便写于此时，此诗歌颂了宋军的所向无敌，赞扬了他们为国靖边的巨大功绩。全诗字里行间洋溢着胜利的喜悦，感情热烈豪壮，结构谨严而富于变化。是宋代边塞诗中不可多得的激情豪迈之作。

【注 释】

① 种谔：宋朝名将，与兄诂、弟珍均有将才，时号"三种"。元丰四年（1081）八月，种谔率宋兵九万出绥德，九月围米脂，击溃西夏援兵六万，大获全胜。十月攻克米脂城。米脂：今陕西米脂县。

② 榆塞：又名榆溪塞，其地说法不一，一说在胜州北河北岸，即今内蒙古河套东北岸。此处指宋、西夏边境地区。

③ 玉关：即玉门关。

出　塞^①

北宋·王安石

涿州沙上饮盘桓^②，看舞春风小契丹。
寒雨巧催燕泪落，蒙蒙吹湿汉衣冠^③。

【题 解】

这首诗是北宋诗人王安石描写边塞见闻的代表作。此诗作于王安石奉命出使辽国时，诗作描写了塞外百姓迎接宋朝使臣的情景，表现了宋朝使臣与塞外百姓的深厚感情和期望祖国和平统一的共同心愿。此诗纯用白描手法，将迎宾情景真实再现，同时将浓郁的家国之情蕴藉其中，情景交融为一，是北宋边塞诗的优秀短篇。

【注 释】

① 塞：边塞。此处指宋和辽交界的地方。
② 涿州：今河北省涿县。盘桓：逗留。
③ 汉衣冠：指宋朝使臣的衣着。

白沟行①

北宋·王安石

白沟河边蕃塞地②，送迎蕃使年年事。
蕃使常来射狐兔，汉兵不道传烽燧③。
万里锄耰接塞垣④，幽燕桑叶暗川原⑤。
棘门灞上徒儿戏⑥，李牧廉颇莫更论⑦。

【题 解】

这首七言律诗是王安石表现忧边思想的代表作。诗作写于嘉祐四年（1059）王安石出使辽国时，诗人有感于宋、辽边界无险可依，军纪坏弛，借此以书愤。诗作批判了统治者醉心和议、不修边备、轻敌麻痹、苟且偷安的可耻行径，表现了他对边将所任非人和对国家前途深深的忧虑，也暗寓了诗人对朝廷委曲求和政策的不满。此诗写实和议论融为一

体，古今将领的对比更使得感情激愤，形象鲜明。结构由表及里，层层深入。最后的警戒句更有振聋发聩之效。

【注 释】

① 白沟：古名巨马河，故道在今河北定兴南，已干涸。当时为宋、辽之间的界河。

② 蕃塞：此指与辽国接境的边境地区。

③ 烽燧：即烽火，古代用烟火报警。此句意思指面对辽军的挑衅，宋军无动于衷、毫无戒备。

④ 耰（yōu）：古代农具，像耙子。

⑤ 幽燕：今河北北部及辽宁一带，唐以前属幽州，但此时为辽国所占。

⑥ "棘门"句：指宋军就像当年棘门、灞上驻军一样松弛，没有战斗力。

⑦ "李牧"句：指北宋的边将更不能与古时的名将李牧、廉颇相比了。

江城子　密州出猎

北宋·苏轼

老夫聊发少年狂。左牵黄，右擎苍①，锦帽貂裘②，千骑卷平冈③。为报倾城随太守，亲射虎，看孙郎④。

酒酣胸胆尚开张。鬓微霜，又何妨！持节云中，何日遣冯唐⑤？会挽雕弓如满月，西北望，射天狼⑥。

【题 解】

这首词是苏轼表现报国豪情的代表作。此词创作于宋神宗熙宁八年

（1075）冬季在密州任知州时。词作表达了诗人强国抗敌的政治主张，抒写了渴望报效朝廷的壮志豪情。全词"狂"态毕露；虽不乏慷慨激愤之情，但气象恢弘，一反词作柔弱的格调，充满阳刚之美，是苏轼词集中充满豪放气概的代表作。

【注 释】

① 左牵黄，右擎苍：左手牵着黄狗，右臂托起苍鹰，形容围猎时用以追捕猎物的架势。黄，黄犬。苍，苍鹰。

② 锦帽貂裘：头戴着华美鲜艳的帽子，身穿貂鼠皮衣。指的是汉羽林军穿的服装。

③ 千骑卷平冈：形容马多尘土飞扬，把山冈像卷席子一般掠过。千骑，形容从骑之多。平冈，指山脊平坦处。

④ 孙郎：孙权，这里是作者自喻。《三国志·吴志·孙权传》载："二十三年十月，权将如吴，亲乘马射虎于凌亭，马为虎伤。权投以双戟，虎却废。常从张世，击以戈、获之。"这里以孙权喻太守。

⑤ 节：兵符，带着传达命令的符节。持节：是奉有朝廷重大使命。此句典出《史记·冯唐列传》。汉文帝时，魏尚为云中郡太守。他爱惜士卒，优待军吏，匈奴远避。匈奴曾一度来犯，魏尚亲率车骑出击，所杀甚众。后因报功文书上所载杀敌的数字与实际不合（虚报了六个），被削职。经冯唐代为辩白后，认为判得过重，文帝就派冯唐"持节"去赦免魏尚的罪，让魏尚仍然担任云中郡太守。苏轼此时因政治上处境不好，调密州太守，故以魏尚自许，希望能得到朝廷的信任。

⑥ 天狼：星名，一称犬星，旧说指侵掠，这里引指西夏。《晋书·天文志》云："狼一星在东井南，为野将，主侵掠。"

【名 句】

会挽雕弓如满月，西北望，射天狼。

水调歌头

北宋·黄庭坚

落日塞垣路，风劲戛貂裘①。翩翩数骑闲猎，深入黑山头②。极目平沙千里，惟见雕弓白羽，铁面骇骅骝③。隐隐望青冢④，特地起闲愁。

汉天子，方鼎盛，四百州⑤。玉颜皓齿，深锁三十六宫秋。堂有经纶贤相，边有纵横谋将，不作翠蛾羞⑥。戎虏和乐也，圣主永无忧。

【题 解】

这首词是黄庭坚讥讽宋朝廷屈辱求和外交政策的代表作。此词大致作于黄庭坚在北方为官时期，词作通过描写边地骑兵驰骋射猎的雄壮场面以及诗人因见昭君墓而生的闲愁，表达了对宋朝廷屈辱求和对外政策的强烈批判。此词上片写景，壮阔豪迈，下片抒情，语含机锋。同时，借汉代昭君和亲以讽刺宋朝廷屈辱求和的外交政策，这种借古讽今手法的运用，将政治思想和经国大事蕴含在对昭君的感慨中，含蓄蕴藉。且其气格雄豪，词境壮阔，是黄庭坚词中风格独标、不同凡响之作。

【注 释】

①塞垣：边防城池。戛（jiá）：敲击。
②翩翩：轻快地来往奔驰。黑山：在今内蒙古自治区和林格尔西北。
③极目：放眼，一眼望不到边。雕弓：雕刻过花纹的弓。白羽：尾部缠有白色羽毛的箭。铁面：战马所带铁制面具，用以保护马的头部。骅骝：周穆王的八骏之一，这里代指强壮快速的骏马。
④青冢：汉王昭君墓。塞外千里白沙，相形之下，山、水、草显得特

别墨绿，所以长有青草的王昭君墓称青冢，山称黑山。

⑤ 汉天子：指汉元帝，是他遣王昭君嫁给匈奴。四百州：汉代州的范围很大，全国才只有十几个州。宋代府下设州，范围小得多，最多时全国也不到三百个州，这里作者是用宋代政区概念来说明汉元帝时领地的广阔。

⑥ 翠娥：黛眉，指王昭君。羞：蒙受远嫁匈奴的耻辱。

回次妫川大寒 ①

北宋·郑獬

地风如狂兕②，来自黑山傍③。
坤维欲倾动，冷日青无光。
飞沙击我面，积雪沾我裳。
岂无玉壶酒，饮之冰满肠。
鸟兽不留迹，我行安可当？
云中本汉土④，几年非我疆。
元气遂隳裂，老阴独盛强。
东日拂沧海，此地埋寒霜。
况在穷腊后，堕指乃为常。
安得天子泽，浩荡渐穷荒。
扫去妖氛俗，沐以楚兰汤⑤。
东风十万家，画楼春日长。
草踏锦靴缘，花入罗衣香。
行人卷双袖，长歌归故乡。

【题 解】

　　这首五言诗是宋代诗人郑獬表现边塞苦寒的代表作。诗作于诗人出使云中返回宋朝的旅途中，通过客观细致地描写边塞苦寒的环境，抒发了诗人对早日归家的强烈渴望之情。此诗对北部边塞隆冬季节严寒的环境描写客观真实，细腻生动，典型体现出宋代边塞诗重理性的特点。

【注 释】

①次：行旅途中暂时停留。妫（guī）川：水名，源出中国北京市延庆县，流入桑干河。

②兕（sì）：传说中的雌犀牛。

③黑山：在今内蒙古自治区和林格尔西北。

④云中：古郡名。原为战国赵地，秦时置郡，治所在云中县（今内蒙古托克托东北）。此处指宋朝未收复的失地。

⑤楚兰汤：兰，香草名。古代男女都佩用，以被除不祥。因盛产于楚地，《楚辞》中又多所歌咏，故称。楚兰汤是指用兰花调制的沐浴之水。

捣练子

北宋·贺铸

　　砧面莹①，杵声齐，捣就征衣泪墨题②。寄到玉关应万里③，戍人犹在玉关西④。

【题 解】

　　这首词是贺铸表现征夫思妇主题的代表作。词写闺中思妇对远戍征

人的思念，表现了作者忧国忧民的情怀。此词截取寄征衣这一最为常见的生活片段来写，语言平易质朴，情感真挚浓郁，是宋词中表现边塞闺怨主题的开创之作。

【注 释】

① 砧（zhēn）：捶衣服的垫石。莹：光洁的样子。
② 泪墨题：泪和着墨汁写信。
③ 玉关：即玉门关，古代通往西域的要道。
④ 戍人：守卫边疆的军人。

六州歌头

北宋·贺铸

少年侠气，交结五都雄①。肝胆洞，毛发耸。立谈中，死生同，一诺千金重。推翘勇，矜豪纵，轻盖拥，联飞鞚②，斗城东③。轰饮酒垆，春色浮寒瓮④。吸海垂虹。间呼鹰嗾犬，白羽摘雕弓⑤，狡穴俄空，乐匆匆。

似黄粱梦，辞丹凤⑥；明月共，漾孤篷。官冗从⑦，怀倥偬，落尘笼，簿书丛⑧。鹖弁如云众⑨，供粗用，忽奇功。笳鼓动，《渔阳弄》，《思悲翁》⑩，不请长缨⑪，系取天骄种⑫。剑吼西风。恨登山临水，手寄七弦桐⑬，目送归鸿。

【题 解】

这首词是宋代词人贺铸表达少年豪气的代表作。贺铸一直有磊落不

平之气，此词正是诗人自况生平之作。词作上阕以回忆的手法书写少年侠气，笔酣墨饱，塑造了一位肝胆照人、千金一诺、豪纵使酒、骁勇无比的侠士、义士和豪士形象。下阕主要描写现实处境，抒发了壮志难酬、悲愤难平的心境。从艺术上看，此词驱使书史，典故间出，语言深婉丽密，如比组绣，既无粗犷之弊，亦无纤巧之失，是胡适所谓"诗人的词"和"歌者的词"的完美结合。且其笔势飞舞而意境却沉郁不致发露，已开南宋爱国词之先声。

【注 释】

① 五都：五都具体所指，历代各有不同，汉代以洛阳、邯郸、临淄、宛、成都为五都；三国魏时以长安、谯、许昌、邺、洛阳为五都；唐代以长安、洛阳、凤翔、江陵、太原为五都。词中盖泛指北宋北方的各大都市。

② 联飞鞚（kòng）：联辔并驰之意。鞚，有嚼口的马络头。

③ 斗城：原指汉代长安故城。《三辅黄图》卷一载："长安城……城南为南斗形，北为北斗形，至今人呼汉旧京为斗城是也。"词中借指北宋东京汴京，即今之开封。

④ 春色：酒的泛称。古人酿酒，一般从入冬开始，经春始成，故多称春酒。唐人即多以"春"字名酒，如富春、若下春、土窟春等。

⑤ 白羽：箭名。指尾部缠有白色羽毛的箭。

⑥ 丹凤：指京城。唐时长安有丹凤门，故以丹凤代指京城。

⑦ 冗从：散职侍从官，汉代时设置。词中盖指方回自熙宁元年至元祐六年前后二十三年间，官阶由右班殿直而磨勘迁升至西头供奉，皆属禁廷侍卫武官，性质与汉之"冗从"差近。

⑧ 尘笼：世俗之笼，主要指污浊之仕途，与陶潜《归园田居》诗句"误落尘网中"意思相近。簿书丛：担任繁琐的公文事务。簿书，官署之簿籍文书。

⑨ 鹖弁（hé biàn）：即鹖冠，古代武冠，左右各加一鹖尾，故名鹖冠。词中代指武官。

⑩《渔阳弄》、《思悲翁》：《渔阳弄》为鼓曲名，汉时祢衡曾为《渔阳》
　　参挝，声节悲壮。《思悲翁》为汉鼓吹铙歌十八曲之一，多序战
　　阵之事。也可与前一句合参，解为借唐时安禄山兵起渔阳，喻指北
　　宋与周边少数民族的频繁战争。

⑪ 请长缨：即请战之意。用终军故事，《汉书·终军传》："军自请：
　　'愿受长缨，必羁南越王而致之阙下。'"

⑫ 天骄种：原指胡族（如匈奴等），《汉书·匈奴传》："南有大汉，
　　北有强胡。胡者，天之骄子也。"词中盖泛指外寇。

⑬ 七弦桐：乐器之一，指琴，多以桐木制成，或五弦或七弦，故名。

【名 句】

立谈中，死生同，一诺千金重。

减字木兰花

北宋·吴则礼

河西春晚①。独有柳条来入眼。塞外斜斜。不道欺寒红杏花。
边笳初发。与唤团团沙塞月。雁响连天。谁倚城头百尺栏。

【题 解】

　　这首词是宋代词人吴则礼表现边塞归思的代表作。词作通过描写边
塞萧瑟的春景，表达了思乡怀归的主题。此词写景独到，柳条、红杏、
边笳、塞月、大雁等景物的描写，渲染出一幅苍茫萧瑟的边塞图景，且
景中含情，情景合一。

【注 释】

① 河西：泛指黄河以西之地。

饮马歌

南宋·曹勋

此腔自虏中传至边，饮牛马即横笛吹之，不鼓不拍，声甚凄断。闻兀术每遇对阵之际，吹此则鏖战无还期也。

边头春未到，雪满交河道①。暮沙明残照，塞烽云间小②。断鸿悲，陇月低，泪湿征衣悄。岁华老。

【题 解】

这首词是宋南渡词人曹勋表现边塞悲苦生活的代表作。曹勋曾于靖康年间随宋徽宗被金人俘虏北上，后逃归。绍兴十一年（1141）他又出使金国，迎接韦太后归国。这些经历使他对边塞的士兵生活有深切的感受，因此用少数民族的曲调填写了这首词。词作通过对边塞苦寒生活环境的描写，抒发了对边塞戍卒切切的同情。此词采用了由远及近、层层推移的手法，由景出情，由境出人。情景交融，相互映衬，表现出凄清哀怨的格调，使人不忍卒读。

【注 释】

① 交河：汉车师前国地，河水分流绕城下，故称"交河"。在今新疆

维吾尔自治区。

②烽：在高处举烟火，远处可见，或烧狼粪，其烟直上，用以传报警信，叫"烽火"。

苏武令

南宋·李纲

塞上风高，渔阳秋早①。惆怅翠华音杳②。驿使空驰，征鸿归尽，不寄双龙消耗③。念白衣、金殿除恩④，归黄阁、未成图报⑤。

谁信我、致主丹衷，伤时多故，未作救民方召⑥。调鼎为霖，登坛作将，燕然即须平扫⑦。拥精兵十万，横行沙漠，奉迎天表⑧。

【题 解】

这首词是李纲抒发爱国情怀的代表作。李纲曾在宋高宗朝为相，他有着抗敌雪耻的宏伟抱负，但是南渡后的保守派势力始终占据着言论中心的地位，因此李纲很快就被投降派排挤罢相。这首词大概是李纲罢相后写的。词作通过写对徽、钦二帝的怀念和报国无成的忧愁，抒发自己救国救民、抗敌雪耻的宏伟志愿和强烈的爱国主义情怀。此词情感深沉浓厚，气格豪迈悲壮，典故的运用更丰富了词作的内涵，不愧是南渡爱国将领的爱国宣言。

【注 释】

① 渔阳：本唐时蓟州，此处泛指北地。

② 翠华：帝王仪仗中以翠鸟羽毛为饰的旗帜，此处代指皇帝。

③ 双龙：指徽宗和钦宗。

④ 白衣：没有官职的平民。除恩：指授官。

⑤ 黄阁：汉代丞相听事的门称黄阁，借指宰相。

⑥ 方：指方叔，周宣王时，曾平定荆蛮反叛。召：指召虎，即召穆公，召公之后。周宣王时，淮夷不服，召虎奉命讨平之。方、召都为周宣王时中兴功臣。

⑦ 调鼎为霖：此典出自《尚书·说命》。商王武丁举傅说于版筑之间，任他为相，将他治国的才能和作用比作鼎中调味。《韩诗外传》："伊尹负鼎俎调五味而为相。"后来因以调鼎比喻宰相治理天下。武丁又说："若岁大旱，用汝（傅说）作霖雨。"燕然：即今蒙古国境内的杭爱山。此处泛指金国境内土地。

⑧ 天表：是对帝王仪容的尊称，也可代表帝王。此处指徽宗和钦宗。

贼退双溪楼遣兴①

南宋·李光

朝来喜见妖氛静，坐觉山川胜气还。
关塞罢征车马健，郊原得雨老龙闲。
黄绵惯拥茅檐日，白发羞陪玉笋班②。
好在故园兵火后，那无破屋两三间。

【题解】

这首七言律诗是南宋抗金将领李光表达抗战胜利喜悦的代表作。诗作于建炎四年（1130），当时李光在宣州任上，他领导宋军退贼戚方，守御了宣州城池。此诗写出了作者兵胜后无比喜悦的心情，概括地描写了战后的荒芜景象，同时点明了作者对未来的无限憧憬。此诗气韵悠闲，充满胜利的喜悦和对未来的自信，笔法老练，气势豪迈，是一首充分显现出忧国忧民情怀的爱国诗篇。

【注释】

① 双溪楼：是一座历史名楼，位于福建省南平市延福门双江合流处。

② 玉笋班：指英才济济的朝班。

酹江月

秋夕兴元使院作，用东坡赤壁韵①

南宋·胡世将

神州沉陆，问谁是，一范一韩人物②。北望长安应不见③，抛却关西半壁。塞马晨嘶，胡笳夕引，赢得头如雪。三秦往事④，只数汉家三杰⑤。

试看百二山河⑥，奈君门万里，六师不发⑦。阃外何人⑧，回首处，铁骑千群都灭。拜将台欹⑨，怀贤阁杳⑩，空指冲冠发。阑干拍遍，独对中天明月。

【题解】

这首词是南宋爱国词人胡世将借咏史怀古表达爱国情怀的代表作。此词作于绍兴九年（1139）胡世将代领南宋名将、川陕宣抚使吴玠之职，统率陕西诸军之时。词作通过咏怀历史英雄人物和感慨当前

南宋朝廷的求和政策，抒发了实现恢复大业的宏伟抱负，指斥了和议政策之非，鞭挞了统治者屈辱求和的外交政策。此词忧怀国事，着眼大局，不失阃外边帅的气度。环境的描写更有西北战场特有的边塞气氛。篇末写怒发上指，阑干拍遍，情怀激烈，显示出内心的忧愤既巨且深，情感浓郁深沉。

【注 释】

① 兴元：秦时名南郑，为汉中郡治所在，今为陕西汉中市。

② 一范一韩：范指范仲淹，韩指韩琦。范韩二人曾主持陕西边防，西夏不敢骚扰。

③ 长安：借指汴京，代表已被金人占领的中原大地。

④ 三秦：当年项羽入咸阳后，把关中分封给秦降将章邯、司马欣、董翳，称为三秦。

⑤ 汉家三杰：指张良、萧何、韩信。当年刘邦用韩信计策，一战收复关中。本篇用此典说明，历史已有先例，收复陕西失地是完全可能的，另外也说明，刘邦所以成功，是能任用张、萧、韩三杰。

⑥ 百二山河：语出《史记·高祖本纪》，形容关中形势险要，二人扼守，可敌百人。

⑦ 六师：古时天子六军，指中央军队。

⑧ 阃（kǔn）：门槛，门限，特指城郭的门槛。

⑨ 拜将台：是刘邦拜韩信为大将之台，在陕西西部。欹（qī）：倾斜。

⑩ 怀贤阁：是宋代为追怀诸葛亮而建的阁，在陕西凤翔东南。

满江红

南宋·岳飞

　　怒发冲冠①，凭栏处潇潇雨歇。抬望眼，仰天长啸②，壮怀激烈。三十功名尘与土，八千里路云和月。莫等闲白了少年头，空悲切。

　　靖康耻③，犹未雪，臣子恨，何时灭！驾长车踏破贺兰山缺。壮志饥餐胡虏肉，笑谈渴饮匈奴血。待从头收拾旧山河，朝天阙④。

【题解】

　　这首词是南宋抗金英雄岳飞的一首脍炙人口的名篇。词作表现了作者抗击金兵、收复故土、统一祖国的强烈爱国精神，抒发了词人对恢复中原的坚定信心和对敌寇的刻骨仇恨。此词感情慷慨悲凉，音调激越高亢，充满爱国激情，真实、充分地反映了岳飞精忠报国、一腔热血的英雄气概，具有强大的艺术感染力，不愧为历久传颂的爱国名篇。

【注释】

　　① 怒发冲冠：气得头发竖起，以至于将帽子顶起。
　　② 长啸：感情激动时撮口发出清而长的声音，为古人的一种抒情举动。
　　③ 靖康耻：宋钦宗靖康二年（1127），金兵攻陷汴京，虏走徽、钦二帝。
　　④ 朝天阙：朝见皇帝。天阙，本指宫殿前的楼观，此指皇帝生活的地方。

【名句】

　　三十功名尘与土，八千里路云和月。莫等闲白了少年头，空悲切。

关山月

南宋·陆游

和戎诏下十五年^①，将军不战空临边。
朱门沉沉按歌舞，厩马肥死弓断弦^②。
戍楼刁斗催落月^③，三十从军今白发。
笛里谁知壮士心^④？沙头空照征人骨。
中原干戈古亦闻，岂有逆胡传子孙？
遗民忍死望恢复，几处今宵垂泪痕！

【题 解】

　　这首乐府诗是陆游谴责统治者妥协投降政策的代表作。诗中诗人假托守边士兵之口，愤怒地谴责了统治者的妥协投降政策及其造成的严重后果，倾诉了爱国将士报国无门的满腔悲愤，表达了中原遗民盼望光复的迫切心情，具有强烈的时代精神。此诗以叙事和议论为主，情感浓烈，气势纵横，反诘语的运用更强化了诗人的愤慨之情，是一篇如投枪、匕首般的战斗檄文。

【注 释】

　　① 和戎诏：指宋王室与金人讲和的命令。戎，指金人。
　　② 厩（jiù）：马棚。
　　③ 戍楼：边境上的岗楼。刁斗：军中打更用的铜器。
　　④ 笛里：指笛中吹出的曲调。《关山月》本是笛曲。唐代诗人王昌龄《从军行》："更吹羌笛《关山月》，无那金闺万里愁。"

金错刀行

南宋·陆游

黄金错刀白玉装^①，夜穿窗扉出光芒。

丈夫五十功未立，提刀独立顾八荒。

京华结交尽奇士，意气相期共生死。

千年史册耻无名，一片丹心报天子。

尔来从军天汉滨，南山晓雪玉嶙峋^②。

呜呼！楚虽三户能亡秦，岂有堂堂中国空无人。

【题 解】

这首诗是宋代爱国诗人陆游抒发救国热情的代表作。此诗作于陆游南郑（今陕西汉中）从军时期，诗作抒发了诗人救国的热情和报国的决心，表达了对政府军队的强烈不满和对祖国满目疮痍的痛心疾首。此诗议论英发，情韵富饶，描绘简省，形象鲜明，语言晓畅流转，抑扬顿挫，末句则用一气呵成的九字反诘句，读起来显得铿锵有力，仿佛掷地有金石之声。

【注 释】

① 黄金错刀：指以黄金作为纹饰的军刀。

② 南山：本意泛指在南边的山，此处特指秦岭山，即秦岭山的终南段。

【名 句】

丈夫五十功未立，提刀独立顾八荒。

呜呼！楚虽三户能亡秦，岂有堂堂中国空无人。

忆山南

南宋·陆游

貂裘宝马梁州日^①，盘槊横戈一世雄^②。

恕虎吼山争雪刃，惊鸿出塞避雕弓。

朝陪策画清油里^③，暮醉笙歌锦幄中。

老去据鞍犹矍铄，君王何日伐辽东？

【题 解】

这首诗是陆游回忆从军生活的代表作。诗作于宋孝宗淳熙六年（1179）陆游在建安任上时，回忆起曾在南郑前线的从军生涯，诗人满腔的报国情怀真乃豪气冲天。此诗情感浓郁，气势豪迈，是其回忆边塞军旅生活的代表作。

【注 释】

① 梁州：古代行政区划名，曾是古九州之一；三国时始设梁州，治所在陕西汉中，唐德宗改其为兴元府。

② 盘槊（shuò）横戈：槊，古代兵器，即长杆矛。戈，古代的一种兵器，横刃，用青铜或铁制成，装有长柄。盘槊横戈指从军打仗，驰骋沙场。

③ 清油：指油菜地，泛指边塞之地。

书　愤

南宋·陆游

早岁那知世事艰，中原北望气如山^①。
楼船夜雪瓜洲渡^②，铁马秋风大散关^③。
塞上长城空自许^④，镜中衰鬓已先斑。
出师一表真名世^⑤，千载谁堪伯仲间。

【题解】

　　这首七言律诗是陆游表达报国无门之郁愤心情的代表作。此诗作于宋孝宗淳熙十三年（1186）春陆游居家乡山阴时。诗作通过对作者少年报国壮志的描写和当前年老赋闲而一事无成、报国无门而中原未收的现实描摹，抒发了强烈的郁愤之情。此诗结构缜密，叙事、抒情有机结合，大笔勾勒和细节描写相得益彰，笔力老健，对仗工整，气势豪迈，读之具有强烈的情感冲击力。

【注释】

① 中原：指淮河以北沦陷在金人手中的地区。
② 楼船：高大的战船。瓜洲：在今天江苏扬州南运河入江处。绍兴三十一年（1161）冬，金主完颜亮南侵，宋将虞允文等造战舰以拒之，金兵不得渡。完颜亮被部下所杀，金兵败退。这是宋、金斗争史上宋朝取得的一次重要胜利。
③ 铁马：披着铁甲的战马。大散关：在今陕西宝鸡西南大散岭上，是南宋与金交界的边防重镇。乾道八年（1172）陆游在南郑任四川宣抚使王炎军幕，王炎与陆游积极筹划进兵长安，并强渡渭水，与金兵在大散关发生遭遇战。

④塞上长城：南朝刘宋的大将檀道济曾自比为"万里长城"（《南史·檀道济传》）。
⑤出师一表：即《出师表》。三国时，担任蜀国丞相的诸葛亮在出兵征讨魏国前，给当时皇帝刘禅写的一份表奏，表明自己北伐的决心。

【名句】

楼船夜雪瓜洲渡，铁马秋风大散关。
出师一表真名世，千载谁堪伯仲间。

诉衷情

南宋·陆游

当年万里觅封侯。匹马戍梁州①。关河梦断何处②？尘暗旧貂裘。胡未灭③，鬓先秋，泪空流。此生谁料，心在天山④，身老沧洲⑤。

【题 解】

这首词是南宋爱国词人陆游表达壮志未酬忧愤之情的代表作。此词作于陆游晚年退居山阴之时。作为一生拥有爱国抱负的伟大诗人，陆游在词作中通过对从军南郑生活的回忆，抒发了壮志未酬、故国未复的忧愤情怀。此词语言简练，概括性强，今昔对比，梦境与现实的对照反衬出词人强烈的悲愤情怀，不愧是陆游爱国词的佳篇。

【注 释】

① 梁州：古陕西地，此指汉中前线。

② 关河：关塞与河防。这句说，一梦醒来不见关河要塞在何处。意谓已经脱离了自己异常关心的前线。

③ 胡未灭：用《汉书·霍去病传》"匈奴未灭，何以家为"语意。

④ 天山：在新疆。《旧唐书·薛仁贵传》载，薛仁贵征西，军中歌曰："将军三箭定天山"。这里指南宋的抗金前线。

⑤ 沧洲：水边陆地，常指隐士居住之地。这里指陆游退隐所住的镜湖之滨。

【名 句】

关河梦断何处？尘暗旧貂裘。

秋波媚

七月十六晚登高兴亭望长安南山①

南宋·陆游

秋到边城角声哀②，烽火照高台③。悲歌击筑④，凭高酹酒⑤，此兴悠哉！

多情谁似南山月，特地暮云开。灞桥烟柳，曲江池馆，应待人来⑥。

【题解】

　　这首词是南宋爱国词人陆游表现爱国主题的词作。此词作于陆游登上边塞高兴亭台之时，描写了作者凭高远望，浮想到长安南山之景，表达了作者对收复失地的渴望以及强烈的爱国情怀。全词充满着乐观的气氛和胜利在望的情绪，情调昂扬，是陆游边塞从军生活真实再现的佳作。

【注释】

①高兴亭：作者《重九无菊有感》诗自注："高兴亭在南郑子城（大城附近的小城）西北，正对南山。"南山即终南山，横亘于陕西南部，主峰在今西安市南。

②边城：指南郑，当时南郑地处南宋抗金前线。

③烽火：此处指报前线无事的平安烽火。这句说，遥望南山烽火传来前线平安的信号。

④筑：古代的一种弦乐器，以竹尺击弦发音。

⑤酹酒：用酒洒池祭奠。

⑥灞桥：即霸桥，汉文帝刘恒的坟墓叫霸陵。霸陵附近有霸桥，是古人折柳送别的地方。曲江：池名，故址在今西安市大南门外，池边有亭台楼阁，是唐代长安著名的游宴风景区，以上三句想象长安城正等待着宋军的到来。

水调歌头　闻采石战胜①

南宋·张孝祥

　　雪洗虏尘静，风约楚云留②。何人为写悲壮，吹角古城楼。湖海平生豪气，关塞如今风景，剪烛看吴钩③。剩喜燃犀处④，骇浪与

天浮。

忆当年，周与谢⑤，富春秋。小乔初嫁，香囊未解，勋业故优游⑥。赤壁矶头落照⑦，肥水桥边衰草⑧，渺渺唤人愁。我欲乘风去⑨，击楫誓中流⑩。

【题解】

这首词是张孝祥豪放词的代表作。词作于南宋绍兴三十一年（1161）采石矶战事胜利的消息传来之时。词作从"闻采石战胜"的兴奋喜悦写起，讴歌了抗战将领的勋业，抒发了自己从戎报国的激情，但又暗写了对于中原失地的怀念和异族入侵的悲慨，可谓是喜中寓愁，壮中带悲。全词笔墨酣畅，奔放中有顿挫，豪健中有沉郁，读之令人深受鼓舞。

【注释】

① 闻采石战胜：指南宋绍兴三十一年（1161）冬天虞允文击溃金主完颜亮的部队于采石矶的战事。

② 风约楚云留：是说自己为风云所阻，羁留后方。此时张孝祥知抚州，未能参加前线工作，故云。抚州，旧属楚国。

③ 剪烛看吴钩：夜里燃烛把宝刀拿出来看。吴钩，宝刀名。

④ 燃犀处：此处典故出自《晋书·温峤传》，其中记载苏峻兵反，温峤奉命平乱。还镇，"至牛渚矶，水深不可测。世云其下多怪物。峤遂毁犀角而照之，须臾见水族覆灭，奇形异状，或乘马车著赤衣者。"这里把金兵比作妖魔。燃犀处，指牛渚矶，即采石矶。

⑤ 周与谢：指周瑜和谢玄。周瑜是三国时吴军的主将，他在赤壁之战击溃曹操的军队，时年三十四岁。谢玄是东晋的主将之一，他在淝水之战击溃前秦的大军，时年四十一岁。

⑥ 小乔初嫁：乔公有两个女儿，都很美丽，称大乔、小乔。小乔嫁给周瑜。

香囊未解：指谢玄年少时事。《晋书·谢玄传》："玄少好佩紫罗香囊。（谢）安患之，而不欲伤其意，因戏赌取，即焚之于地，乃止。"

⑦ 赤壁：三国时吴将周瑜击破曹操大军的地方，在今湖北武昌县西。一说在今蒲圻县西北。

⑧ 肥水：即淝水，在安徽境内，流经寿县一带，是东晋谢玄、谢石击溃前秦苻坚大军的地方。

⑨ 乘风去：《南史·宗悫传》载宗悫少年时对叔父表示自己的志愿说："愿乘长风破万里浪。"

⑩ 击楫誓中流：《晋书·祖逖传》载祖逖统兵北伐，"渡江，中流击楫而誓曰：'祖逖不能清中原而复济者，有如大江。'辞色壮烈，众皆慨叹。"

【名句】

湖海平生豪气，关塞如今风景，剪烛看吴钩。
赤壁矶头落照，肥水桥边衰草，渺渺唤人愁。

六州歌头

南宋·张孝祥

长淮望断①，关塞莽然平。征尘暗，霜风劲，悄边声。黯销凝②。追想当年事③，殆天数，非人力。洙泗上④，弦歌地，亦膻腥。隔水毡乡⑤，落日牛羊下，区脱纵横⑥。看名王宵猎⑦，骑火一川明⑧，笳鼓悲鸣，遣人惊。

念腰间箭，匣中剑，空埃蠹⑨，竟何成！时易失，心徒壮，岁将零。渺神京⑩。干羽方怀远⑪，静烽燧，且休兵。冠盖使⑫，纷驰骛，若

为情^⑬！闻道中原遗老，常南望、翠葆霓旌^⑭。使行人到此，忠愤气填膺，有泪如倾。

【题解】

这首词是张孝祥悲慨宋室军事上的弛惫和外交上屈辱求和政策的代表作。南宋时期，由于投降派的阻挠及前线将帅不和，北伐战争不利。投降派得势，下令撤毁边备，决定与金议和。时张孝祥在建康（今江苏南京）任留守。这首词即作于一次宴席之中，通过描写登高眺望所见到的宋军边备松弛、金地边塞气焰嚣张的景象，抒发了诗人报国无门、壮志难酬的悲愤，强烈谴责了统治者苟且偷安、误国误民的罪行。此词格调慷慨悲壮，抒情痛快淋漓，三字句的运用更增强了词作内在的气势，同时以宋金边塞军事上的对比描写犀利地讥讽了宋廷统治者的屈辱求和行径。全词感愤时事，即席赋词，慷慨悲壮，令千古英雄吞声。

【注 释】

① 长淮：即淮河。宋、金隔淮水相持，故以淮水为关塞。
② 黯销凝：黯，精神颓丧的样子。销凝，谓魂伤意夺。
③ 当年事：指南宋建炎元年（1127）中原沦陷，宋徽宗、钦宗被掳之事。
④ 洙泗（zhū sì）：洙、泗二水在山东境内，孔子设教于曲阜，故后面有"弦歌地"之语。
⑤ 毡乡：北方少数民族居住在毡毛帐篷里，故称为"毡乡"。
⑥ 区（ōu）脱：汉时匈奴筑以守边的土塞。此指金人边境防守的房子。
⑦ 名王：匈奴王，此借指金主。
⑧ 骑火：骑兵的火把。
⑨ 埃蠹（dù）：指宝剑长期不用，积满灰尘，剑鞘也被虫蛀蚀了。
⑩ 渺神京：渺，远。神京，指京城汴京，即今河南开封市。
⑪ 干羽：干，木盾。羽，旗帜。干、羽都是古代舞者手拿的舞具。怀远：

安抚北方少数民族，实际是宋向金屈辱求和。

⑫ 冠盖使：冠盖，官员的服装和车马。这里指朝廷派遣向金求和的使臣。

⑬ 若为情：何以为情。

⑭ 翠葆（bǎo）霓旌：帝王用的仪仗。翠葆，翠羽装饰的车盖。霓旌，向红霓似的旌旗。这里指沦陷区的人民渴望南宋军北伐。

浣溪沙

荆州约马举先登城楼观塞 ①

南宋·张孝祥

霜日明霄水蘸空 ②，鸣鞘声里绣旗红 ③，澹烟衰草有无中。
万里中原烽火北，一尊浊酒戍楼东，酒阑挥泪向悲风。

【题 解】

这首词是张孝祥表现忧国情怀的代表作。词作于张孝祥任知荆南府兼湖北路安抚使时。词作通过写登楼所见，抒发了对中原沦陷的悲痛之情。此词层次井然，上阕写观塞，下阕抒悲感。写景苍凉凄清，抒情悲愤深沉，情景交融为一。

【注 释】

① 观塞：即观望边塞。

② 水蘸空：形容天空明净似水。

③ 鸣鞘声：挥动鞭子的声音。

木兰花慢

席上送张仲固帅兴元 ①

南宋·辛弃疾

汉中开汉业，问此地，是耶非？想剑指三秦，君王得意，一战东归 ②。追亡事，今不见，但山川依旧泪沾衣。落日胡尘未断，西风塞马空肥。

一编书是帝王师 ③，小试去征西，更草草离楚，匆匆去路，愁满旌旗。君思我，回首处，正江涵秋影雁初飞。安得车轮四角，不堪带减腰围。

【题 解】

这首词是南宋豪放词人辛弃疾送别友人出使边塞的代表作。此词作于宋孝宗淳熙七年（1180）秋张仲固受命知兴元府（治所在今陕西汉中）兼利州东路安抚使时，辛弃疾时在湖南路安抚使任上。词作通过写对友人的激励和对友人的不舍，抒发了词人伤时忧国的情怀。上片借古讽今，由于朝廷不重贤才，致使贤士伤心山河破碎如此。下片抒发离情，情深意长。词风悲壮激烈，堪称辛弃疾边塞词的佳作。

【注 释】

① 兴元：秦时名南郑，为汉中郡治所在，今为陕西汉中市。
② "想剑指三秦"句：指刘邦从汉中出发，直指关中，把据守关中的秦国三将章邯、司马欣和董翳相继击溃的历史事件。
③ "一编书"句：化用张良受书为帝王师的故事来激励友人张仲固。

破阵子

为陈同甫赋壮词以寄之①

南宋·辛弃疾

醉里挑灯看剑，梦回吹角连营②。八百里分麾下炙③，五十弦翻塞外声④。沙场秋点兵。

马作的卢飞快⑤，弓如霹雳弦惊⑥。了却君王天下事，赢得生前身后名。可怜白发生！

【题 解】

这首词是南宋词人辛弃疾写给他的朋友陈同甫的。此词是词人失意闲居时所作，词作通过写想象中抗金军队的生活，生动地描绘出一位披肝沥胆、忠贞不贰、勇往直前的将军形象，表现了词人精忠报国的伟大抱负和壮志未酬的悲愤心情。此词军事意象如剑、角、马、弓等增强了词作的刚健之气，同时声调上舒缓与激越并存，布局奇特，情感悲壮，是两宋词史上豪放词的经典之作。

【注 释】

①陈同甫：陈亮（1143—1194），字同甫，婺州永康（今浙江永康县）人。为人才气豪迈，喜谈兵，议论风生，下笔数千言立就。曾被诬下狱，终生未仕。孝宗隆兴初，以布衣身份五次向朝廷上书《中兴五论》。建议迁都建康，设行宫于武昌，以图进取中原。对于隆兴和议表示反对，始终坚持抗战，反对屈膝投降。与词人志同道合，结为挚友。其风格与辛词相同。

②吹角连营：各个军营里接连不断地响起号角声。

③八百里：牛名。《世俗新语·汰侈》载，晋代王恺有一头珍贵的牛，

叫八百里驳。分麾下炙：把烤牛肉分赏给部下。麾下，部下。炙，指烤熟的牛肉。

④ 五十弦：原指瑟，此处泛指各种乐器。翻：演奏。塞外声：指悲壮粗犷的战歌。

⑤ 马作的卢飞快：战马像的卢马那样跑得飞快。的卢，良马名，一种性烈的快马。相传刘备在荆州遇险，前临檀溪，后有追兵，幸亏骑的卢马，一跃三丈，而脱离险境。见《三国志·蜀志·先主传》。

⑥ 霹雳：本是疾雷声，此处比喻弓弦响声之大。

【名 句】

八百里分麾下炙，五十弦翻塞外声。
了却君王天下事，赢得生前身后名。

南乡子 登京口北固亭有怀 ①

南宋·辛弃疾

何处望神州 ②？满眼风光北固楼。千古兴亡多少事？悠悠。不尽长江滚滚流。

年少万兜鍪 ③。坐断东南战未休。天下英雄谁敌手？曹刘 ④。生子当如孙仲谋 ⑤。

【题 解】

这首词是南宋爱国词人辛弃疾感慨国家兴亡的代表作。词作借登高所见所感，回顾了三国时期的历史英雄人物，抒发了对苟且偷安、毫无

振作的南宋朝廷的愤慨之情。此词通篇三问三答，互相呼应；即景抒情，借古讽今；风格明快，气魄阔大，情调乐观昂扬。是辛弃疾抒发国家兴亡之感的佳作。

【注 释】

① 京口：现在的江苏镇江。北固亭：在镇江城北的北固山上，下临长江，三面环水。
② 神州：这里指中原地区。
③ 兜鍪（móu）：古代作战时兵士所带的头盔，这里代指士兵。
④ 曹刘：指曹操与刘备。
⑤ 生子当如孙仲谋：曹操率领大军南下，见孙权的军队雄壮威武而说的话。

【名 句】

千古兴亡多少事？悠悠。不尽长江滚滚流。
天下英雄谁敌手？曹刘。生子当如孙仲谋。

水调歌头

舟次扬州，和杨济翁、周显先韵

南宋·辛弃疾

落日塞尘起，胡骑猎清秋①。汉家组练十万，列舰耸层楼②。谁道投鞭飞渡，忆昔鸣髇血污，风雨佛狸愁③。季子正年少，匹马黑

貂裘④。

今老矣，搔白首，过扬州⑤。倦游欲去江上，手种橘千头⑥。二客东南名胜，万卷诗书事业，尝试与君谋⑦。莫射南山虎，直觅富民侯⑧。

【题解】

这首词是南宋爱国词人辛弃疾抒发爱国情怀的代表作。词作于淳熙五年（1178）稼轩由临安大理寺少卿调任湖北转运副使赴任所途中泊驻扬州时作。扬州为当时长江北岸军事重镇。词人通过对扬州历史的抚今追昔，抒发了请缨无路、壮志未酬的强烈愤懑之情和对时政的极大不满。此词上阕情感壮烈，下阕落寞低沉，其中愤语、反语的运用尤其强化了词作的感情色彩，是一篇爱国词人的激愤之作。

【注释】

① "落日"两句：此即指绍兴三十一年（1161）金兵南侵事。猎，打猎，实指发动战争。古时北方游牧部族常趁秋天粮足马肥之际，借行猎为名南向骚扰。

② "汉家"两句：谓南宋雄兵十万，列舰江面，严阵以待。按：此即指虞允文采石矶抗金事。组练，指军队。耸层楼，形容战舰的高大雄壮。

③ 投鞭飞渡：用投鞭断流事。前秦苻坚举兵南侵东晋，号称九十万大军，他曾自夸说："以吾之众旅，投鞭于江，足断其流。"（《晋书·苻坚载记》）结果淝水一战，大败而归。此喻完颜亮南侵时的嚣张气焰，并暗示其最终败绩。鸣髇（xiāo）血污：被响箭射死。鸣髇即鸣镝，响箭。据《史记·匈奴传》，匈奴太子欲弑父夺位，作鸣镝。当其随父出猎时，率先射出鸣镝，部下随之，其父终于死于箭下。此喻完颜亮兵败后，被部属杀死。风雨佛狸愁：风雨凄愁，佛狸死于非命。

佛狸，后魏太武帝拓跋焘的小字。他曾南侵刘宋王朝，受挫北撤后，死于宦官之手。稼轩用此事，意同上句。

④ 季子：苏秦字季子，战国时期著名纵横家，佩六国相印。当其未得志时，赵国李兑曾资助他黑貂裘，使其西去游说秦王。事见《战国策·赵策》。

⑤ 搔白首：暗用杜甫《梦李白》诗意："出门搔白首，若负平生志。"

⑥ 橘千头：据《襄阳耆旧传》记载，三国时丹阳太守李衡曾命人到武陵龙阳洲种橘千株。临终时对其儿说：我家有"千头木奴"，足够你岁岁使用。

⑦ 二客：指杨济翁和周显先。万卷诗书事业：化用杜甫《奉赠韦左丞丈》诗意："读书破万卷，下笔如有神。……致君尧舜上，再使风俗淳。"

⑧ 射南山虎：指汉将李广。据《史记·李将军列传》记载，李广闲居蓝田南山时，曾射猎猛虎。富民侯：据《汉书·食货志》记载："武帝末年，悔征伐之事，乃封丞相为富民侯。"

鹧鸪天

有客慨然谈功名， 因追念少年时事，戏作

南宋·辛弃疾

壮岁旌旗拥万夫①，锦襜突骑渡江初②。燕兵夜娖银胡䩮，汉箭朝飞金仆姑③。

追往事，叹今吾，春风不染白髭须。却将万字平戎策④，换得东家种树书⑤。

【题 解】

　　这首词是宋代爱国词人辛弃疾赋闲以后的作品。此词深刻地概括了一个抗金名将报国无门、壮志难酬的悲惨遭遇。上片从豪气入词，慷慨激昂；下片写伤心透骨，沉郁苍凉。虽然作者自称戏作，实际上感慨遥深。

【注 释】

　　① 壮岁旌旗拥万夫：指作者领导起义军抗金事，当时正二十岁出头。

　　② 锦襜（chān）突骑渡江初：指作者南归前统率部队和敌人战斗之事。锦襜突骑，精锐的锦衣骑兵。襜，战袍。衣蔽前曰"襜"。

　　③ "燕兵"两句：叙述宋军准备射击敌军的情况。婥（zhuō），整理的意思。银胡䩮（lù），银色或镶银的箭袋。金仆姑，箭名。

　　④ 平戎策：平定当时入侵者的策略。如《美芹十论》、《九议》等。

　　⑤ 种树书：表示退休归耕农田。

初入淮河四绝句 四首选三

南宋·杨万里

其 一

船离洪泽岸头沙，人到淮河意不佳。
何必桑干方是远^①，中流以北即天涯。

其 三

两岸舟船各背驰，波痕交涉亦难为^②。

只余鸥鹭无拘管，北去南来自在飞。

其　四

中原父老莫空谈，逢着王人诉不堪^③。
却是归鸿不能语，一年一度到江南。

【题解】

　　这组诗是南宋诗人杨万里表达对宋室南渡后朝廷苟安政策愤慨之情的代表作。此组诗创作于宋孝宗淳熙十六年（1189）十二月，金人派遣使者来南宋贺岁，杨万里奉命送金使北返途中。诗人来到原为北宋腹地现已成为宋、金国界的淮河时，感慨万端，故借诗以抒怀。其中第一首写诗人入淮时面对南北分河而治现实的悲愤心情。第三首因眼前景物起兴，以抒发感慨，虚写作者对国家统一、人民自由往来的愿望。第四首写中原父老不堪忍受金朝统治之苦以及他们对南宋朝廷的向往。全组诗寓悲愤于和婉，把悲愤之情寄托在客观景物的叙写之中，怨而不怒，风格沉郁。语言平易自然，时用口语，体现出"诚斋体"的特色。

【注释】

　　① 桑干：指桑干河，即永定河上游。在河北省西北部和山西省北部。
　　　发源于山西省宁武县西南管涔山。
　　② "波痕"句：谓南北隔绝，以中流为界，虽波痕相接无间，却不能相通。
　　③ 王人：皇帝的使臣。此作者自指。诉不堪：诉说在金人统治下极度
　　　痛苦的生活。

水调歌头　题剑阁

南宋·崔与之

万里云间戍，立马剑门关①。乱山极目无际，直北是长安。人苦百年涂炭，鬼哭三边锋镝②，天道久应还。手写留屯奏，炯炯寸心丹。

对青灯，搔白首，漏声残③。老来勋业未就，妨却一身闲。蒲涧清泉白石，梅岭绿阴青子，怪我旧盟寒。烽火平安夜，归梦绕家山。

【题解】

这首词是宋代词人崔与之边塞词的代表作。此词创作于南宋宁宗嘉定年间，崔与之出任成都知府兼成都府路安抚使登临剑阁之时。这时，淮河秦岭以北的大片国土，尽沦于敌手。词作上片通过对宋朝南渡之后历史的回顾和现实的展望，表现出强烈的忧国情怀和报国壮志，下片则表达了家国难以两全的矛盾心理。此词风格激昂雄壮，爱国之情和报国之志喷薄欲出。同时，上片铿锵有力的报国之声和下片深情委婉的故园之思相结合，充分体现出作者丰富的内心情感和刚柔相济的词风。

【注释】

① 剑门关：在四川省广元市剑阁县境内，是川陕间重要关隘，自古为兵家必争之地。

② "人苦"二句：概括了宋朝自南渡以来中原人民的悲惨遭遇。

③ 漏声：铜壶滴漏之声。唐杜甫《奉和贾至舍人早朝大明宫》："五夜漏声催晓箭，九重春色醉仙桃。"

六州歌头

南宋·刘过

镇长淮，一都会，古扬州①。升平日，珠帘十里春风②，小红楼。谁知艰难去，边尘暗，胡马扰③，笙歌散，衣冠渡④，使人愁。屈指细思，血战成何事，万户封侯⑤。但琼花无恙⑥，开落几经秋。故垒荒丘，似含羞。

怅望金陵宅，丹阳郡⑦，山不断，郁绸缪⑧。兴亡梦，荣枯泪，水东流，甚时休？野灶炊烟里⑨，依然是，宿貔貅⑩。叹灯火，今萧索，尚淹留。莫上醉翁亭⑪，看蒙蒙雨，杨柳丝柔⑫。笑书生无用，富贵拙身谋，骑鹤来游⑬。

【题 解】

这首词是刘过在扬州的感怀之作。上阕通过对比的手法铺写了"珠帘十里春风"的扬州经过战火之后的破败凄凉景象。流露出词人沉痛的故国之情。下阕由景物描写转入直接抒情，怀古伤今中抒发了国事兴亡和个人的身世浮沉之感。词中揭露出将士们浴血奋战的结果只是将军们的"万户封侯"，一般的官吏只知道谋取个人功名富贵的黑暗现实。此词音调节奏变化急促，正与词中所抒发的抑郁难伸的情绪相应。黄升评刘过"其词多壮语，盖学稼轩者也"（《中兴以来绝妙词选》卷五），于此词中亦可见一斑。

【注 释】

①"镇长淮"三句：扬州为古代的九州之一，宋代为淮南东路的首府。镇，镇守，这里为雄踞、屏障之意。长淮，即淮河。扬州，即今江苏扬州。
②"珠帘"句：唐杜牧《赠别》诗："春风十里扬州路，卷上珠帘总不如。"

这里写扬州的繁华。

③ "边尘暗"二句：指金兵南侵。

④ 衣冠渡：指宋朝朝廷渡江南迁。

⑤ 万户封侯：指封地食邑有万户人家的侯爵。这两句是说血战的结果
　　只是使将军们加官晋爵罢了。

⑥ 琼花：古代的名花。仅扬州后土祠有一株，为唐人所种。北宋时移
　　栽禁苑，经年便枯。后栽回扬州，又复活。其事见《扬州府志》。

⑦ "金陵宅"二句：金陵、丹阳均指和扬州隔江相望的镇江。

⑧ 郁绸缪：郁，甚，很。绸缪，紧缠密绕。这里指山川绵延不断，紧
　　密相连。

⑨ 野灶：野外的军用灶。

⑩ 貔貅（pí xiū）：一种猛兽。这里借指军队。此句是说敌人的威胁还
　　在，依然有军队驻守此地。

⑪ 醉翁亭：即欧阳修所建造的醉翁亭，即平山堂，在扬州西北的蜀山上。

⑫ "杨柳"句：欧阳修在扬州为太守时，曾在平山堂前手种柳树一株，
　　人称"欧公柳"。欧阳修《朝中措》词："手种堂前杨柳，别来几
　　度春风。"

⑬ 骑鹤：古代一般以骑鹤为成仙而去。《殷芸小说》载："腰缠十万贯，
　　骑鹤上扬州。"

沁园春　张路分秋阅

南宋·刘过

万马不嘶，一声寒角，令行柳营①。见秋原如掌，枪刀突出；
星驰铁骑，阵势纵横。人在油幢②，戎韬总制，羽扇从容裘带轻③。
君知否？是山西将种，曾系诗盟④。

龙蛇纸上飞腾。看落笔四筵风雨惊。便尘沙出塞，封侯万里，

印金如斗，未惬平生。拂拭腰间，吹毛剑在，不斩楼兰心不平。归来晚，听随车鼓吹，已带边声。

【题 解】

　　这首词是宋代豪放词人刘过表现爱国豪情的代表作。词作真实记录了张路分举行"秋阅"的壮观场景，描绘了一个能文善武的抗战派儒将形象，抒发了作者北伐抗金的强烈愿望和祖国统一的爱国激情。在艺术上，作者精心提炼具有典型意义的细节入词，词中洋溢着比较浓厚的生活气息，显得真实可感。宋词中集中描绘军事场面与刻画军事将领形象的成功之作，并不多见，这首词可谓其中之佼佼者。

【注 释】

　　① 柳营：《史记·绛侯周勃世家》记载，汉文帝时，汉军分扎霸上、棘门、细柳，以备匈奴。细柳营主将为周亚夫。周亚夫细柳军营纪律严明，军容整齐，连文帝及随从也得经周亚夫的许可才可入营，文帝极为赞赏。后用"柳营"称纪律严明的军营。
　　② 油幢：油布帐幕，多指将帅幕府。
　　③ "羽扇"句：手执羽毛大扇，身着轻裘缓带，举止从容不迫的儒将风度。苏轼《念奴娇·赤壁怀古》有"羽扇纶巾，谈笑间，樯橹灰飞烟灭。"
　　④ 山西将种：古时山西多出名将，故称。

祝英台近　北固亭

南宋·岳珂

澹烟横，层雾敛，胜概分雄占①。月下鸣榔②，风急怒涛飐。关河无限清愁，不堪临鉴。正霜鬓，秋风尘染。

漫登览，极目万里沙场，事业频看剑。古往今来，南北限天堑。倚楼谁弄新声，重城正掩。历历数，西州更点③。

【题 解】

这首词是宋代词人岳珂的一首作品。词作通过写月夜登北固亭的所见、所闻，描写了登北固亭所见到的秋天江上夜景，抒发了年华易逝、功业未成的悲愤之情。这首词写景与抒情融为一体，景物描写中的风声、涛声、鸣榔声、更鼓声，构成了一部雄浑的交响曲，用语苍凉而沉痛，情感沉郁而悲壮。

【注 释】

① 胜概分雄占：胜景曾是英雄豪杰分占之地。
② 鸣榔：用木条敲船，使鱼惊而入网。
③ 西州：指晋扬州刺史治所（今江苏江宁县西）。《通鉴》胡三省注："扬州治所，在台城西，故谓之西州。"

军中乐

南宋·刘克庄

行营面面设刁斗^①，帐门深深万人守。
将军贵重不据鞍^②，夜夜发兵防隘口^③。
自言"虏畏不敢犯"，射麇捕鹿来行酒^④。
更阑酒醒山月落，彩缣百段支女乐^⑤。
谁知营中血战人，无钱得合金疮药^⑥！

【题 解】

　　这首乐府诗是刘克庄无情鞭挞南宋军队将领的代表作。诗作通过对南宋军队现状的逼真刻画，无情地嘲讽了南宋将军玩忽职守、纵情享乐的丑恶嘴脸，对广大士兵的悲惨遭遇寄予了深深的同情，揭示出南宋军队屡战屡败的深层社会原因。此诗选用典型的细节描写和对比手法，形象地表现出官兵之间尖锐的矛盾和诗人的主观倾向性。同时诗人情感爱憎分明，语言辛辣尖锐，批判锋芒毕露。

【注 释】

①行营：作战时可以随时移动的军事指挥部。刁斗：晚上宿营时用来
　警戒或报更的器具。
②不据鞍：不骑马作战。
③隘口：险要的地方。
④麇：又名驼鹿。
⑤彩缣（jiān）：染了颜色的丝织物。支：给予。女乐：以妇女组成
　供统治者享乐的歌舞班子。
⑥合：这里作配药解。金疮：刀箭等武器所造成的伤害。

贺新郎

实之三和，有忧边之语，走笔答之

南宋·刘克庄

国脉微如缕。问长缨何时入手，缚将戎主。未必人间无好汉，谁与宽些尺度。试看取当年韩五①。岂有谷城公付授，也不干曾遇骊山母②。谈笑起，两河路。

少时棋柝曾联句。叹而今登楼揽镜，事机频误。闻说北风吹面急，边上冲梯屡舞。君莫道投鞭虚语。自古一贤能制难，有金汤便可无张许③。快投笔，莫题柱④。

【题 解】

这首词是刘克庄与朋友王实之六首唱和词中的第四首。词作通过对历史人物的回顾和现实中边疆困境的描写，抒发了对国事的忧虑及投笔从戎、奔赴国难、济世救国的雄心壮志。此词慷慨陈词，议论风发，笔力雄壮，又极尽抑扬顿挫之致；大量典故的运用自然贴切，又丰富了词作蕴义，不愧是宋末词坛上议论化、散文化与形象性、情韵美相结合的代表作。

【注 释】

① 韩五：南宋初年的抗金名将韩世忠，他在兄弟中排行第五，年轻时有"泼韩五"的诨号，出身行伍，既没有名师传授，也未遇神仙指点，但是却能在谈笑之间大战两河，成为抗金名将，故称。

②"岂有"两句：化用西汉张良遇谷城公（即黄石公）传授《太公兵法》和唐将李筌得骊山老母讲解《阴符经》而俱立大功的两个典故。

③ 金汤：指坚固的防御工事。张许：指张巡、许远，"安史之乱"时，

他们坚守睢阳，坚贞不屈。

④ 题柱：指汉代司马相如事。传说司马相如经过成都升仙桥时，曾在桥上题字："不乘高车驷马，不过此桥。"此指空谈。

满江红

夜雨凉甚，忽动从戎之兴

南宋·刘克庄

金甲雕戈，记当日、辕门初立①。磨盾鼻②、一挥千纸，龙蛇犹湿。铁马晓嘶营壁冷，楼船夜渡风涛急③。有谁怜，猿臂故将军，无功级④。

平戎策，从军什，零落尽，慵收拾。把《茶经》《香传》，时时温习。生怕客谈榆塞事⑤，且教儿诵《花间集》。叹臣之壮也不如人，今何及。

【题 解】

这首词是刘克庄表达从军边塞理想的代表作。词作于"江湖诗案"之后。宝庆初年，刘克庄《南岳集·落梅》诗触怒了权相史弥逊，诗遭劈板，人遭废弃，退居乡里达十年之久。绍定六年（1233），蒙古与宋协议对金南北夹击，宋出师赴汴，他兴奋至极，希望亦能奔赴前线，再度从军，因此写下了这首回忆军旅生活的词作。词作主要通过对往日军营生活的回忆和当今黜落在家的描写，抒发了词人徒怀壮志、无路请缨的悲愤之情。同时词人把立志收复中原的气节与功名作为词的主旋律，表现了英雄失志而不甘寂寞的思想。此词上片格调昂扬亢奋，下片转入悲凉深沉的哀叹。语言慷慨淋漓，纵横恣肆，同时曲笔的运用使词的意蕴更加深沉含蓄。

【注 释】

① 辕门：军门，指李珏帅府。

② 磨盾鼻：盾鼻是盾的纽。齐梁之际荀济入北，说当在盾鼻上磨墨作
   檄文讨伐梁武帝萧衍。后以"磨盾鼻"喻军中作檄文。

③ 楼船：战舰。

④ "有谁怜"三句：李广臂长如猿，人称猿臂。因事降为庶人，因称
   故将军。平生与匈奴大小七十余战而不得封侯。

⑤ 榆塞：此处泛指边塞。

贺新郎　送陈仓部知真州①

南宋·刘克庄

北望神州路②，试平章这场公事，怎生分付③？记得太行兵
百万，曾入宗爷驾驭④。今把作握蛇骑虎⑤。君去京东豪杰喜⑥，想
投戈下拜真吾父⑦。谈笑里，定齐鲁。

两河萧瑟惟狐兔，问当年祖生去后，有人来否⑧？多少新亭挥
泪客，谁梦中原块土⑨？称事业须由人做。应笑书生心胆怯，向车
中闭置如新妇。空目送，塞鸿去⑩。

【题 解】

这首词是刘克庄送别友人入塞的词作。词作既是勉励友人立功边
塞，更抒发自己延纳俊杰、收复河山的热切愿望。此词情感豪迈，气
势磅礴，一气贯注，立意高远，大处落墨，又曲折跌宕，迥别于一味
直率之作。

【注 释】

① 陈仓部：陈鞾，字子华，曾以仓部员外郎知真州（今江苏仪征）。
词题一作《送陈真州子华》或《送陈子华赴真州》。

② 神州路：指中原沦陷地区。古时称中国为赤县神州，见《史记·孟
子荀卿列传》。

③ 平章：评论。公事：指经略中原，收复失地。分付：发落。

④ 宗爷：指宗泽，北宋末年抗金名将。他知磁州时，曾募集义勇抗击
金兵。后任东京留守，招募王善等义军百万人协助防守，屡败金兵。
宗泽威名日振，金人对他畏惧而又尊敬，称"宗爷爷"。见《宋史·宗
泽传》。驾驭：统率。

⑤ 把作：当作。握蛇骑虎：比喻处于危险的境地，就像手拿毒蛇，骑
在猛虎背上一样。这句写南宋统治集团对义军的不信任与疑惧。

⑥ 京东：宋代路名。辖境包括今河南东部、山东南部、江苏北部一带。
豪杰：抗金的义军将士。

⑦ 投戈：放下武器。真吾父：果真像我们的父亲一样。唐时，仆固怀
恩勾结回纥等入侵，代宗急诏郭子仪屯泾阳。郭子仪曾率数十骑，
免胄入回纥营，责备他们背信弃义。回纥士兵放下武器，下马拜说：
"果吾父也。"誓好如初。见《新唐书·郭子仪传》。

⑧ 祖生：指祖逖，东晋著名的将领，曾率兵北伐收复豫州地区。以上
两句慨叹南宋军队不再北上。

⑨ 新亭：刘义庆《世说新语·言语》："过江诸人，每至美日，辄相
邀新亭（三国吴时所建，在今南京市南），藉卉饮宴，周侯中坐而叹曰：
'风景不殊，举目有河山之异。'皆相视流泪。惟王丞相愀然变色曰：
'当共戮力王室，克复神州，何至作楚囚相对！'"谁梦：一作"不
梦"。以上两句指责南宋士大夫官僚对于收复失地，只有空言而没
有实际行动。

⑩ 塞鸿：生长在北方边境的鸿雁。以上两句叹自己不能随友人北上。

念奴娇

南宋·吴渊

我来牛渚^①，聊登眺、客里襟怀如豁。谁著危亭当此处^②，占断古今愁绝。江势鲸奔，山形虎踞，天险非人设。向来舟舰，曾扫百万胡羯^③。

追念照水然犀，男儿当似此，英雄豪杰。岁月匆匆留不住，鬓已星星堪镊。云暗江天，烟昏淮地，是断魂时节。栏干捶碎，酒狂忠愤俱发。

【题 解】

这首词是宋代词人吴渊表达报国无门之愤慨情怀的代表作。词作通过写登眺牛渚危亭的所见所感，追怀了昔日壮怀激烈的抗金业绩，抒发了南宋一代爱国志士共有的"报国欲死无战场"（陆游《陇头水》诗句）的英雄憾恨。此词情感激昂悲愤，写景雄浑壮阔，情景交融，是南宋爱国词的又一佳作。

【注 释】

①牛渚：在今安徽马鞍山市长江东岸，下临长江，突出江中处为采石矶，风光绮丽，形势险峻，自古为兵家必争之地。

②危亭：与下文的"照水然（同'燃'）犀"，是同一典故，指的是东晋温峤路经牛渚采石矶，听当地人说矶下多妖怪，便命燃犀角而照之，"须臾见水族覆灭，奇形异状，或乘车马著赤衣者。"（《晋书·温峤传》）后人常用"燃犀"来形容洞察奸邪。

③胡羯：指金兵。

清边生战场

南宋·林希逸

已洗天河甲，边清国愈强。
谁生今日衅，战似古沙场。
不见狼烟久，俄惊雁塞荒。
风悲苔染血，月射骨如霜。
榆柳依然好，干戈有底忙。
李华真健笔^①，吊古思凄凉。

【题 解】

这首诗是宋代诗人林希逸表达反战主题的代表作。诗作通过细致刻画战后战场一片狼藉的场面，充分表现出战争残酷的一面，表达了诗人对战死沙场士卒的深切同情和强烈的厌战心理。此诗描写客观冷静，细致生动，充分渲染出战后战场的阴森凄惨，是宋代反战诗歌的代表作。

【注 释】

① 李华：是唐代古文运动的先驱，其骈体赋《吊古战场文》极力渲染战争的阴森凄惨，表现出战争残酷的一面。

【名 句】

风悲苔染血，月射骨如霜。

沁园春　丁酉岁感事①

南宋·陈人杰

　　谁使神州，百年陆沉②，青毡未还③。怅晨星残月，北州豪杰，西风斜日，东帝江山④。刘表坐谈⑤，深源轻进⑥，机会失之弹指间。伤心事，是年年冰合，在在风寒。

　　说和说战都难。算未必江沱堪宴安⑦。叹封侯心在，鳣鲸失水，平戎策就⑧，虎豹当关⑨。渠自无谋，事犹可做，更剔残灯抽剑看。麒麟阁，岂中兴人物，不画儒冠⑩。

【题 解】

　　这是宋代文学家陈人杰的一首抒写爱国情怀的词作。南宋理宗嘉熙元年（1237），蒙古兵自光州、信阳进至合肥。战争使人民流离失所，朝廷惊慌失措。面对这一危急形势，作者不禁感慨万端，写下了这首激奋人心的词篇。在这首词中，作者猛烈抨击了当权者的腐朽不堪、误国害民，抒发了作者热爱祖国，渴望能长缨立马为国杀敌的热情。

【注 释】

① 丁酉岁：宋理宗嘉熙元年（1237）前后，蒙古灭金，发兵南侵攻宋。宋大片土地失陷，宋廷惊慌。其时宋廷已腐败不堪，无力回天。

② 陆沉：无水而沉沦，比喻土地被敌人侵占。借用西晋王衍等清淡误国，使中原沦亡的事。

③ 青毡：喻中原故土，将敌人比作盗贼。典出晋王献之夜卧，小偷入室偷尽其物，献之慢慢地说："偷儿，青毡吾家旧物，可特置之。"

④ 东帝：喻岌岌可危的南宋。战国齐王称东帝。

⑤ 刘表：三国时，刘备劝荆州牧刘表袭许昌，刘表不听，坐失良机，

悔之莫及。郭嘉说："（刘）表坐谈客耳！"

⑥ 深源：东晋殷浩的字。他虽都督五州军事，却只会高谈阔论。曾发兵攻秦，结果先锋倒戈，他弃军而逃。

⑦ 江沱：代指江南，沱是长江的支流。

⑧ 平戎策：即破敌之策。

⑨ 虎豹当关：语出《楚辞·招魂》："虎豹九关，啄害下人些。"

⑩ 麒麟阁，岂中兴人物，不画儒冠：汉宣帝号中兴之主，曾命画霍光等十一位功臣之像于未央宫麒麟阁上，表扬其功绩。

江城子

南宋·李好古

平沙浅草接天长。路茫茫，几兴亡。昨夜波声，洗岸骨如霜。千古英雄成底事，徒感慨，漫悲凉。

少年有意伏中行①，馘名王②，扫沙场。击楫中流，曾记泪沾裳。欲上治安双阙远③，空怅望，过维扬④。

【题 解】

这首词是南宋词人李好古感怀兴亡之作。词作通过追溯历史上扬州的几度兴亡和描写眼前扬州的残破以及作者壮年的雄心壮志，表达了对历史兴亡的深沉感慨和壮志难酬的悲愤情怀。此词不着力渲染敌人去后的残破，而将重点放在自己保卫家国的责任上，所以其立意高出众人一筹。同时词作能够将写景与抒情结合、伤今与怀旧结合，因此词作具有辽阔的历史时空，情感内涵更显深沉厚重，是南宋感慨兴亡的优秀佳篇。

【注 释】

① 伏：降服。中行：即中行说（zhōng háng yuè），汉文帝时宦官，后投匈奴，成为汉朝的大患。

② 馘（guó）：战时割下敌人的左耳以计功。这句是指杀死敌人的统帅。

③ 治安：指汉贾谊的《治安策》，内容是评议时政。双阙：本为宫殿前左右各一的高台。这里借指帝王上朝之处。这句是说自己想要上书但又恨离朝廷太远，只好作罢。

④ 维扬：即扬州。

【名 句】

击楫中流，曾记泪沾裳。

临江仙

南宋·刘辰翁

过眼纷纷遥集，来归往往羝儿①。草间塞口袴间啼②。提携都不是，何似未生时。

城上胡笳自怨，楼头画角休吹。谁人不动故乡思。江南秋尚可，塞外草先衰。

【题 解】

这首词是宋代词人刘辰翁描写亡国之痛和故国之思的代表作。词作上片追述了在蒙古兵践踏下边民悲苦的生活及其流离失所的情景，

下片抒发了浓郁的亡国之痛和乡关之思。此词格调沉郁苍凉，以衰飒之景衬托悲凉之情，使全词都笼上了一层悲凉之雾，堪称南宋边塞遗民词的佳篇。

【注释】

① 羝（dī）儿：指蒙古人，他们以牧羊放马为生，故称。
② 袴（kù）：同"裤"。

潼　关①

南宋·汪元量

蔽日乌云拨不开，昏昏勒马度关来。
绿芜径路人千里，黄叶邮亭酒一杯②。
事去空垂悲国泪，愁来莫上望乡台③。
桃林塞外秋风起④，大漠天寒鬼哭哀。

【题解】

这首七言律诗是南宋末诗人汪元量感慨南宋灭亡的代表作。诗作描写了诗人北游潼关的艰辛经历和战乱中生灵涂炭的社会现实，抒发了国破家亡的沉痛哀悼之情。此诗情感浓郁悲凉，写景凄清晦暗，情景融为一体，将战乱流离失所、故国一去不返的悲慨之情表现得淋漓尽致。

【注 释】

① 潼关：古关名，位于陕西省渭南市潼关县北，北临黄河，南踞山腰。

② 邮亭：指古时传递文书的人沿途休息的处所或邮局在街上设立的收寄邮件的处所。

③ 望乡台：指古代久戍不归或流落外地的人为眺望故乡而登临的高台。

④ 桃林塞：指秦函谷关以西逶迤而至湖水西岸的湖县故城，亦即湖县旧址（阌乡县城旧址）之间的函谷古道，它以此间谷道两旁及其以南衡岭源（南部为焦村源）、铸鼎原的桃树成林而得名。

从军行

南宋·张玉娘

三十遴骁勇①，从军事北荒。
流星飞玉弹，宝剑落秋霜。
书角吹杨柳，金山险马当②。
长驱空朔漠，驰捷报明王。

【题 解】

这首五言律诗是南宋女诗人张玉娘表现边塞从军艰辛生活的代表作。诗作描写了远离家乡的戍边将士艰苦危险的守边生活，歌颂了他们大无畏的英雄气概和守边卫国的牺牲精神。此诗语言精炼，首尾呼应，多用白描手法，生动地刻画出戍边将士的英雄气概。

【注 释】

① 遴：谨慎选择。骁勇：犹勇猛。

② 马当：山名。在江西省彭泽县东北，北临长江。山形似马，故名。
相传唐王勃乘舟遇神风，自此一夜达南昌。

岐阳 三首

金·元好问

其 一

突骑连营鸟不飞，北风浩浩发阴机。
三秦形胜无今古①，千里传闻果是非。
偃蹇鲸鲵人海涸②，分明蛇犬铁山围。
穷途老阮无奇策，空望岐阳泪满衣③。

其 二

百二关河草不横④，十年戎马暗秦京。
岐阳西望无来信，陇水东流闻哭声。
野蔓有情萦战骨，残阳何意照空城！
从谁细向苍苍问⑤，争遣蚩尤作五兵⑥？

其 三

眈眈九虎护秦关⑦，懦楚羸齐机上看⑧。
禹贡土田推陆海⑨，汉家封徼尽天山⑩。
北风猎猎悲笳发⑪，渭水潇潇战骨寒。

三十六峰长剑在⑫，倚天仙掌惜空闲⑬。

【题 解】

这组七律写于金哀宗正大八年（1231），当时蒙古军已占据黄河以北地区，攻破了岐阳（今宝鸡），长驱直下，人民惨遭蹂躏。此时，元好问赴南阳为县令，听到岐阳陷落的消息，怀着极为沉痛的心情写下了岐阳这组悲歌。第一首写关中形胜之地，为凶狠的蒙古军所围困，人民遭受深重灾难，感觉自己救国无策，而空望岐阳，凄泪满裳。第二首写岐阳之役的惨状，控诉蒙古军残杀无辜的暴行，包含着诗人深沉的悲愤。第三首从金朝当年全盛时写到今天衰败的可悲，慨叹由于政治腐败，抗敌不力，险要的山川没有起到屏障作用。全诗沉挚悲凉，字字血泪，感人至深。这些诗，感情真挚，言辞凄切，"悲愤从血性中流出"，因而引起了历代诗人强烈的共鸣。清人赵翼在《题遗山诗》里说："国家不幸诗家幸，赋到沧桑句便工。"就是指的这一类诗。

【注 释】

① 三秦：项羽灭秦，分关内地为三，封秦降将雍王、翟王、塞王，号曰三秦。

② 偃蹇（yǎn jiǎn）：傲慢，高盛。鲸鲵（jīng ní）：大鱼。此处比喻蒙古军之暴。

③ "穷途"两句：阮籍行车"不由径路，车迹所穷，辄痛哭而返"（《晋书·阮籍传》）。此处是作者借此典自况。

④ 百二关河：秦地险固，二万人足当诸侯百万人（《史记·高祖本纪·苏林注》）。

⑤ 苍苍：天。

⑥ 蚩尤：《史记·五帝本纪》："蚩尤作乱，黄帝征师诸侯，与蚩尤战于涿鹿之野，遂擒杀蚩尤。"

⑦ "眈眈"句：金宣宗兴定二年（1218），置秦关等处九个守御史。

⑧ "懦楚"句：以虚弱的齐国楚国比喻金王朝的衰败。

⑨ 禹贡：《尚书》中的一篇，记叙了我国上古的疆域。陆海：指地势高平、物产丰饶的地区，古代以陕西为"天下陆海之地"（《汉书·东方朔传》）。

⑩ 徼（jiào）：边境，边界。此两句说，关中地势如此雄壮，汉凭它扩大疆土，直至天山，而金竟不能守。

⑪ 猎猎：风声。

⑫ "三十六峰"句：嵩山三十六峰，可以做防堵敌人的屏障。

⑬ 仙掌：华山有仙掌峰。这两句是说，大好的天然屏障，不予利用，太可惜了。

江月晃重山①

金·元好问

塞上秋风鼓角，城头落日旌旗。少年鞍马适相宜。从军乐，莫问所从谁。

候骑才通蓟北，先声已动辽西。归期犹及柳依依②。春闺月，红袖不须啼。

【题解】

这首词是元好问金宣宗兴定二年（1218）战乱避难，移家登封嵩山时的作品。词作以边塞生活为题材，既无"将军白发征夫泪"的哀伤之气，也无"古来征战几人回"的悲慨之情，从而塑造出意气风发、胸怀豪迈的从军少年的生动形象，诚为金代边塞词中不可多得的佳构。

【注 释】

① 词牌名。调见杨慎《词林万选》，每段上三句《西江月》体，下二句《小重山体》。
② 犹及：还赶得上，此句是说胜利归来还赶得上杨柳依依的春天。

过阴山和人韵①

元·耶律楚材

阴山千里横东西，秋声浩浩鸣秋溪②。
猿猱鸿鹄不能过③，天兵百万驰霜蹄④。
万倾松风落松子，郁郁苍苍映流水。
六丁何事夸神威⑤，天台罗浮移到此⑥。
云霞掩翳山重重，峰峦突兀何雄雄。
古来天险阻西域，人烟不与中原通。
细路萦纡斜复直，山角摩天不盈尺。
溪风萧萧溪水寒，花落空山人影寂。
四十八桥横雁行⑦，胜游奇观真非常。
临高俯视千万仞，令人凛凛生恐惶。
百里镜湖山顶上，旦暮云烟浮气象。
山南山北多幽绝，几派飞泉练千丈。
大河西注波无穷⑧，千溪万壑皆会同⑨。
君成绮语壮奇诞⑩，造物缩手神无功。
山高四更才吐月，八月山峰半埋雪。
遥思山外屯边兵，西风冷彻征衣铁。

【题 解】

    这首七言古诗是金宣宗兴定三年（1219）耶律楚材随成吉思汗出征西域，途经阴山的纪行作品。诗作着力描绘天山景色的雄奇壮丽。从山势到飞泉，从秋风到白雪，反复渲染天山中各种壮观的风景。同时，诗人还将笔墨伸向山中，具体、细致地描绘了当时少数民族的生活情景，在雄壮的天山图卷中透出一股田园生活的清新气息。清代诗评家沈德潜曾评论李白的《蜀道难》："笔阵纵横，如虬飞蠖动，起雷霆于指顾之间。"（《唐诗别裁集》）借用这段话概括耶律楚材的这首诗，从章法到气象，都可以说十分形象。

【注 释】

①"和人韵"：据王国维《耶律文正公年谱》，此为和丘处机诗韵。第二十七句中"君"指丘处机。丘处机，号长春子，十八岁出家为道士。阴山：昆仑山北支，是河套以北、大漠以南山脉的总称，横贯东西数千里。此处当指其西段的金山。

②"秋声"：指秋天的风声，即西风肃杀之意。此句与第十五句相犯，耶律楚材诗中时有此类弊病。

③"猿猱"句：猿猱，泛指猴类。鸿鹄，泛指飞鸟。全句化用李白《蜀道难》诗意："黄鹤之飞尚不得过，猿猱欲度愁攀援。"

④天兵：王师，指成吉思汗西征的大军。霜蹄：代指黎明前出征的战马。

⑤六丁：道教神名。为天帝所役使，能行风雷，制鬼神。此指阴山之神。

⑥天台罗浮：都是山名，天台在浙江，罗浮在广东，古人诗中常写它们高拔雄伟，瑰奇灵秀。李白《梦游天姥吟留别》中写道"天台四万八千丈，对此欲倒东南倾"，极言天台之高。此处是说阴山像是天台、罗浮北移，也是极言它的雄拔瑰奇。

⑦四十八桥：言桥梁之多。四川南川县有水名四十八渡，两山壁立，水势回环，共四十八渡。此指山溪之曲折。横雁行：指桥梁横列，如雁飞之行列。

⑧ 大河：按方位考察，当指今伊犁河。

⑨ 会同：古代诸侯朝天子曰会，众见曰同。此指泉水汇集。

⑩ 君：指原诗作者丘处机。

庚辰西域清明

元·耶律楚材

清明时节过边城，远客临风几许情。

野鸟间关难解语^①，山花烂漫不知名。

葡萄酒熟愁肠乱，玛瑙杯寒醉眼明。

遥想故园今好在，梨花深院鹧鸪声。

【题 解】

这首七言律诗是耶律楚材写于金宣宗兴定四年（1220）。"边城"云云，不详所指。诗人在写美丽的西域春色时，以鸟语难解、山花莫名衬托异域之景，引出思乡之念。诗作以景寓情，句句写景，却景景关情。

【注 释】

① 间关：鸟鸣声。"鸟语"本已难解，此处含有异域野鸟的"鸟语"更难解之意。

清明后一日过怀来①

元·刘秉忠

居庸春色限燕台②，山杏凝寒花未开。
驿马萧萧云日晚，一川风雨过怀来。

【题解】

这首七言绝句是刘秉忠途经居庸关，过怀来往西北行的纪行作品。虽然时节已值春日，但诗中写山花未开，驿马萧萧，显出凄凉惆怅的感情。

【注释】

① 怀来：今属河北，与北京市延庆县接界。
② 燕台：指大都（今北京），限：阻隔，止。这句是说长城居庸关一带的春天比大都城内来得晚。

渡白沟①

元·刘因

蓟门霜落水天愁，匹马冲寒渡白沟。
燕赵山河分上镇②，辽金风物异中州。
黄云古戍孤城晚，落日西风一雁秋。
四海知名半凋落，天涯孤剑独谁投③。

【题 解】

　　这首七律是刘因途经白沟时的作品。诗人写过多首咏白沟的诗，白沟，昔日为辽、宋边界，自然引发诗人无限的历史感慨，此诗气势雄浑，黄云古戍之地，天涯孤剑之身，西风落日，匹马冲寒，极富鲜明形象。

【注 释】

①　白沟：白沟河。上流为涞水，经易县弯曲而南，至定兴、新城为白沟河，宋、辽于此分界，又名界河。明代以后，故道已湮。

②　上镇：当指今易县一带，境内有长城之险，节制紫荆关、黑石岭诸重镇。战国时代燕赵疆域大致在此划分。

③　"四海"、"天涯"两句：白沟古戍原为四海闻名之处，今多凋落，我今孤身天涯，竟不知到何处投身。

过居庸关

元·萨都剌

　　居庸关，山苍苍，关南暑多关北凉。
天门晓开虎豹卧①，石鼓昼击云雷张②。
关门铸铁半空倚，古来几多壮士死。
草根白骨弃不收，冷雨阴风泣山鬼。
道旁老翁八十余，短衣白发扶犁锄。
路人立马问前事，犹能历历言丘墟。
夜来芟豆得戈铁，雨蚀风吹半棱折。
铁腥惟带土花青③，犹是将军战时血。

前年又复铁作门，貔貅万灶如云屯。

生者有功挂玉印，死者谁复招孤魂。

居庸关，何峥嵘！上天胡不呼六丁^④，

驱之海外消甲兵。男耕女织天下平，千古万古无战争。

【题 解】

这首诗作于至顺四年（1333），至顺是文宗年号，实际上文宗于至顺三年已去世，宁宗即位，未改年号。诗中说"前年又复铁作门"，是指蒙古贵族之间发生内战。在这之前，作者还有《纪事》诗，写文宗与其兄周王争夺帝位。后又有《鼎湖哀》，写宁宗殁后朝中立帝王之争。元末明初人称这类诗"直言时事不讳"，甚至称之为"诗史"。在元人诗歌中，确为罕见。

【注 释】

① 天门：天上的门。《淮南子》有"排阊阖，沦天门"之说。此处用来形容居庸关之险。

② 石鼓：大石名。汉代甘肃天水县冀南山有大石，鸣则兵革起。湖南衡阳北亦有石鼓山，传说鼓鸣则有兵事。此处借用。

③ 土花：久埋于地下的古器物被泥土剥蚀的痕迹。宋·梅尧臣《读裴如晦万里集书其后》诗："古溪蛮铁刀，出冢土花涩。"

④ 六丁：神名，为天帝所役使，能行风雷，制鬼神。

【名 句】

男耕女织天下平，千古万古无战争。

上京即事

元·萨都剌

紫塞风高弓力强^①，王孙走马猎沙场^②。
呼鹰腰箭归来晚^③，马上倒悬双白狼^④。

【题解】

这首七绝是萨都剌的代表作之一。诗作通过对蒙古族生活习俗和风尚的描写，表现出塞北草原浓厚的生活气息，是边塞诗中难得的佳篇。

【注释】

① 紫塞：原指长城。这里泛指塞北地区。

② 王孙：指蒙古族的贵族子弟。

③ 呼鹰：呼鹰逐兽，指打猎。《新唐书·姚崇传》："帝曰：'公知猎乎？'对曰：'少所习也。臣年二十，居广成泽，以呼鹰逐兽为乐。'"

④ 白狼：象征祥瑞的猎物。梁孙柔之《瑞应图》："白狼，王者仁德明哲则见。"唐欧阳詹《珍祥论》："段汤上感，实获白狼。"

塞姑 三首选二

明·刘基

其 一

苔没行踪草没堤，满帘红日一莺啼。

天涯那得真消息，不敢逢人问碛西^①。

【题解】

刘基这首七绝写思妇念征夫之切，既盼他的消息，又不敢问他的消息，反映了复杂的思想状况。"塞姑"，指住在边塞的征夫之妇。唐无名氏作者曾以此题写了六言绝句。宋柳永亦曾以此题为词牌，创作中调。

【注 释】

① 碛西：戈壁沙漠之西，指新疆地区。

<h2 style="text-align:center">其　二</h2>

肠断龙沙信不通^①，梦中长恒醒时空。
夜来忽得榆关报^②，知忆传闻是梦中。

【题 解】

这首七绝亦是反映征夫音信久无，思妇为之断肠，在梦中与征夫相会，虽也依稀了解只是梦境，但不愿梦醒成空；及至梦醒，果然增加了怀念与伤感。寥寥数句，刻画了思妇复杂的心情，表露了长期战争加给人民的痛苦。

【注 释】

① 龙沙：即白龙堆沙漠。在今新疆。亦泛指塞外沙漠地区。李白《塞下曲》："将军分虎竹，战士卧龙沙。"
② 榆关：本为山海关，此处指榆林堡，在今陕北榆林，无定河上游，自古为边防重地。

凉州曲

明·高启

关外垂杨早换秋^①，行人落日旆悠悠^②。
陇山高处愁西望，只有黄河入汉流。

【题 解】

　　高启这首七绝是代西征战士抒发厌战思乡的感情。"凉州"，古代州名，辖境各代有大小，唐代凉州辖今甘肃永昌以东、天祝以西一带（河西走廊）。"凉州曲"，又名"凉州词"、"凉州歌"。此诗景中融情，语淡而情深。

【注 释】

　　① 关外：指甘肃嘉峪关以外。
　　② 旆：旌旗。

上太行

明·于谦

西风落日草斑斑^①，云薄秋空鸟独还。
两鬓霜华千里客^②，马蹄又上太行山。

【题 解】

　　这是于谦巡抚山西、视察太行山时所写的作品。全诗意境如太行秋空辽远开阔，笔调如上山马蹄矫健有力，写景与写情看似分开叙述，实则连贯一体，承转自然，形成先抑后扬的情感波澜。

【注 释】

　　① 斑斑：草色间杂。
　　② 霜华：形容头发如霜花一样花白。

石将军战场歌

明·李梦阳

清风店南逢父老①，告我己巳年间事②。
店北犹存古战场，遗镞尚带勤王字③。
忆昔蒙尘实惨怛④，反覆势如风雨至⑤。
紫荆关头昼吹角⑥，杀气军声满幽朔。
胡儿饮马彰义门⑦，烽火夜照燕山云。
内有于尚书⑧，外有石将军。
石家官军若雷电，天清野旷来酣战。
朝廷既失紫荆关，吾民岂保清风店。
牵爷负子无处逃，哭声震天风怒号。
儿女床头伏鼓角，野人屋上看旌旄⑨。
将军此时挺戈出，杀敌不异草与蒿。
追北归来血洗刀，白日不动苍天高。

万里烟尘一剑扫，父子英雄古来少⑩。

单于痛哭倒马关⑪，羯奴半死飞狐道⑫。

处处欢声噪鼓旗，家家牛酒犒王师。

应追汉室嫖姚将，还忆唐家郭子仪。

沉吟此事六十春，此地经过泪满巾。

黄云落日古骨白，沙砾惨淡愁行人。

行人来折战场柳，下马坐望居庸口⑬。

却忆千官迎驾初⑭，千乘万骑下皇都。

乾坤得见中兴主，杀伐重开载造图⑮。

姓名应勒云台上⑯，如此战功天下无！

呜呼战功今已无，安得再生此辈西备胡⑰。

【题　解】

　　《石将军战场歌》是李梦阳七言歌行的主要代表作。此诗歌颂明代英勇抗击瓦剌族入侵的将军石亨，是一首洋溢着热烈爱国主义的诗篇。瓦剌是西部蒙古各族的总称。明英宗时，瓦剌首领也先曾短期统一各部，兵力强盛，于英宗正统十四年（1449），即己巳年进犯大同，分兵骚扰辽东、宣府、甘肃。英宗亲征，八月十五日在土木堡（今河北怀来东）被俘。十月，也先挟持英宗，攻陷紫荆关，直逼京城。石亨等九将于京城九门外屯兵抗敌，相持五日，敌兵退去。石亨率兵追击，在清风店（在今河北易县境内）北大败伯颜帖木儿（也先弟）。此诗即歌颂石亨的这一段战迹，诗人的用心则在于借怀念石亨以呼唤现实生活中抗敌卫国的英雄。

【注　释】

　　① 清风店：在今河北省易县。石亨追瓦剌军于此。

　　② 己巳：正统十四年（1449）。

③ 遗镞：留存下来的箭头。勤王：地方官吏起兵救援危难之中的王朝。

④ 蒙尘：天子出走曰蒙尘，此处指英宗被也先所俘虏。惨怛（dá）：伤痛。

⑤ "反覆"句：指瓦剌兵乘胜入侵，势如风雨。

⑥ 紫荆关：在今河北省易县的紫荆岭上。是年十月，也先挟持英宗攻陷紫荆关，向北京进兵。

⑦ 彰义门：京城九门之一。当时瓦剌军曾攻彰义门，被明军击退。

⑧ 于尚书：即于谦。

⑨ "儿女"二句：谓孩子们被鼓角之声吓得伏在床头不敢动，乡间的人攀登屋上窥探战事情况。野人，乡下人。旌旄，泛指军中旗帜。

⑩ 父子英雄：指石亨及其侄石彪。《明史·石亨传》："其从子彪，魁梧似之。骁勇善战，善用斧。也先逼京师，既退，追击余寇，颇有斩获，进署指挥佥事。"

⑪ 单于：本为匈奴最高首领称号，此处借指瓦剌部首领。倒马关：在今河北省唐县西北。明代与居庸关、紫荆关合称三关。石亨曾追击瓦剌部首领也先的弟弟于此。

⑫ 飞狐道：又名飞狐关，在今河北涞源县和蔚县交界处。这里两崖壁立，一线通天，蜿蜒百余里，形势十分险要。

⑬ 居庸口：居庸关，在今北京市昌平区西北，为长城重要关口。

⑭ 迎驾：指瓦剌同意放回英宗，明朝派人迎接英宗回京。

⑮ 载造：同"再造"，指国家破败之后，重新缔造。图：版图，地图。

⑯ 勒：刻石。云台：汉代所建高台。汉明帝为追念前代功臣，曾命人在台上画了邓禹等二十八位大将军的肖像。

⑰ 胡：当指鞑靼。明中叶前后，鞑靼为主要外患。李梦阳写此诗时，正是鞑靼侵边而朝廷抵御无方之时。

经行塞上

明·李梦阳

天设居庸百二关，祁连更隔万重山①。
不知谁放呼延入②，昨日杨河大战还③。

【题 解】

这首七绝是李梦阳对明代中叶北方少数民族贵族统治者经常骚扰中原，斥责朝廷防御不力，歌颂将士们奋力抗战精神的作品。诗的意境开阔，浑厚有力。

【注 释】

① 祁连：山名，在甘肃省西部和青海省北部。
② 呼延：匈奴族常见的一个姓，这里代指北方少数民族统治者，明代中叶北方主要祸患是俺答汗和瓦剌部落的首领。
③ 杨河：即甘乌里亚苏台河，在今蒙古国境内。

居庸关

明·谢榛

控海幽燕地①，弯弓豪侠儿。
秋山牧马处，朔塞用兵时②。
岭断云飞迥，关长鸟度迟。
当朝有魏尚③，复此驻旌旗。

【题 解】

　　这首五律刻画了居庸关的形势之胜，指出它在军事上的重要与防守军队的严整。

【注 释】

　　① 控海幽燕地：这句写居庸关雄处幽燕，控制渤海的形势。
　　② 朔塞：长城。用兵时，自古凡攻守燕京（北京）的军事势力，多在关内外进行激战。
　　③ 魏尚：汉槐里人，文帝时为云中太守，镇守边疆，善待士卒，为冯唐所称。此处似喻嘉靖进士、吏部右侍郎、兵部尚书、陕西延宁甘肃总督魏学曾。

漠北词

明·谢榛

石头敲火炙黄羊①，胡女低歌劝酪浆。
醉杀群胡不知夜②，鹞儿岭下月如霜③。

【题 解】

　　此诗描写了塞外牧区月夜炙羊饮酒的欢乐情景，"漠北"一般指大戈壁滩以北的区域，即今内蒙古自治区境内。

【注 释】

① 石头敲火：用厚铁片敲击石块，使之发出火星，点燃煤纸。
② 醉杀群胡：指蒙古族牧羊人及头领烂醉如泥。
③ 鹞儿岭：漠北山岭，具体地点不详。

塞上曲送元美

明·李攀龙

白羽如霜出塞寒^①，胡烽不断接长安^②。
城头一片西山月，多少征人马上看。

【题 解】

　　这首七绝是李攀龙送友人王世贞（字元美）赴边塞之作。诗中虽未明言元美此行的具体任务，但透过诗句传达的气氛，足令人感受到他肩负的重大使命。诗韵铿锵，气势雄强，颇得唐人边塞诗之遗响。

【注 释】

① 白羽：比喻军人所带的箭。
② 胡烽：指胡人战火经常蔓延到京师附近。《史记·匈奴传》："胡骑入代、句注边，烽火通于甘泉、长安数月。"

【名句】

城头一片西山月，多少征人马上看。

咏海舟睡卒

明·俞大猷

日月双悬照九天，金塘山迥亦燕然①。
横戈息力潮头梦②，锐气明朝破虏间。

【题解】

这首诗写俞大猷（yóu）在抗倭前线巡视时的所见所感。诗作前两句以凌云健笔写出日月经天、山峦列阵的阔大境界，遥望横亘远处的金塘山，以燕然勒石的典故抒发建功立业的豪情。后两句由远及近，将镜头聚焦于战船上"横戈息力"的士兵，想象他们正随着波涛的起伏进入梦乡，相信经过一夜的养精蓄锐，士兵们一定会在第二天的激战中奋勇杀敌、痛歼倭寇，字里行间流露出为将者对士卒的体恤和信任。全诗构思精巧，情感内蕴，气魄雄伟。

【注释】

① 金塘：指今上海市东南海上的金山，明朝时设金山卫，为江浙沿海要塞。迥：卓然独立。燕然：燕然山。据《后汉书·窦宪传》载，窦宪追赶战败逃走的单于，曾到离边塞三千多里的燕然山，勒石记功而还。

② 息力：休息、睡觉。

过文登营

明·戚继光

冉冉双幡度海涯^①，晓烟低护野人家^②。
谁将春色来残堞^③，独有天风送短笳^④。
水落尚存秦代石^⑤，潮来不见汉时槎^⑥。
遥知百国微茫外^⑦，未敢忘危负岁华。

【题 解】

　　这首七律是戚继光在山东沿海负责防御海上倭寇的时候所写。当时作者管理登州、文登、即墨三营二十五卫所。诗中可以看出这位抗倭英雄的儒将风度，他在欣赏风景之际，仍不忘记对敌人高度警惕。

【注 释】

　　① 双幡：幡本义为旗帜，这里双幡指挂着两片风帆的船只。
　　② 野人：老百姓、乡下人。
　　③ 堞（dié）：城上女墙，《辞源》里解说为城墙上面呈凹凸形的小墙；《释名释宫室》："城上垣，曰睥睨，……亦曰女墙，言其卑小比之于城。"
　　④ 短笳：一种军中乐器。
　　⑤ 秦代石：《史记·秦始皇本纪》："立石东海上朐界中，以为秦东门。"
　　⑥ 汉时槎：水中浮木，这里指汉朝张骞乘槎的故事。传说天河与海相通，

有个住在海边的人，每年八月都见有浮槎来去不失期，便带了粮食
乘槎而去，据说此人就是张骞（见《博物志》和《荆楚岁时记》。）
⑦ 百国：古有百济国在辽东之东，今朝鲜地，这里借指日本。

盘山绝顶

明·戚继光

霜角一声草木哀①，云头对起石门开。
朔风边酒不成醉②，落叶归鸦无数来。
但使雕戈销杀气③，未妨白发老边才④。
勒名峰上吾谁与⑤，故李将军舞剑台⑥。

【题 解】

这首七律是戚继光在蓟州训练边兵的年代游览盘山时所作。盘山在
蓟州西北二十五里。诗中写出了他愿意为巩固国防、保卫边境而一辈子
留在边疆，为国家建立功勋的爱国壮志。此诗气势沉雄，感情激荡，风
格悲壮。

【注 释】

① 霜角：深秋时悲凉的号角声，亦指秋天吹起的号角。
② 边酒：在戍边之地饮的酒，北方塞外酿造的酒。
③ 雕戈：刻绘花纹的戈，这里泛指兵器。销杀气：消除战争的祸根。
④ 未妨：不妨。这句是表示不妨守边到老的意思。
⑤ 勒名峰上：勒，刻石，这里指在石头上刻下姓名。引用东汉时窦宪

破北单于，登燕然山，勒石记功而返，这里借用此意。

⑥ 李将军：指唐初著名军事家李靖。李靖曾辅佐唐高祖、太宗平定天下，
征服四夷，封卫国公。舞剑台：盘山上有李靖的"舞剑台"古迹。

出　塞

明·屠隆

强兵一夜度飞狐①，大雪连营照鹿卢②。
明月五原容射猎③，长城万里不防胡。
单于塞外输龙马，天子宫中出虎符④。
独有流黄机上泪⑤，西风吹不到征夫。

【题　解】

这首诗写强兵冒雪出塞后，番人输诚归顺，边疆安定，要塞可以射
猎，但塞上仍须士兵戍守，这些士兵的妻子却在思念丈夫，又无人知道
她们的心事。

【注　释】

① 飞狐：县名，因县北有飞狐口（即飞狐关）而得名。今河北涞源县。
② 鹿卢：剑名。因剑柄端作鹿卢（辘轳）形，所以得名。
③ 五原：汉五原郡之榆柳塞，在今内蒙古五原县境。五原、飞狐都是
借喻塞外地区。
④ 虎符：古代调兵遣将的信物。
⑤ 流黄：黄色的绢。沈佺期《独不见》："谁为含愁独不见，更教明
月照流黄。"

【名句】

独有流黄机上泪，西风吹不到征夫。

辽事杂诗 八首选一

明·陈子龙

其 七

卢龙雄塞倚天开^①，十载三逢敌骑来。
碛里角声摇日月，回中烽色动楼台。
陵园白露年年满^②，城郭青磷夜夜哀^③。
共道安危任樽俎，即今谁是出群才。

【题解】

　　陈子龙作题为《辽事杂诗》的诗共八首，此为其中第七首。这组诗作于崇祯十年（1637）前后。明代万历末年，努尔哈赤统一了东北女真族各部，建立了后金。即清的前身。其后便不断入侵关内，到天启、崇祯年间，侵扰尤甚。"辽事"意为辽东边事，即指此。明代末年，辽关不宁。内患未除，处在历史的多事之秋，面对严峻的局面，诗人忧心如焚。雄关险阻一再被冲破。而朝廷已经显露出无人承担强国和御敌重任的衰弱气象。诗人似乎预感到明王朝在走向衰亡，因而心情沉重，但仍有期望，期盼力挽狂澜的英才出现。全诗显示了心忧天下的胸襟。

【注 释】

① 卢龙：即卢龙塞，在今河北省喜峰口一带，是东北通各河北平原的
要道。

② 陵园：指皇陵，明帝诸陵在今天北京市昌平区天寿山。白露：秋天
的露水，形容皇陵荒凉破败。

③ 青磷：磷火，即鬼火。

白 下①

清·顾炎武

白下西风落叶侵，重来此地一登临②。
清笳皓月秋依垒③，野烧寒星夜出林④。
万古河山应有主，频年戈甲苦相寻⑤。
从教一掬新亭泪，江水平添十丈深⑥。

【题 解】

这首七律是清初著名诗人顾炎武的代表作品之一。此诗于顺治十七
年（1660）在南京时作，时值郑成功率水师攻南京失败以后，作者以无
限沉痛之情，描绘了为清兵所攻占的南京的悲凉景象，抒写了亡国的无
限悲慨。诗中景语与情语圆融无迹，诗风沉郁悲凉，而风骨凛然。

【注 释】

① 白下：古县名。县城即东晋咸和二年（327）陶侃讨苏峻时所筑的

白石垒（故址在今南京市北）。唐武德九年（626）筑城，改原来的金陵县为白下县，故后亦称南京为白下。

② "重来"句：顾炎武于顺治十四年（1657），曾至南京。至本年重来，已隔三年。

③ 笳：军中乐器，汉时流行于西域一带少数民族间。此指清军中乐器。

④ 野烧：野火。

⑤ 戈甲：指战事。相寻：相继。

⑥ "从教"二句：新亭，三国时吴筑，在今南京市东南。新亭泪，语出《世说新语》："过江诸人，每至美日，辄相邀新亭，藉卉饮宴。周侯中坐而叹曰：'风景不殊，举目有山河之异。'皆相视流泪。唯王丞相愀然变色曰：'当共戮力王室，克复神州，何至作楚囚相对！'"后因以"新亭对泣"为悲叹亡国之语。这两句借用这一典故，极言伤痛之深。

秋夜师次松花江，大将军以牙兵先济，窃于道旁寓目，即成口号，示同观诸子①

清·吴兆骞

落日千骑大野平，回涛百丈棹歌行②。
江深不动鼋鼍窟③，塞迥先驱骠骑营④。
火照铁衣分万幕，霜寒金柝遍孤城⑤。
断流明发诸军渡⑥，龙水滔滔看洗兵⑦。

【题解】

这首诗是吴兆骞的代表作之一。此诗记顺治十八年（1661）八月抗击帝俄侵略的一次战役，时作者在宁古塔将军巴海家中任家庭教师。巴海侦察到俄军要窜扰黑龙江下游的消息，随即在松花江与黑龙江汇合处设下伏兵。开始时清军游弋小部队同俄军遭遇，打了败仗，后在当地居民的协助下，把敌人诱进埋伏圈，敌人回退，清兵追袭，敌弃舟登岸败走，斩首六十余级。清军取得了辉煌的战绩。当伏击部队开到松花江南岸，巴海的精锐牙兵先渡江警戒时，作者触景生情，写下了这首诗，热情赞扬这场自卫战争的正义性，对抗击帝俄的战争表达了必胜的信念。诗人性情豪迈，又亲历边塞，且诗笔雄健，感情真挚，故诗作多义勇之气，在边塞诗的发展史上具有里程碑的意义，是自唐代我国边塞诗作空前繁荣后，又历经宋元明六七百年之久重新崛起复兴的卓越代表。

【注 释】

① 次：驻扎。牙兵：旧称主将中军的部队。窃：自己的谦称。口号：犹言随口而成，可见诗即江边所作。

② "落日"二句写"牙兵先济"，飞舟遏浪的动人情景。棹歌：划船时唱的歌。

③ "江深"句：敌人由于消息闭塞，而像处于死窟之中。鼋鼍，古代传说中水里的怪兽，比喻俄军。

④ "塞迥"句：塞，边塞。迥，远。骠骑营，指巴海的军营。骠骑，本为汉代将军的名号。这句写牙兵先行。

⑤ 金柝：即刁斗，军用铜器。形似锅，一柄，三足，白天用以烧饭，晚上用以打更。诗中指打更声。《木兰诗》："朔气传金柝，寒光照铁衣。"

⑥ 断流：禁止通行的渡门。

⑦ "龙水"句：龙水，黑龙江。洗兵，语出《说苑》："武王伐纣，……风霁而乘以大雨，散宜生又谏曰：'此其妖欤？'武王曰：'非也，天洗兵也。'"意谓天洒雨而助战。这句借用此典，表达了正义的战争必胜的信念。

海上杂诗 三首选一

清·宋荦

其 三

杰阁从前代^①，平看碧海流。
千年留碣石^②，一发辨登州^③。
潮送斜阳落，风传绝塞秋^④。
倚阑聊咏志，俊鹘下荒洲^⑤。

【题 解】

这组五律是宋荦途经渤海时所作，这里选取第三首。诗作描绘海上雄浑壮阔的景象，并咏怀古迹，寄托诗人踌躇满志的豪情。

【注 释】

① 杰阁：高阁。这里指蓬莱阁，在今山东蓬莱县城北二里丹崖山巅，下临大海，殿阁凌空，云烟缭绕，素有"仙境"之称。创建于北宋嘉祐年间，明代曾加以扩建，故谓"从前代"。

② 碣石：山名，旧说在河北昌黎县，南距渤海仅三十里。但今人关于碣石的考订，尚存异词。据史载，秦始皇三十二年（前215）和汉元封元年（前110），秦始皇、汉武帝先后东巡，曾登临碣石以观海。东汉建安十二年（207），曹操东征归来，曾"东临碣石，以观沧海"，并作《步出夏门行》诗。

③ 一发：犹一线。登州：今山东省蓬莱县，临渤海。

④ 绝塞：极远的边塞。这里指山海关外。

⑤ 俊鹘：英武的鹘鸟。鹘，鸟名，又叫隼。善飞，性凶猛。

浣溪沙

清·纳兰性德

欲寄愁心朔雁边①，西风浊酒惨离颜②。黄花时节碧云天。
古戍烽烟迷斥堠③，夕阳村落解鞍鞯④。不知征战几人还。

【题 解】

这首词是清代词人纳兰性德表现戍边艰辛的代表作。词作是词人在
边塞送别友人时所作。上片写客中送客，结句以景烘托"愁心"与"离
颜"的苦况。下片通过对边塞苍茫凄清景物的描写，表达了对于长年戍
守边关的将士不胜悲悯之意。此词以送友起笔，以悲悯边关将士落笔，
情感的变化流转自然，逐层转深，是边塞送别词中独具一格之作。

【注 释】

① 朔雁边：谓北方边陲飞朔雁，北方边地的大雁。
② 惨离颜：谓离别的筵宴上忧愁凄苦之形貌。
③ 古戍：指古代将士守边之处，筑有城堡、营垒、烽火台等。斥堠
　（hòu）：放哨，此处代指边关哨所。
④ 解鞍鞯（jiān）：谓卸去行装以驻扎安营。

长相思

清·纳兰性德

山一程，水一程①，身向榆关那畔行②。夜深千帐灯③。

风一更，雪一更④，聒碎乡心梦不成⑤。故园无此声⑥。

【题 解】

这首词是清代词人纳兰性德抒发边塞思归主题的代表作。词作通过对边塞山高水远、风雪严寒环境的描写，抒发了浓郁的乡关之思。此词既有韵律优美、民歌风味浓郁的一面，如出水芙蓉纯真清丽；又有含蓄深沉、感情丰富的一面，如夜来风潮回荡激烈。且其集豪放、婉约于一体，因此深受后人喜爱。

【注 释】

① 山一程，水一程：此句 即山高水远。

② 榆关：即今山海关。那畔：即山海关的另一边，指身处关外。

③ 帐：军营的帐篷，千帐言军营之多。

④ 风一更，雪一更：更，旧时一夜分五更，每更大约两小时。此句即言整夜风雪交加。

⑤ 聒（guō）：声音嘈杂，使人厌烦。

⑥ 故园：故乡。此声：指风雪交加的声音。

【名 句】

风一更，雪一更，聒碎乡心梦不成。故园无此声。

如梦令

清·纳兰性德

万帐穹庐人醉，星影摇摇欲坠^①。归梦隔狼河，又被河声搅碎^②。还睡，还睡，解道醒来无味^③。

【题解】

这首词是纳兰性德边塞词的又一佳作。词作于康熙二十一年（1682）纳兰性德扈从康熙帝出山海关祭祖期间。词作描写了边塞雄阔凄美的夜景和梦被惊醒的情形，表现了作者深沉的思乡之情以及对官场生活的厌烦。词中边塞风光的描写壮美凄清，显出豪放之风。情感的抒发深沉内敛，突出缠绵婉约之气。

【注释】

① 穹庐：圆形的毡帐，俗称蒙古包。北方少数民族多居住，房顶作穹隆状。

② 狼河：白狼河，即今大凌河，在辽宁省朝阳市南，流入渤海湾。

③ 解道：知道，料到。

满庭芳

清·纳兰性德

堠雪翻鸦^①，河冰跃马，惊风吹度龙堆^②。阴磷夜泣^③，此景总

堪悲。待向中宵起舞④，无人处，那有村鸡。只应是，金筅暗拍⑤，一样泪沾衣。

须知今古事，棋枰胜负，翻覆如斯⑥。叹纷纷蛮触⑦，回首成非。剩得几行青史，斜阳下，断碣残碑。年华共，混同江水⑧，流去几时回？

【题 解】

这首慢词是纳兰性德边塞感怀的代表作。词作上片先写古战场的荒寒阴森，后写徒有爱国之心，却无由以报的伤感之情。下片通过议论表达了满怀哀怨和痛苦的悲观意绪。此篇前景后情，以赋法铺写。其下片全为议论，虽不免质实，但气势壮观，真情四射，不乏生动感人之处。

此词作于康熙二十一年（1682）春，作者随康熙东巡至松花江地区时。作者观看了东北边疆地区的抗俄战地形势，哀悼古今战场上的死难者，欲奋起向上，但见历代战争的悲剧结局，便对封建战功的正义性产生了怀疑，不由悲从中来，对封建势力的兴衰与角逐采取了不以为然的态度。

【注 释】

① 堠（hòu）：古代瞭望敌情的土堡，或谓记里程的土堆。
② 龙堆：沙漠名，即白龙堆。《汉书·匈奴传》扬雄谏书云："岂为康居、乌孙能逾白龙堆而寇西边哉！"注："孟康曰：'龙堆形如土龙身，无头有尾，高大者二三丈，埤者丈，皆东北向，相似也，在西域中。'"
③ 阴磷：即阴火，磷火之类，俗谓鬼火。
④ 中宵起舞：《晋书·祖逖传》："（祖逖）与司空刘琨俱为司州主簿，情好绸缪，共被同寝。中夜闻荒鸡鸣，蹴琨觉，曰：'此非恶声也。'因起舞。"辛弃疾《贺新郎·同父见和，再用前韵》："我最怜君中宵舞，道男儿到死心如铁。"

⑤ 金笳：指铜笛之类。笳，古代北方民族的一种乐器，类似笛子。刘
禹锡《连州腊日观莫徭猎西山》："日暮还城邑，金笳发丽谯。"

⑥ "须知"三句：谓要知道古今的世事犹如棋局，或胜或负，翻覆无常。

⑦ 蛮触：《庄子·则阳》："有国于蜗之左角者，曰触氏；有国于蜗
之右角者，曰蛮氏。时相与争地而战，伏尸数万。"后有"触蛮之争"
之语，意谓由于极小之事而引起了争端。白居易《禽虫十二章》之七：
"蟭螟杀敌蚊巢上，蛮触之争蜗角中。"

⑧ 混同江：指松花江。见《清一统志·吉林一》："混同江，在吉林城东，
今名松花江。"

南歌子　古戍

清·纳兰性德

古戍饥鸟集，荒城野雉飞。何年劫火剩残灰，试看英雄碧血，
满龙堆①。

玉帐空分垒②，金笳已罢吹③。东风回首尽成非，不道兴亡命也，
岂人为。

【题解】

这首词是纳兰性德表现边塞悲凉气息的代表作。词作通过对古戍、
荒城、劫灰、碧血等凄惨悲凉的大漠边城之景的描写，表达了对战争的
厌恶和无辜生命葬送沙场的同情，同时折射出词人厌于扈驾，厌于世事
纷争，向往安适的消极思想。此词的突出之处在于通过想象描写出古戍
之地的悲凉之景，形象地描绘出古戍的荒凉，但其透露出的消极天命观
则是不足取的。

① 劫火：佛家语。谓坏劫之末所起的大火。《仁王经》："劫火洞然，
大千俱坏。"后亦借指兵火。龙堆：谓沙漠。

② 玉帐：主帅所居的军帐，取如玉之坚的意思。明焦坊《焦氏笔乘
续集·玉帐》："玉帐乃兵家压胜之方位，主将于其方置军帐，则
坚不可犯，如玉帐然。"

③ 金笳：指铜笛之类。笳，古代北方民族的一种乐器，类似笛子。刘
禹锡《连州腊日观莫徭猎西山》："日暮还城邑，金笳发丽谯。"

蝶恋花　出塞

清·纳兰性德

今古河山无定据①。画角声中，牧马频来去。满目荒凉谁可语？
西风吹老丹枫树。

从前幽怨应无数。铁马金戈，青冢黄昏路。一往情深深几许？
深山夕照深秋雨。

【题 解】

这首词是纳兰性德边塞词的又一佳作。词作通过对边塞荒凉景象的
描写，表达了深沉的历史沧桑感。这首词景象阔大，气势磅礴，情感凄
婉幽怨，语言自然流畅。面对塞外景象，作者以景写情，又以情带景，
使情与景、形与意融为一体。而上片写眼前之景，下片写从前之志，虚
实形成对比，手法可谓精炼独到，实乃堪称纳兰性德边塞词的名篇。

【注 释】

① 无定据: 无定、无准。意谓自古以来,权力纷争不止,江山变化无定。
　一作"无定数"。

【名 句】

满目荒凉谁可语? 西风吹老丹枫树。
一往情深深几许? 深山夕照深秋雨。

龙泉关①

清·严遂成

燕晋分疆处②,雄关控上游③。
地寒峰障日,天近鹗横秋④。
虎护千年树,人披六月裘。
夜来风不止,严鼓出谯楼⑤。

【题 解】

　　这首五律是严遂成的代表作之一。此诗描绘龙泉关雄伟险峻的形势,吴应和称此诗"字字沉着,无一虚处可攻,真可谓'五言长城'。"

【注 释】

① 龙泉关: 在河北省阜平县境,地处河北、山西交界处,为太行山重

要关隘之一。

② 燕晋：河北、山西。

③ 上游：这里指高处。

④ 鹗：猛禽名，鸽科。横秋：横越秋空。

⑤ 严鼓：急鼓。谯楼：古代筑于城门上用以瞭望的楼。

少年行

清·黄景仁

男儿作健向沙场^①，自爱登台不望乡^②。
太白高高天尺五^③，宝刀明月共辉光。

【题 解】

黄景仁的这首七绝颇具唐人的豪迈色彩。诗作刻画了一位胸怀远大理想、向往建功立业的有志少年形象，抒发了他不甘平庸、誓建奇功的鸿鹄之志。全诗遒劲有力，气势豪壮，想象丰富，极富画面感。

【注 释】

① 作健：指逞英豪。

② 登台：登高。

③ 太白：山名，在今陕西省眉县东南。天尺五：离天一尺五，形容山高。

出　栈

清·张问陶

马嘶人语乱斜阳，漠漠连阡水稻香。
送险亭边一回首^①，万峰飞舞下陈仓^②。

【题 解】

　　这首七绝是张问陶的代表作之一。此诗写作者走过绝险的栈道后，看到一片水稻将熟、田间小路纵横交错的自然风景以及人欢马叫的欣喜若狂的样子。诗篇清浅灵动，体现出作者追求"写出此身真阅历"、"百炼功纯始自然"的努力。

【注 释】

　　① 送险亭：在四川境内栈道终点处的一座亭子。
　　② 陈仓：在今宝鸡市境内，为关中与汉中交通要道。

出　关

清·徐兰

凭山俯海古边州，旆影风翻见戍楼。
马后桃花马前雪，出关争得不回头。

【题 解】

这首七绝是作者在康熙三十五年（1696） 随军出塞时所作。因徐
兰曾为清宗室安郡王幕僚，当清帝统兵征噶尔丹时，因此随安郡王出塞，
由居庸关至归化城。诗中描写了出关所见景色，抒写了出征士卒怀土恋
乡的感情。

度辽将军歌①

清·黄遵宪

闻鸡夜半投袂起，檄告东人我来矣②。
此行领取万户侯③，岂谓区区不余畀。
将军慷慨来度辽，挥鞭跃马夸人豪。
平时蒐集得汉印，今作将印悬在腰。
将军乡者曾乘传，高下句骊踪迹遍④。
铜柱铭功白马盟⑤，邻国传闻犹胆颤。
自从弭节驻鸡林⑥，所部精兵皆百炼。
人言骨相应封侯⑦，恨不遇时逢一战。
雄关巍峨高插天⑧，雪花如掌春风颠。
岁朝大会召诸将，铜炉银烛围红毡。
酒酣举白再行酒⑨，拔刀亲割生羱肩⑩。
自言平生习枪法，炼目炼臂十五年。
目光紫电闪不动⑪，袒臂示客如铁坚。
淮河将帅巾帼耳⑫，萧娘吕姥殊可怜⑬。
看余上马快杀贼，左盘右辟谁当前？
鸭绿之江碧蹄馆⑭，坐令万里销烽烟。

坐中黄曾大手笔⑮，为我勒碑铭燕然。

么麼鼠子乃敢尔⑯，是何鸡狗何虫豸？

会逢天幸遽贪功，它它籍籍来赴死⑰，

能降免死跪此牌⑱，敢抗颜行聊一试⑲。

待彼三战三北余，试我七纵七擒计⑳。

两军相接战甫交，纷纷鸟散空营逃㉑。

弃冠脱剑无人惜，只幸腰间印未失。

将军终是察吏才，湘中一官复归来㉒。

八千子弟半摧折㉓，白衣迎拜悲风哀㉔。

幕僚步卒皆云散，将军归来犹善饭㉕。

平章古玉图鼎钟㉖，搜箧价犹值千万。

闻道铜山东向倾㉗，愿以区区当芹献㉘。

藉充岁币少补偿，毁家报国臣所愿。

燕云北望忧愤多，时出汉印三摩挲。

忽忆辽东浪死歌，印兮印兮奈尔何㉙！

【题 解】

　　这首七言古诗是"诗界革命"代表人物黄遵宪的代表作之一。诗歌创作的背景为：光绪十八年（1892），吴大澂方任湖南巡抚时，购得一枚汉印，其文为"度辽将军"，吴大澂大喜，以为是万里封侯之兆。光绪二十年（1894），中日甲午之战爆发，日本侵略军渡鸭绿江侵入我国东北，时清廷内以光绪帝为首的帝党皆主战，吴大澂遂自请率湘军出关迎战，屡战失利。不到十天，日军即攻陷了牛庄、营口和田庄台等地，清军全面溃败。吴大澂也于光绪二十四年（1898）被清廷革职，永不叙用。黄遵宪原稿本中无此诗，盖"戊戌变法"失败，作者被罢官还乡后所补作。全诗以古文家伸缩离合之法，形象地勾勒了吴大澂邀功心切，终以全军覆灭而告终的所谓清廷名将的形象，表达了作者对清朝军政腐败的无限感慨。

【注释】

① 度辽将军：原指西汉中郎将范明友。汉昭帝元凤三年（前78）冬，辽东乌桓反，因以范明友为度辽将军，度辽河进行征伐。此处指湖南巡抚吴大澂。

② 东人：指日本侵略军。

③ 万户侯：食邑万户以上，号称"万户侯"，汉代侯爵最高的一层。后代常用指高官厚禄。

④ 高下句骊：即今朝鲜。朝鲜在西汉时名高句骊，王莽时，改高句骊为下句骊。光绪十年（1884），吴大澂迁左副都御史，出兵朝鲜，击败朝鲜金玉均等勾结日使胁迫国王发动的政变。

⑤ "铜柱"句：《清史稿·吴大澂传》："（光绪）十一年（1885），诏赴吉林，会同副都统伊克唐阿与俄使勘侵界，即所侵珲春黑顶子地也。遂援咸丰十一年（1861）旧界图，立碑五座，建铜柱，自篆铭曰：'疆域有表国有维，此柱可立不可移。'于是侵界复归中国，而船之出入图们江者，亦卒以通航无阻。"铜柱，国界的标志。白马盟，语出《战国策·魏策》："今天下之将相相与会于洹水之上，刑白马而盟之。"这里用以指铜柱铭功之事。

⑥ 弭节：犹驻节。缓行。《楚辞·离骚》："吾令羲和弭节兮，望崦嵫而勿迫。"鸡林：今吉林。据《吴县志·吴大澂传》："光绪六年（1880），晋三品卿衔，命赴吉林防边。既抵防所，创设机器局，筑炮垒于三姓珲春……安四军，编制训练，悉有法度。"

⑦ 骨相：指人的骨骼相貌。旧时迷信人的骨相决定人的贵贱祸福。

⑧ "雄关"句：雄关，指山海关。这句写吴大澂自请出关。据吴大澂《悫斋自订年谱》："甲午日本事起，六月在湖南巡抚任内，疏请视师，朝旨允准，遂卸抚篆，单骑北行。八月抵津，旋奉命驻山海关，稽察沿海防务，九、十月，湘军魏光焘、余虎恩、刘树元等各营先后抵关，鄂军熊铁生、吴元恺亦归节制，购外洋军械，朝夕训练。十二月，奉邦办军务之命，嗣以金、复、海、盖相继陷，二十日，电请督师出关，即奉先一日电旨，促令远征。二十一年乙未（1895）正月朔，整队前进。"

⑨ 举白：干杯，谓举杯告尽。行酒：依次斟酒。

⑩ 生巋（zhì）肩：生猪腿。

⑪ 紫电：比喻目光锐利。

⑫ 淮河将帅：指叶志超、卫汝贵等淮军将领。巾帼：妇女的头巾和发饰，因而用作妇女的代称。吴大澂所督者为湘军，视淮军将领为巾帼，有轻蔑之意。

⑬ 萧娘吕姥：事出《南史·临川静惠王宏传》："武帝诏宏都督诸军侵魏，军次洛口，前军剋梁城。诸将欲乘胜深入，宏闻魏援近，畏懦不敢进，召诸将欲议旋师。吕僧珍曰：'知难而退，不亦善乎？'宏曰：'我亦以为然。'魏人知其不武，遗以巾帼。北军歌曰：'不畏萧娘与吕姥，但畏合肥有韦武。'武谓韦睿也。"萧娘，指萧宏。吕姥，指吕僧珍。

⑭ 碧蹄馆：地名，在当时朝鲜国京城西三十里。

⑮ 黄曾：黄，王同愈，苏州人。黄为"王"之误。曾，曾炳章，字士虎，江苏常熟人。二人跟从吴大澂出关，为幕僚。大手笔：写文章的高手。

⑯ 鼠子：喻日本侵略军。

⑰ 它它籍籍：交错杂乱。它，同"驼"，交错。

⑱ "能降"句：据《清朝野史大观》载："吴大澂请命出征，兵抵旅顺，首出劝降告示，晓日人以大义，言词可泣可歌。"

⑲ 颜行：排在行列的前面，犹前锋。

⑳ 七纵七擒：用诸葛亮七擒七纵孟获事，意味以道义服人。按：吴大澂讨日檄文中有"待该夷人三战三北之余，看本大臣七纵七擒之计"等语。

㉑ "纷纷"句：这句写吴大澂军溃败的情状。据《清史稿·德宗纪》："二月庚戌，日兵陷牛庄，吴大澂退走。丙辰，日兵陷田庄台，吴大澂奔锦州。"又据罗惇曧《中日兵事本末》："魏光焘败于牛庄，李光久弃军逃，死二千余人，虏八百余人，军械甚富。吴大澂弃田庄台，夜奔入关，将士从风而靡。"

㉒ "湘中"句：指吴大澂仍回湘任湖南巡抚。据吴大澂《愙斋自订年谱》："奉撤任帮办军务来京候用之命，行抵津门，得旨革职留用回湖南

巡抚本任。四月，回湘接任。"

㉓ 八千子弟：用项羽故事，非实数。《史记·项羽本纪》："项王笑曰：'天之亡我，我何渡为！且籍与江东子弟八千人，渡江而西，今无一人还，纵江东父兄怜而王我，我何面目见之？'"

㉔ 白衣：丧服，这里指战死将士的亲属。

㉕ 善饭：《史记·廉颇蔺相如列传》："廉将军虽老，尚善饭。然与臣坐，顷之，三遗矢矣。"

㉖ 平章：品评。吴大澂平生好金石，多有搜集、研究。著有《愙斋集古录》、《恒轩吉金录》、《古玉图考》等。

㉗ "闻道"句：铜山，语出《汉书·食货志》："从建元以来用少，县它往往即多铜山而铸钱。"后因以借指钱。铜山东向倾，指甲午战败后给日本的巨额赔款。据《清史稿·邦交志》："（光绪）二十一年（1895），以李鸿章为全权使至日本，订约十一款，认朝鲜独立，割辽南及台湾，赔款二万万。"

㉘ 芹献：自谦所献菲薄，不足当意之辞。

㉙ 辽东浪死歌：隋代农民起义军领袖王薄，以山东长白山为根据地，曾作《无向辽东浪死歌》号召起义，农民苦于征役，纷纷参加起义军的队伍。这里借此歌名，指抗日作战死于辽东的清军士卒。奈尔何：能对你怎么样。尔，指度辽将军印。

夜飞鹊①

香港秋眺，怀公度

清·朱祖谋

沧波放愁地，游棹轻回，风叶乱点行杯。惊秋客枕，酒醒后，登临倦眼重开。蛮烟荡无霁②，飚天香花木③，海气楼台④。冰夷漫

舞^⑤，唤痴龙^⑥、直视蓬莱^⑦。

多少红桑如拱^⑧，筹笔问何年，真割珠厓^⑨？不信秋江睡稳，掣鲸身手，终古徘徊^⑩。大旗落日^⑪，照千山、劫墨成灰^⑫。又西风鹤唳^⑬，惊筇夜引，百折涛来。

【题 解】

这首词是朱祖谋的代表作之一，也是清代边塞词的名篇。光绪三十年（1904）作者因事舟经香港，虑及国事，新愁旧恨，纷至杳来，作者的悲愤之情，不难想象。黄公度是戊戌变法的直接参与者，变法失败，放废家居，救国壮志无从施展。作者词中写对他的怀念之情，是建立在爱国精神的共同基础之上的，它构成了这首词的主旋律。朱祖谋词，能以辛弃疾的骨力运用吴文英的藻采，在密丽中显出遒劲。

【注 释】

① 夜飞鹊：词牌名。始见《清真集》，入"道宫"。《梦窗词》集入"黄钟商"。双调一百零七字前片五平韵，后片四平韵。

② 蛮：旧指南方少数民族，这里指英国殖民者。

③ 颭：飘动的样子。天香花木：出自于唐人宋之问《灵隐寺》"桂子月中落，天香云外飘"，这里泛指一切花木。

④ 海气楼台：岛上大部分是外国人所建的高楼大厦，矗立云霄。词句运用《史记》卷二十七《天官书》"海旁蜃气楼台"的话，以蛟蜃暗斥英人，省却许多笔墨。

⑤ 冰夷漫舞：冰夷，即是冯夷，海神名。漫，胡乱。漫舞，即乱舞。象征帝国主义列强向中国张牙舞爪。

⑥ 痴龙：指中国，清朝的国旗是黄龙旗。

⑦ 蓬莱：原指海中仙山，这里指香港，再扩大范围，则包括海外各地，中国南海各岛，原是中国领土，当时大部分为外国所侵占。

⑧ 红桑如拱：红桑，唐人曹唐《小仙游诗》中有"海上红桑花已开"的诗句，这里暗用沧海变桑田的故事。拱，两手围抱。红桑如拱，这里指香港割给英人，为时已久。

⑨ 筹笔：用诸葛亮筹笔驿事。挥笔筹划国家大事，特别是办外交，是黄遵宪（字公度）当行出色的才干，但现在却在"问何年，真割珠厓"，是何等令人痛心。珠厓：即今海南岛。

⑩ 秋江睡稳：用杜甫《秋兴》中"鱼龙寂寞秋江冷，故国平居有所思"句，指在家赋闲。掣鲸身手：用杜甫《戏为六绝句》"未掣鲸鱼碧海中"语，"鲸"与上面的海蜃、冰夷，都指外国人。这句是说，公度有制服外敌的本领，却无奈在家闲居。

⑪ 大旗落日：用杜甫《后出塞》："落日照大旗，马鸣风萧萧"语，这里感慨清朝的黄龙旗已经日薄西山。

⑫ 劫墨：劫灰，用曹毗《志怪》所载昆明池底留有大地大劫时灰墨的故事，写祖国河山暗淡无光。

⑬ 西风鹤唳：用《晋书·谢玄传》"闻风声鹤唳，皆以为王师已至"的典故，这里指帝国主义危害中国的可惊形势。

铁汉楼怀古 ①

清·丘逢甲

瘴云飞不到城头 ②，庵圮楼荒客独游 ③。
并世已无真铁汉 ④，群山犹绕古梅州 ⑤。
封章故国回天恨 ⑥，梦寐中原割地愁 ⑦。
欲倚危栏酹杯酒 ⑧，程江呜咽正东流 ⑨。

【题 解】

这首七言律诗作于光绪二十二年（1896）春，当时丘逢甲由台湾内渡大陆，客游梅州。诗中借咏古迹，抒写对帝国主义列强瓜分中国的痛感，直抒胸臆，悲凉激越。梁启超在《饮冰室诗话》中对丘逢甲豪放激越、震撼人心的诗风给予很高的评价，并称他为"诗界革命一巨子"。

【注 释】

① 铁汉楼：旧在广东省梅县城北门楼上，宋时为表彰刘安世气节而建。刘安世因屡次指斥权幸章淳、吕惠卿等，被贬谪南方，后徙至梅州，他不畏险阻，苏轼称之为铁汉。

② 瘴云：毒气。

③ 圮（pǐ）：倾塌。

④ 并世：当世。指作者生活的时代。

⑤ 古梅州：今广东省梅县。

⑥ "封章"句：封章，密封的奏章。回天，指挽回国家的命运。刘安世屡次上疏言国事，其表文中有"志存许国，如万折而必东；忠以事君，虽三已其无温"等语，表达了他回天的决心。光绪二十一年（1895），中日和议成，丘逢甲曾请台湾巡抚唐景崧抗琉援赎辽先例，请免割台湾，疏上，不报，命内渡。诗中即借指此事。

⑦ "梦寐"句：谓做梦也难以消释对帝国主义瓜分中国的愁恨。

⑧ 酹：洒酒于地以祭奠。

⑨ 程江：即梅江，流经梅县，东入韩江而入海。

图书在版编目（CIP）数据

古代边塞诗词三百首 / 许菊芳编著.—北京：中国国际广播出版社，
2014.9（2019.6重印）
（中华好诗词主题阅读丛书）
ISBN 978-7-5078-3722-3

Ⅰ.①古⋯　Ⅱ.①许⋯　Ⅲ.①古典诗歌－诗集－中国　Ⅳ.①I222

中国版本图书馆CIP数据核字（2014）第088129号

古代边塞诗词三百首

编　　著	许菊芳	
责任编辑	杜春梅　张淑卫　张娟平	
版式设计	国广设计室	
责任校对	徐秀英	

出版发行	中国国际广播出版社 [010-83139469　010-83139489（传真）]	
社　　址	北京市西城区天宁寺前街2号北院A座一层	
	邮编：100055	
网　　址	www.chirp.com.cn	
经　　销	新华书店	
印　　刷	香河利华文化发展有限公司	

开　　本	640×940　1/16
字　　数	200千字
印　　张	20.5
版　　次	2014 年 9 月 北京第一版
印　　次	2019 年 6 月 第三次印刷
定　　价	40.00 元